시월의 말
3

시월의 말

The October Horse

COLLEEN McCULLOUGH

3

콜린
매컬로
지음

강선재 · 신봉아
이은주 · 홍정인
옮김

교유서가

CONTENTS

10장
사방을 뒤덮은 군대들

기원전 43년 1월부터
8월까지

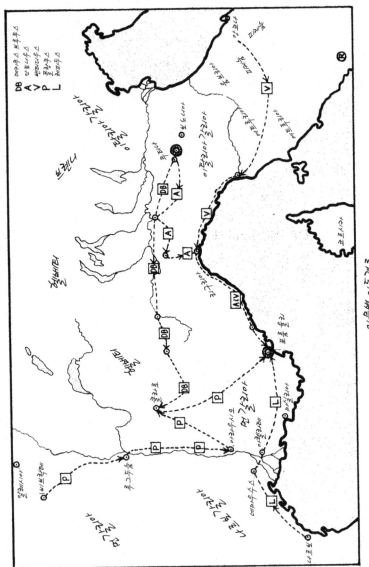

1 마르쿠스 툴리우스 키케로가 나라를 구했던 그 잊지 못할 집정관 임기로부터 정확히 20년이 지난 뒤(그는 들을 준비가 된 모든 사람에게 그 이야기를 늘어놓곤 했다), 그는 다시 한번 모든 사건의 중심에 섰다. 지난 20년 동안 신변의 안전 때문에 입을 닫았던 적이 한두 번이 아니었고, 전에도 한번 공화정을 구하려고 필사적으로 노력하여 폼페이우스 마그누스를 설득하고 내전을 거의 막을 뻔했지만 카토 탓에 실패한 적이 있었다. 하지만 마르쿠스 안토니우스가 북쪽으로 떠난 지금, 키케로는 로마를 둘러보며 자신을 가로막을 만한 힘과 용기를 가진 사람이 없다는 것을 알게 됐다. 마침내 황금의 혀가 군사력과 폭력보다 강하다는 것을 보여줄 기회가 찾아온 것이다!

그는 카이사르를 몹시 싫어했고 끊임없이 그에게 흠집을 내려 했지만, 내심 카이사르가 불에 타 죽어도 그 재 속에서 되살아나는 불사조라는 생각을 품고 있었다. 아이러니하게도 그의 생각은 카이사르의 육신이 실제로 불에 탄 이후 사실임이 입증되었다. 하늘에 나타난 혜성이 로마 전역의 모든 사람들에게 카이사르는 무슨 일이 있어도 절대 사라지지 않으리란 사실을 보여준 것이다. 그에 비하면 안토니우스는 수월한 적이었는데, 그에게는 약점이 훨씬 많았기 때문이다. 그는 음탕하고 무절제하고 잔인하고 충동적이고 무분별했다. 키케로는 자기 언변의 위력에 휩쓸린 채 이번에야말로 안토니우스를 파멸시키리라고 작정했다. 그는 이번 공격 대상에게는 죽음으로부터 부활할 능력이 없다는 것을 잘 알고 있었다.

그의 머릿속은 과거의 형태로 재건될 공화정의 모습으로 가득했다. 공화정 제도를 존중하는 사람들이 그 정부를 주도하게 될 것이며, 그들은 모스 마이오룸의 지지세력이 될 터였다. 그가 해야 할 일은 원로원과 인민을 설득해 해방자들이 진정한 영웅이라고, 안토니우스가 로마의 최대 적으로 꼽았던 세 사람인 마르쿠스 브루투스, 데키무스 브루투스, 가이우스 카시우스는 옳은 일을 했다고 믿게 하는 것이었다. 이 단순하기 그지없는 공식에서 왜 옥타비아누스만 쏙 빠졌냐고 묻는다면 키케로에게는 그럴듯한 이유가 있었다. 그는 열아홉 살에 불과한 옥타비아누스가 이 장기판에서 미끼로 쓰이기엔 너무 작은 말이고 내면에 스스로 파멸을 불러올 씨앗을 품고 있다고 생각했다.

신년 첫날 가이우스 비비우스 판사와 아울루스 히르티우스가 신임 집정관으로 취임하자 마르쿠스 안토니우스의 입지가 달라졌다. 그는 이제 현직 집정관이 아닌 전직 집정관이 되었고 그가 쌓아올린 권력을 조금씩 깎아내리는 것이 가능해졌다. 그는 많은 사람들의 전례에 따라 총독 직과 임페리움을 합법적으로 부여할 수 있는 기관, 다시 말해 원로원의 승인을 얻지 않았고 그 대신 평민회를 통해 총독 직과 임페리움을 획득했었다. 그러므로 누군가 나타나 그것은 모든 인민이 합의한 사항이 아니라고 이의를 제기할 수 있었는데, 파트리키 귀족은 모두 평민회 회의에서 배제되기 때문이었다. 여타 민회나 원로원 회의와 달리 평민회는 종교적 제약을 받지 않아 회의 전에 기도를 올리거나 조점 의식을 치를 필요가 없었다. 폼페이우스 마그누스, 마르쿠스 크라수스, 카이사르 같은 사람들 이후 평민회에서 속주 지휘권과 임페리움을 승인받는 일은 흔해졌지만, 어쨌든 키케로는 그 문제를 걸고넘어졌다.

9월 둘째 날과 신년 사이에 그는 마르쿠스 안토니우스를 비판하는 연설을 네 차례 했고 큰 성과를 거두었다. 안토니우스 추종세력으로 가득한 원로원은 흔들리기 시작했다. 안토니우스의 행실 때문에 추종세력의 입지가 약해졌기 때문이다. 확실한 물증은 없었지만, 안토니우스가 해방자들과 공모해 카이사르를 살해했다는 의혹은 안토니우스에게 해를 입힐 만큼 충분히 논리적이었다. 안토니우스 추종세력은 대부분 카이사르 덕에 임명된 사람들이었으므로, 안토니우스가 카이사르의 상속자에게 보인 무례한 태도는 추종세력을 진퇴양난에 빠뜨렸다. 안토니우스는 카이사르의 유언에 언급되지는 않았지만 카이사르의 상속자로서 권력을 잡았다. 그는 성인 남성으로서 카이사르가 남긴 수많은 피호민을 자연스럽게 상속받을 사람이었고, 실제로 상당히 많은 피호민들을 자기 사람으로 만들어 입지를 굳혔다. 하지만 이제 카이사르의 진짜 상속자가 그 피호민들에게 지지를 호소하고 있었다. 옥타비아누스가 보기에 아직 대다수의 원로원 의원들이 안토니우스와 자신들의 관계를 후회한다고 말할 순 없었으나, 키케로는 적어도 당분간은 그 문제에 있어 옥타비아누스를 도울 작정이었다. 일단 원로원 의원들을 안토니우스로부터 떼어내기만 하면 그때부터 서서히 그들이 옥타비아누스가 아닌 해방자들을 지지하도록 만들 수 있다고 믿었다. 다시 말해 마르쿠스 안토니우스는 도저히 받아들일 수 없는 인물이므로, 옥타비아누스가 안토니우스보다는 해방자들을 선호하는 것처럼 비치도록 해야 했다. 옥타비아누스가 원로원 의원이 아니라는 점은 키케로에게 큰 도움이 되었다. 키케로가 자신의 목적 달성을 위해 옥타비아누스에게 부여한 입장을 옥타비아누스는 반박하기 힘들었기 때문이다.

위대한 변호인은 12월 말경 원로원 회의에서 작전을 개시했다. 안토니우스는 로마에 없었으므로 이처럼 큰 파도에 대응할 수 없었다. 옥타비아누스나 안토니우스나 원로원의 위대한 전략가 앞에서 속수무책인 것은 매한가지였다.

키케로 곁에는 강력한 동지인 바티아 이사우리쿠스가 있었다. 바티아는 안토니우스 때문에 자기 아버지가 자결했다고 믿었으며 안토니우스가 암살 음모에 가담했다고 확신했다. 바티아는 원로원 뒷자리 의원을 비롯해 많은 사람들에게 큰 영향력을 행사했다. 그는 나이우스 도미티우스 칼비누스와 함께 카이사르를 가장 열렬히 지지했던 귀족이었기 때문이다.

1월 둘째 날이 되자 키케로는 안토니우스를 영원히 추락시키기로 마음먹었다. 그는 원로원을 통해 데키무스 브루투스를 이탈리아 갈리아의 진짜 총독으로 인정하고, 안토니우스를 해임하는 것은 물론 그를 공공의 적으로 선포하고자 했다. 키케로와 바티아가 차례로 연설을 마치자 원로원 의원들은 갈등하는 기색이 완연했다. 모두들 자기가 가지고 있는 얼마 안 되는 권력을 어떻게든 유지하고 싶었고, 실패한 명분에 매달리는 것은 권력 유지를 위태롭게 했기 때문이다.

분위기가 충분히 무르익었을까? 저들은 준비되었을까? 지금 마르쿠스 안토니우스를 공공의 적으로, 로마 원로원과 인민의 공식적인 적으로 선포하기 위한 표결을 제안해도 괜찮을까? 토론은 거의 끝난 듯했고, 꼭대기 층에 앉은 평의원 수백 명의 얼굴을 보니 어느 쪽으로 표가

몰릴지 예측하기란 어렵지 않았다. 안토니우스에게 불리한 쪽이었다.

다만 키케로와 바티아 이사우리쿠스는 표결에 앞서 다른 의원들의 의견을 요청할 수 있는 집정관의 권한을 미처 생각지 못했다. 수석 집정관인 가이우스 비비우스 판사는 1월의 파스케스를 쥐고 이 회의의 진행을 책임지고 있었다. 그는 퀸투스 푸피우스 칼레누스의 딸과 결혼한 사이였는데 칼레누스는 철저히 안토니우스의 사람이었다. 판사로서는 장인의 친구인 마르쿠스 안토니우스를 보호하기 위해 무슨 조치라도 취하는 게 도리였다.

"저는 우선," 판사는 자리에 앉은 채 말했다. "퀸투스 푸피우스 칼레누스의 의견을 청하고 싶습니다!" 이제 됐다. 그는 자신의 도리를 다했고, 이제 모든 것은 칼레누스에게 달려 있었다.

"원로원이 마르쿠스 키케로의 제안을 놓고 표결에 들어가기 전에," 칼레누스는 간사하게 말했다. "마르쿠스 안토니우스에게 대표단을 보내야 한다고 생각합니다. 대표단은 안토니우스에게 무티나 포위를 풀고 로마 원로원과 인민의 권위 앞에 승복할 것을 명령해야 합니다."

"옳소, 옳소!" 중립세력인 루키우스 피소가 소리쳤다.

평의원들은 웅성거리면서 미소 짓기 시작했다. 달아날 구멍이 생긴 것이다!

"12일 전 원로원이 무법자로 선언한 인물에게 대표단을 보내는 것은 미친 짓입니다!" 키케로가 호통을 쳤다.

"지나친 주장입니다, 마르쿠스 키케로." 칼레누스가 말했다. "원로원이 그의 무법성을 논의하기는 했으나 정식으로 선언하지는 않았습니다. 안토니우스가 무법자로 선언됐다면 오늘 제안하신 표결이 다 무슨 소용이겠습니까?"

"말장난하며 둘러대지 마십시오!" 키케로가 쏘아붙였다. "원로원은 안토니우스에게 맞설 것을 장군 및 병사들에게 명령하지 않았습니까? 다시 말해, 데키무스 브루투스의 병사들에게 명령하지 않았습니까? 다시 말해, 데키무스 브루투스 본인에게 명령하지 않았습니까? 분명히 명령했습니다!"

그러고서 키케로는 평소처럼 마르쿠스 안토니우스에 대한 비판을 시작했다. 안토니우스가 근거 없는 법을 통과시켰고, 무장병력을 동원해 포룸 로마눔을 봉쇄했고, 공적 자금을 함부로 낭비했고, 왕국과 시민권과 면세 혜택을 팔아넘겼고, 법정을 더럽혔고, 콩코르디아 신전에 도둑들을 들였고, 브룬디시움과 그 인근에서 백인대장과 병사 들을 학살했고, 자신에게 맞서는 사람은 누구든지 죽이겠다고 협박했다는 내용이었다.

"그런 사람에게 대표단을 파견하는 것은 필연적인 전쟁을 미루고 지금 로마에 가득한 의분을 약화할 뿐입니다! 저는 당장 전시 상황을 선언할 것을 제안합니다! 법정과 여타 정부 기관의 업무를 중단해야 합니다! 민간인들은 군복을 착용해야 합니다! 이탈리아 전역에 병사 모집을 위한 세금을 부과해야 합니다! 원로원 최종 결의 발효를 통해 두 집정관에게 로마의 안녕을 일임해야 합니다!"

키케로는 이 호소력 있는 마지막 부분이 야기한 소란이 잦아들기를 기다렸다. 그는 환희로 몸을 떨었고, 자신의 연설이 로마를 또다른 종류의 내전으로 밀어넣었음을 인식하지 못했다. 오, 이것이 진짜 인생이지! 카틸리나를 향해 거의 똑같은 비난을 쏟아놓았던 그의 집정관 시절이 눈앞에 재현되는 듯했다!

"더 있습니다." 그는 자신의 목소리가 들리게 되었을 때 다시 말했다.

"지금껏 침착하게 대응해준 데키무스 브루투스에게 감사 결의를 제안하고, 섹스투스 폼페이우스와 평화로운 합의를 도출한 마르쿠스 레피두스에게도 감사 결의를 제안하고 싶습니다. 솔직히 말해," 그는 덧붙였다. "저는 로스트라 연단에 마르쿠스 레피두스의 도금 조각상을 세워야 한다고 생각합니다. 우리가 가장 원하지 않는 상황은 두 개의 내전을 동시에 치르는 것이니까요."

키케로의 말이 진심인지 아닌지 아는 사람은 아무도 없었으므로, 판사는 마르쿠스 레피두스의 도금 조각상은 못 들은 척하고 키케로의 제안들을 아주 약삭빠르게 유보했다.

"원로원에서 논의해야 할 다른 사항들은 없습니까?"

바티아가 곧바로 일어나 옥타비아누스를 찬양하는 긴 연설을 늘어놓는 바람에 원로원 회의는 해가 질 무렵에야 중단되었다. 판사는 내일 다시 회의가 열릴 것이며, 모든 논의를 마칠 때까지 회의는 며칠이고 이어질 것이라 말했다.

바티아는 다음날에도 옥타비아누스에 대한 찬사를 이어나갔다. "저는 가이우스 율리우스 카이사르 옥타비아누스가 아주 어리다는 것을 인정하지만, 우리가 결코 외면할 수 없는 사실들이 있습니다. 첫째, 그는 카이사르의 상속자입니다. 둘째, 그는 여태껏 나이에 어울리지 않는 성숙함을 보여주었습니다. 셋째, 그는 카이사르의 노련병 중 많은 사람들의 신임을 받고 있습니다. 저는 그에게 지금 당장 원로원 의원 자격을 부여하고, 적정 연령보다 10년 앞서 집정관 선거에 출마할 수 있도록 허락할 것을 제안합니다. 파트리키 귀족인 그가 집정관에 출마할 수 있는 연령은 서른아홉 살입니다. 그러므로 그는 앞으로 정확히 10년 후, 스물아홉이 되었을 때 집정관 후보로 출마할 수 있어야 합니다. 제가 이런 특별한 조치를 추천하는 이유는 무엇일까요? 우리에겐 마르쿠스 안토니우스 편에 붙지 않은 카이사르의 모든 노련병들이 반드시 필요하기 때문입니다. 카이사르 옥타비아누스에게는 노련병으로 구성된 2개 군단과 다양한 병사들이 섞여 있는 세번째 군단이 있습니다. 그러므로 군대를 보유하고 있는 카이사르 옥타비아누스에게 법무관급 임페리움을 부여하고, 마르쿠스 안토니우스와 맞서는 전쟁의 지휘권 3분의 1을 넘겨줄 것을 제안합니다."

이 말은 비둘기들 틈에 고양이를 풀어놓은 것과 같은 사태를 일으켰다! 하지만 이를 통해 많은 평의원들은 더는 자기들이 원하는 방식으로 마르쿠스 안토니우스를 지지할 수 없음을 깨달았다. 그들이 할 수 있는 일이라곤 그가 공공의 적으로 선포되는 것을 거부하는 정도였다. 그리하여 1월 4일까지 격렬한 토론이 이어졌고, 마침내 그날 중대한 조치들이 통과되었다. 옥타비아누스는 원로원 의원이 되었고 로마군 지휘권의 3분의 1을 얻게 되었다. 또한 그는 자기 병사들에게 약속했던 상여금을 정부로부터 지급받게 되었다. 로마 속주의 모든 총독 직은 카이사르가 지명한 대로 유지되었다. 다시 말해 데키무스 브루투스는 이탈리아 갈리아의 공식 총독이 되었고, 그의 군대는 정규군이 되었다.

1월 4일의 회의는 원로원 의사당 출입문 바깥의 주랑현관에 나타난 두 여인 덕에 더 흥미진진해졌다. 바로 풀비아와 율리아 안토니아였다. 안토니우스의 아내와 어머니는 머리부터 발끝까지 까만 옷을 걸치고 있었고, 안토니우스의 두 아들도 마찬가지였다. 걷기 시작한 큰아들 안틸루스는 할머니 손을 잡고 있었고, 새로 태어난 작은아들 율루스는 어머니 품에 안겨 있었다. 네 명은 아무런 방해도 받지 않고 울부짖으며 눈물 흘렸다. 키케로가 현관문을 닫으라고 했지만 판사는 이를 허락하지 않았다. 판사는 안토니우스의 어머니, 아내, 아들들이 평의원들에게 영향을 미치고 있음을 눈치챘다. 그는 안토니우스가 공공의 적으로 선포되는 것을 원치 않았고 대표단을 파견하는 쪽을 원했다.

대표단 구성원으로는 저명한 세 전직 집정관 루키우스 피소, 루키우스 필리푸스, 세르비우스 술피키우스 루푸스가 선정되었다. 하지만 키케로는 대표단 파견에 치열하게 반대하며 우선 표결에 부쳐야 한다고 끈질기게 주장했다. 그때 호민관 살비우스가 표결에 거부권을 행사했고, 이로 인해 원로원은 대표단 파견을 승인할 수밖에 없었다. 마르쿠스 안토니우스는 로마 원로원과 인민의 뜻을 거역하고 있음에도 여전히 로마 시민으로 남게 되었다.

원로원 의원들은 접의자에 앉아 있기가 지겨워진 나머지 대표단 파견을 속전속결로 처리했다. 피소, 필리푸스, 세르비우스 술피키우스는 무티나에서 안토니우스를 만나 이탈리아 갈리아에서 철수하고 로마에서 반경 300킬로미터 안쪽으로 군대를 이끌고 들어오지 말 것과 로마 원로원과 인민의 권위에 승복하라는 원로원의 명령을 전해야 했다. 안토니우스에게 이 명령을 전달한 다음, 대표단은 데키무스 브루투스를 만나서 이제 그가 원로원의 승인을 받은 정식 총독임을 알려줘야 했다.

"돌이켜 생각해보면," 루키우스 피소는 원로원에 다시 나타난 루키우스 카이사르에게 말했다. "어쩌다 일이 이 지경이 되었는지 솔직히 모르겠습니다. 물론 안토니우스가 멍청하고 거만하게 행동하긴 했죠. 하지만 그가 한 일 중에 다른 사람들은 하지 않은 일이 어디 한 가지라도 있나요?"

"키케로를 탓하게." 루키우스 카이사르가 말했다. "사람들은 감정이

격해져서 분별력을 잃는 경우가 많은데, 키케로만큼 감정을 잘 휘젓는 사람도 없다네. 그가 쓴 글을 읽는 사람들은 그가 하는 말을 직접 듣는 게 어떤 느낌인지 상상도 못할 걸세. 정말 대단한 사람이야."

"당신이라면 당연히 투표에서 기권하셨겠죠."

"어떻게 안 그럴 수 있겠나? 피소, 나는 지금 동물계 전체를 뒤져도 필적할 대상이 없는 늑대 같은 친척들 사이에 끼여 있네. 옥타비아누스는 듣도 보도 못한 종류야."

옥타비아누스는 무슨 일이 벌어질지 알고서 플라미니우스 가도를 따라 아레티움으로 북진하고 있었다. 그가 스폴레티움에 도착했을 때 원로원이 파견한 위원단이 그를 따라잡았다. 그의 3개 군단 병사들은 열아홉 살 원로원 의원이 부여받은 법무관급 임페리움을 똑똑히 확인할 수 있었다. 진홍색 튜닉을 걸친 릭토르 여섯 명이 도끼가 포함된 파스케스를 들고 있었던 것이다. 릭토르단의 두 우두머리는 파비우스와 코르넬리우스였고, 다른 네 명도 모두 카이사르의 법무관 시절부터 그의 밑에서 일했던 사람들이었다.

"나쁘지 않지?" 그는 아그리파, 살비디에누스, 마이케나스에게 득의양양하게 물었다.

아그리파는 뿌듯한 미소를 지었고, 살비디에누스는 군사 작전을 짜기 시작했으며, 마이케나스는 질문을 던졌다.

"어떻게 한 건가, 카이사르?"

"바티아 이사우리쿠스를 말인가?"

"그래, 아마도 그런 의미가 되겠지."

"바티아의 장녀가 성년이 되자마자 혼인하고 싶다고 했지." 옥타비아누스는 덤덤하게 말했다. "다행히 앞으로 몇 년 안에 그렇게 되진 않을 테고, 몇 년 사이에는 많은 일이 벌어질 수 있지."

"세르빌리아 바티아와 결혼하기 싫다는 뜻인가?"

"난 홀딱 반하기 전에는 그 누구와도 결혼하기 싫다네, 마이케나스. 물론 일이 그런 식으로 풀리지 않을 수도 있지만."

"안토니우스와 전쟁을 하게 될까?" 살비디에누스가 물었다.

"진심으로 안 그랬으면 좋겠어!" 옥타비아누스는 웃으며 말했다. "특히 내가 인근에서 고등 정무관으로 있는 동안에는 더더욱 그래. 난 아주 기쁜 마음으로 집정관의 뜻을 따를 걸세. 아마도 히르티우스가 되겠지."

히르티우스는 아픈 몸으로 차석 집정관 임기를 시작했다. 그는 힘들게 취임식을 마치고 폐의 염증 치료를 위해 침상으로 돌아갔다.

따라서 원로원이 그에게 3개 군단을 이끌고 최근 원로원 의원이 된 젊은이를 따라가서 연합군을 공동 지휘하라는 명령을 내렸을 때 히르티우스는 출정할 몸 상태가 아니었다. 하지만 그렇다고 해서 이 충성스럽고 이타적인 남자가 포기할 리 없었다. 그는 숄과 털가죽으로 온몸을 꽁꽁 싸맨 채 가마를 타고 혹독한 겨울 추위 속에서 플라미니우스 가도를 따라 북쪽으로의 긴 여정을 시작했다. 그는 옥타비아누스와 마찬가지로 안토니우스와의 전투를 원치 않았고, 어떻게 해서라도 그런 사태를 막아보겠다고 작정한 터였다.

그와 옥타비아누스는 이탈리아 갈리아 내의 아이밀리우스 가도에서 합류했다. 보노니아라는 큰 도시의 남동쪽이었고, 연합군은 클라테르나와 포룸 코르넬리 사이에 진지를 마련했다. 두 도시의 주민들은 연합군 덕분에 큰돈을 벌 수 있어 아주 기뻐했다.

"우리는 날씨가 풀릴 때까지 이곳에 머물 걸세." 히르티우스는 이를 덜덜 떨며 옥타비아누스에게 말했다.

옥타비아누스는 걱정스러운 눈길로 그를 쳐다봤다. 집정관이 죽도록 놔두는 것은 그의 계획이 아니었다. 그는 무엇보다도 주변의 이목을 끄는 상황을 피하고 싶었다. 그러므로 그는 이 집정관의 최후통첩에 동의했고, 합테파네에게서 배운 폐 염증에 관한 지식을 토대로 히르티우스의 병간호를 감독했다.

이탈리아 내의 모병은 빠른 속도로 진행되고 있었다. 로마인들 중에 안토니우스에 대한 이탈리아 지역사회의 증오를 이해하는 사람은 거의 없었다. 이탈리아 지역사회는 안토니우스 탓에 로마보다 더 큰 고통을 겪었던 것이다. 피르뭄 피케눔은 자금 지원을 약속했고, 아드리아해 북부 삼니움의 마루키니족은 전쟁 지원을 반대하는 주민들의 재산을 압수하겠다고 협박했으며, 부유한 이탈리아 기사 수백 명은 장비 지원을 약속했다. 파도는 로마 내부보다 외부에서 더 거대했다.

흐뭇해진 키케로는 1월 말 원로원이 사소한 사안들을 논의하려고 모였을 때 다시 한번 안토니우스를 공격했다. 이때쯤에는 옥타비아누스와 바티아의 장녀가 약혼했다는 소식이 다 알려져 있었다. 사람들은 히죽거리며 고개를 끄덕였다. 혼인을 통해 정치 동맹을 맺는 오랜 전통은 아직 여전했고, 너무 많은 것이 바뀐 현 세태를 감안하면 이는 어쩐지 고무적이었다.

대표단의 귀환에 앞서 대표단과 안토니우스 간의 협상이 결렬되었다는 소문이 들려왔다. 하지만 안토니우스가 정확히 뭐라고 했는지는 알려지지 않았다. 하지만 그 점이 안토니우스를 비판하는 키케로의 일곱번째 연설을 막지는 못했다. 이번에 그는 안토니우스가 원로원의 요구에 불응할 수밖에 없는 이유를 지어낸 혐의로 푸피우스 칼레누스와 여타 안토니우스 지지세력들을 공격했다.

"그는 공공의 적으로 선포되어야 합니다!" 키케로가 소리쳤다.

루키우스 카이사르가 반대하고 나섰다. "그건 쉽게 입에 올려서는 안 될 말입니다. 공공의 적으로 선포한다는 것은 그 사람에게서 시민권을 박탈하고, 어떤 애국자든 그를 발견하는 즉시 죽일 수 있도록 허락하는 것입니다. 마르쿠스 안토니우스가 부족한 집정관이었고 로마에 해로우며 위신을 실추시키는 짓을 많이 했다는 데엔 저도 동의합니다. 하지만 아무리 그래도 공공의 적이라뇨? 비우호 세력으로 선포하는 것만으로도 충분한 처벌이 될 겁니다."

"당신은 당연히 그렇게 나오겠죠! 안토니우스의 외삼촌이니까요." 키케로는 반박했다. "저는 그 배은망덕한 인간이 시민권을 유지하도록 두지 않을 겁니다!"

격론은 다음날까지 이어졌고, 키케로는 물러서지 않으려 했다. 반드시 공공의 적이어야 했다.

바로 그때 대표단으로 파견된 세 명 중 두 명이 돌아왔다. 세르비우스 술피키우스 루푸스는 혹독한 추위를 못 이기고 죽은 터였다.

"마르쿠스 안토니우스는 원로원 요구에 불응했습니다." 루키우스 피소는 초췌하고 지친 얼굴로 말했다. "그는 자신의 요구사항을 내놨습니다. 4년 뒤 마르쿠스 브루투스와 가이우스 카시우스가 집정관 임기를 마칠 때까지 자신이 먼 갈리아의 총독 직을 유지할 수 있다면 데키무스 브루투스에게 이탈리아 갈리아를 양보하겠다고 말입니다."

키케로는 망연자실하게 앉아 있었다. 마르쿠스 안토니우스가 키케로 자신의 주장을 가로채고 있었다! 안토니우스는 원로원에 자신이 편을 바꿨다고, 이제는 해방자들의 권리를 인정하는 입장이라고, 해방자들은 그들이 카이사르를 죽이기 전 카이사르가 약속했던 모든 것을 보장받아야 한다고 말하고 있었다! 하지만 그것은 키케로 자신의 작전이었다! 안토니우스에게 맞서는 것은 해방자들에게 맞서는 것이 되어버렸다.

하지만 다른 사람들은 상황을 키케로와 다르게 해석했다. 원로원은 안토니우스의 작전을 카이사르가 치명적인 결정을 통해 루비콘 강을 건넜던 순간의 반복으로 봤다. 그래서 원로원은 안토니우스의 요구에 반대하며 브루투스나 카시우스에 관한 언급은 무시해버렸다. 원로원의 선택은 카이사르 때와 똑같았다. 안토니우스의 요구를 받아들이는 것은 원로원이 정무관들을 통제하지 못한다는 사실을 인정하는 꼴이었다. 그러므로 원로원은 전시 상황, 다시 말해 내전 상황을 선포했고 최종 결의를 통과시킴으로써 집정관 판사와 히르티우스가 전장에서 안토니우스와 맞서도록 했다. 하지만 원로원은 안토니우스를 공공의 적으로 선포하지는 않았다. 그는 비우호 세력으로 선포되었다. 너무 많은 희생을 치르긴 했지만, 루키우스 카이사르로서는 일종의 승리였다. 안토니우스가 집정관 임기 동안 통과시킨 법들이 무효화되면서 법무관을 역임한 그의 동생 가이우스는 마케도니아 총독 직을 잃었다. 그가 옵스 신전에서 은괴를 압수한 것은 불법행위로 규정되었고, 그의 퇴역병들에게 토지를 나눠주는 작업은 중단되었다. 이와 같은 파급효과는 끝없이 이어졌다.

2월 이두스 직전 마르쿠스 브루투스의 편지가 원로원에 도착했다. 그는 퀸투스 호르텐시우스가 자신을 마케도니아 총독으로 승인했으며, 가이우스 안토니우스는 브루투스의 포로로서 아폴로니아에 감금되어 있다고 전했다. 브루투스에 따르면 마케도니아의 모든 군단들은 새로운 총독 겸 지휘관인 자신을 환영한다고 했다.

끔찍한 소식이었다! 무시무시했다! 아니, 과연 그런가? 이 편지 때문에 원로원은 어지러워졌고 뭘 어떻게 해야 할지 몰랐다. 키케로는 마르쿠스 브루투스를 마케도니아 총독으로 공식 승인할 것을 원로원에 제안했고, 안토니우스 추종자들에게 왜 그토록 두 브루투스에 적대적이냐고 물었다.

"그들이 살인자이기 때문입니다!" 푸피우스 칼레누스가 고함쳤다.

"그들은 애국자요." 키케로가 말했다. "애국자란 말입니다."

2월 이두스에 원로원은 브루투스를 마케도니아 총독으로 인정하며 그에게 집정관급 임페리움은 물론 크레타, 그리스, 일리리쿰에 대한 통치권까지 넘겨주었다. 키케로는 기뻐서 어쩔 줄 몰랐다. 이제 그에게 남은 일은 두 가지뿐이었다. 첫째는 안토니우스를 이탈리아 갈리아에서 패배시키는 것이었다. 둘째는 시리아 통치권을 돌라벨라에게서 빼앗아 카시우스에게 넘겨주는 것이었다.

카이사르 암살 1주년에는 새로운 공포가 찾아왔다. 푸블리우스 코르넬리우스 돌라벨라가 저지른 잔혹행위가 3월 이두스에 로마에 전해진 것이다. 돌라벨라는 시리아로 가는 도중 아시아 속주의 도시들을 약탈했다. 그는 총독 트레보니우스가 기거하고 있던 스미르나로 밤중에 몰래 들어가 트레보니우스를 생포했고, 아시아 속주의 자금 보관 장소를 말할 것을 요구했다. 트레보니우스는 돌라벨라의 고문에도 굴하지 않았다. 돌라벨라가 가할 수 있는 가장 큰 고통조차 트레보니우스의 입을 열지는 못했다. 돌라벨라는 화를 참지 못해 트레보니우스를 죽여버렸고 그의 머리를 잘라 광장에 세워진 카이사르 조각상의 대좌에 못으로 박았다. 그리하여 트레보니우스는 카이사르 암살자들 중 제일 먼저 목숨을 잃게 되었다.

이 소식은 안토니우스 추종세력을 절망에 빠뜨렸다. 안토니우스의 동료가 야만인처럼 행동하는 마당에 어떻게 안토니우스를 변호한단 말인가? 판사가 즉시 원로원 회의를 소집하자, 푸피우스 칼레누스와 그 동료들은 다른 사람들과 마찬가지로 돌라벨라의 임페리움을 박탈하고 그를 공공의 적으로 선포하는 데 동의할 수밖에 없었다. 그의 모든 재산은 압수되었지만, 사실 재산이랄 것도 없었다. 돌라벨라는 그때까지도 빚을 청산하지 못했던 것이다.

이제 시리아 총독 직이 공석이라는 사실 때문에 새로운 논란이 불거졌다. 루키우스 카이사르는 바티아 이사우리쿠스가 군대를 이끌고 동진해 돌라벨라를 처단할 수 있도록 특별 지휘권을 부여해야 한다고 제안했다. 이 제안에 수석 집정관 판사는 아주 약이 올랐다.

"아울루스 히르티우스와 저는 내년에 동방에서의 총독 직을 이미 약속받았습니다." 그는 원로원 의원들에게 말했다. "히르티우스는 아시아 속주와 킬리키아를, 저는 시리아를 통치할 예정입니다. 올해 우리 군대는 이탈리아 갈리아의 마르쿠스 안토니우스를 상대하는 것만으로도 벅차기 때문에 시리아의 돌라벨라까지 상대할 순 없습니다. 그러므로 올해에는 이탈리아 갈리아 전쟁에만 집중하고 내년에 시리아의 돌라벨라를 상대로 전쟁을 벌일 것을 제안합니다."

안토니우스 추종세력들은 이 제안이 가장 안전하다고 생각했다. 우선 안토니우스부터 처리해야 할 텐데, 그들은 안토니우스가 질 리 없다고 확신했기 때문이다. 판사의 제안에 따르면 이탈리아 내의 군단들은 올해 남은 기간 동안 이탈리아에 머물러야 할 것이고, 올해가 끝날 무렵이면 안토니우스가 히르티우스, 판사, 옥타비아누스를 물리치고 그 군단들을 손에 넣을 것이다. 그러고 나면 안토니우스는 시리아로 떠날 수 있으리라.

키케로의 해답은 달랐다. 그는 시리아 통치권을 가이우스 카시우스에게 줘야 한다고 했다! 그것도 지금 당장! 카시우스의 행방을 아는 사람은 아무도 없었으므로 이 제안은 충격적이었다. 키케로는 설마 다른 원로원 의원들이 모르는 사실을 알고 있었던 걸까?

"이 총독 직을 바티아 이사우리쿠스 같은 민달팽이에게 맡겨선 안 되고, 내년까지 아껴뒀다가 판사에게 맡겨서도 안 됩니다!" 키케로는 의전과 격식 따윈 생략하고 말했다. "시리아 문제는 나중이 아니라 지금 당장 손을 써야 하고, 시리아를 이미 잘 알고 있으며 파르티아군까지 무찌른 경험이 있는 전성기의 젊고 정력적인 남자가 나서야 합니다. 가이우스 카시우스 롱기누스 말입니다! 그는 이 총독 직의 유일한 적임자입니다! 덧붙여 그에게 비티니아, 폰토스, 아시아 속주, 킬리키아에서 징발령을 내릴 권한을 부여하고 5년간 무제한의 임페리움을 제공해야 합니다. 우리 집정관 판사와 히르티우스는 이탈리아 갈리아 문제를 해결하는 것만으로도 정신없을 겁니다!"

물론 그는 거기서 또 안토니우스 이야기로 넘어갔다. "마르쿠스 안토니우스라는 작자가 반역자라는 것을 잊어서는 안 됩니다!" 키케로는 크게 외쳤다. "루페르쿠스 축제에서 카이사르에게 디아데마를 넘겨주던 순간, 그는 자신이 카이사르의 진정한 살해자라는 것을 온 세상에 보여주었습니다!"

그를 향한 얼굴들에 떠오른 표정을 보면 그가 카시우스 문제를 충분히 관철시키지 못했음을 알 수 있었다. "저는 야만성으로 따졌을 때 돌라벨라가 안토니우스와 동급이라고 생각합니다! 지금 당장 시리아를 가이우스 카시우스에게 넘겨야 합니다!"

하지만 판사는 그것을 허락할 마음이 없었다. 그는 원로원을 압박해 이탈리아 갈리아 전쟁이 끝나는 즉시 자신과 히르티우스에게 돌라벨라와의 전쟁 지휘권을 넘겨주는 법안을 통과시켰다. 그는 이제 이탈리아 갈리아 전쟁을 한시바삐 마무리한 다음 내년이 아니라 올해 안에 시리아로 출발하리라 작정했다. 그래서 로마를 법무관들의 손에 맡긴 채 직접 군대를 이끌고 이탈리아 갈리아로 갔다.

판사가 떠난 다음날, 먼 갈리아의 총독 루키우스 무나티우스 플랑쿠스와 가까운 히스파니아 및 나르보 갈리아의 총독 마르쿠스 아이밀리우스 레피두스가 원로원에 편지를 보냈다. 그들은 원로원이 자기들만큼이나 충성스러운 로마인인 마르쿠스 안토니우스와 타협을 한다면 마음 깊이 감사할 것이라고 전했다. 그 메시지는 암시적이었다. 알프스 산맥 너머에 두 개의 대군이 있다는 사실과, 이 두 대군은 마르쿠스 안토니우스에게 호의적인 총독들의 지휘를 받고 있다는 사실을 원로원이 잊어서는 안 된다는 뜻이었다.

협박이군! 키케로는 이렇게 생각했고, 그에게 그럴 권한이 없었음에도 플랑쿠스와 레피두스에게 편지를 쓰기로 했다. 이미 마르쿠스 안토니우스를 비난하는 연설을 열한 차례나 한 까닭에 그는 도저히 진정할 수 없는 극도의 흥분 상태였다. 그리하여 그가 플랑쿠스와 레피두스에게 보낸 편지는 무분별할 정도로 오만했다. 당신들이 너무 멀리 떨어져 있어 잘 알지도 못하는 일에는 신경 끄고, 당신들 속주나 잘 다스리시오. 로마 문제에 괜히 참견하지 마시오! 지체 높은 귀족이 아닌 플랑쿠스는 키케로의 질책을 담담하게 받아들였지만, 레피두스는 소몰이 막대에 찔린 것처럼 반응했다. 감히 키케로 같은 보잘것없는 신진 세력이 아이밀리우스 레피두스 집안사람을 꾸짖다니!

2 3월이 되자 이탈리아 갈리아의 날씨가 조금 풀렸다. 히르티우스와 옥타비아누스는 말뚝을 뽑고 무티나 근처로 이동했다. 그러자 보노니아를 장악하고 있던 안토니우스는 그 도시를 버리고 무티나 주변에 병력을 집중 배치했다.

판사가 새로 모집한 3개 군단을 이끌고 로마에서 오고 있다는 소식에, 히르티우스와 옥타비아누스는 안토니우스와의 전투를 시작하기 앞서 판사를 기다리기로 했다. 하지만 안토니우스도 판사가 오고 있다는 것을 미리 알고 그가 두 공동 지휘관과 세력을 합치기 전에 공격에 나섰다. 교전은 무티나에서 10킬로미터쯤 떨어진 포룸 갈로룸에서 벌어졌고, 공격 개시 결정은 안토니우스의 몫이었다. 판사는 심각한 부상을 입었지만 가까스로 히르티우스와 옥타비아누스에게 자신이 공격받고 있다는 소식을 전했다. 나중에 로마로 전달된 공식 서한에는 히르티우스가 옥타비아누스에게 진지 방어를 명령하고 판사를 구하러 떠났다고 적혀 있었다. 하지만 사실 옥타비아누스는 천식 발작 때문에 꼼짝할 수 없는 처지였다.

안토니우스가 어떤 장군인지는 포룸 갈로룸에서 아주 명확히 드러났다. 그는 판사를 완파한 다음 전열을 가다듬고 진지로 돌아가지 않았다. 그 대신 부하들이 야단법석을 떨며 판사의 물자 수송대를 약탈하고 사방으로 흩어지도록 내버려뒀다. 히르티우스가 아무 경고도 없이 도착했을 때 무방비 상태였던 안토니우스는 처절한 패배를 겪었다. 그는 병사들을 대부분 잃고 간신히 전장에서 달아났다. 그리하여 그날의 영광은 대체로 카이사르에게 사랑받았던 학자형 장군 아울루스 히르티우스에게 돌아갔다.

머칠 뒤인 4월 21일, 히르티우스와 옥타비아누스는 안토니우스를 두 번째 전장으로 유인해 결정적인 패배를 안겨줬다. 그 바람에 안토니우스는 무티나 함락을 위해 마련한 진지를 버리고 아이밀리우스 가도를 따라 서쪽으로 달아날 수밖에 없었다. 그 작전의 총사령관은 히르티우스였고 옥타비아누스는 히르티우스의 전략을 따른 것뿐이었다. 그렇지만 옥타비아누스는 자기 몫의 병력을 둘로 나누어 각각 살비디에누스와 아그리파에게 지휘를 맡겼다. 그는 자신이 타고난 장군이 아니라는 사실을 잊지 않았지만, 동시에 자기 몫의 승리를 중간에서 가로챌 만한 혈통과 연륜을 갖춘 사람에게 보좌관 직을 맡길 마음도 없었다.

승리하긴 했지만—게다가 암살자 루키우스 폰티우스 아퀼라는 안토니우스 편에서 싸우다 전사했다—행운의 여신은 온전히 옥타비아누스의 편이 아니었다. 아울루스 히르티우스는 말에 올라 전투를 감독하던 중 날아온 창에 맞고 즉사했다. 다음날 판사 역시 부상으로 사망하자 카이사르 옥타비아누스는 로마 원로원과 인민에게 남은 유일한 사령관이 되었다.

물론 무티나를 방어하다가 이제 포위에서 풀려난 데키무스 브루투스도 있었다. 그는 안토니우스와 직접 싸울 기회를 놓친 것에 아주 화가 나 있었다.

"안토니우스 곁에 무사히 남아 있는 군단은 종달새5군단뿐입니다."
옥타비아누스는 무티나 성 안에서 데키무스 브루투스를 만나 말했다.
"하지만 그에겐 다른 군단에서 떨어져나온 몇몇 대대도 있을 테고, 그
들은 지금 아주 빠르게 서쪽으로 이동중입니다."

옥타비아누스로서는 불쾌한 만남이었다. 그러나 그에겐 원로원이
임명한 공식 사령관으로서 이 암살자에게 우호적이고 협조적으로 대
할 의무가 있었다. 그래서 그는 뻣뻣하고 서먹서먹하고 차가운 태도를
보였다. "안토니우스를 따라갈 생각입니까?" 그가 물었다.

"상황이 어떻게 진행되는지 봐서 결정할 걸세." 데키무스가 말했다.
옥타비아누스가 그를 싫어하는 만큼 그 역시 옥타비아누스를 싫어했
다. "자넨 카이사르의 개인 수습군관이었는데 이런 자리까지 오르다니
대단하군, 안 그런가? 카이사르의 상속자, 원로원 의원, 법무관급 임페
리움. 이런, 세상에!"

"왜 그분을 죽였습니까?" 옥타비아누스가 물었다.

"카이사르 말인가?"

"제가 그분말고 다른 사람의 죽음에 관심이 있을 거라 생각합니까?"

데키무스는 옅은 빛 눈을 감고 옅은 빛 머리를 뒤로 젖힌 채, 꿈에 젖
은 듯 초연하게 말했다. "내가 그를 죽인 이유는 나나 다른 로마 귀족들
이 가진 모든 것이 카이사르의 은총과 호의에서, 다시 말해 그의 명령
에서 비롯되기 때문이었네. 그는 이름만 왕이 아니었을 뿐 왕의 권위를
손에 넣었고, 로마를 통치할 능력을 갖춘 사람은 자기밖에 없다고 여
겼어."

"그분이 옳았습니다, 데키무스."

"그는 틀렸네."

"로마는," 옥타비아누스가 말했다. "세계를 아우르는 제국입니다. 그러므로 새로운 형태의 정부가 필요합니다. 매년 선거를 통해 정무관들을 뽑는 방식은 더는 통하지 않고, 폼페이우스 마그누스가 제안했던 것처럼 속주 총독의 임페리움을 5년으로 늘리는 것으로도 부족합니다. 카이사르도 처음에는 임기를 연장하는 방식을 고려했죠. 하지만 그는 살해되기 한참 전에 다른 해답을 찾으셨습니다."

"차기 카이사르가 될 작정이신가?" 데키무스가 심술궂게 물었다.

"저는 이미 차기 카이사르입니다."

"이름은 그렇겠지만, 딱 그뿐이지. 자네는 안토니우스를 쉽게 제거할 수 없을 걸세."

"저도 그쯤은 알고 있습니다. 하지만 저는 그를 제거할 겁니다. 지금 당장이 아니면 나중에라도."

"안토니우스 같은 사람들은 항상 있을 걸세."

"그 말엔 동의할 수 없습니다. 카이사르와 달리 저는 제게 맞서는 사람들에게 관용을 베풀지 않을 겁니다, 데키무스. 이건 당신과 다른 살해범들에게도 적용되는 말입니다."

"자네처럼 오만방자한 어린애는 엉덩이를 좀 맞아야 해, 옥타비아누스."

"전 어린애가 아닙니다. 카이사르입니다. 신의 아들이죠."

"아, 그래, 혜성 말이군. 카이사르는 이제 신이 되었으니 살아 있을 때보단 훨씬 덜 위협적인 존재가 됐네."

"옳은 말씀입니다. 하지만 그는 신이기 때문에 다른 방법으로 활용될 수 있습니다. 전 그분을 신으로서 잘 활용할 겁니다."

데키무스는 웃음을 터뜨렸다. "안토니우스가 자네 엉덩이를 때려주는 모습을 볼 수 있도록 내가 오래 살기를 바라야겠군."

"당신은 오래 살지 못할 겁니다." 옥타비아누스는 말했다.

데키무스 브루투스가 옥타비아누스에게 무티나에 있는 자신의 저택으로 거처를 옮기라고 말한 것은 진심인 듯했지만, 옥타비아누스는 이 초대를 거절했다. 그는 자신의 진지에 남아 판사와 히르티우스의 장례를 치르고 그들의 유골을 로마로 돌려보냈다.

이틀 뒤 데키무스 브루투스가 아주 불안한 표정으로 그를 찾아왔다.

"푸블리우스 벤티디우스가 안토니우스와 세력을 합치기 위해 피케눔에서 모집한 3개 군단을 이끌고 이동중이라고 들었네." 그는 말했다.

"흥미롭군요." 옥타비아누스는 아무렇지 않은 듯 대답했다. "제가 어떻게 해야 한다고 생각하십니까?"

"당연히 벤티디우스를 저지해야지." 데키무스는 딱 잘라 말했다.

"그건 제가 할 일이 아니라 당신이 할 일입니다. 집정관급 임페리움을 가진 것도 당신이고 원로원이 임명한 총독도 당신이니까요."

"옥타비아누스, 나는 내 임페리움 때문에 이탈리아로 들어갈 수 없다는 사실을 잊었나? 벤티디우스를 멈추기 위해서는 반드시 이탈리아로 들어가야 하네. 그는 에트루리아를 통과해 티레니아 해 방향으로 이동중이기 때문이지. 게다가," 데키무스는 솔직히 말했다. "내가 가진 군단의 병사들은 모두 신참이라 벤티디우스의 피케눔 병사들과 맞설 수 없네. 피케눔 병사들은 모두 폼페이우스 마그누스의 땅에 정착한 그의 오랜 노련병들이야. 자네 병사들은 전부 노련병들이고, 히르티우스와 판사가 데려온 병사들은 노련병이거나 이곳에서 전투를 치른 경험이 있지. 그러니 벤티디우스를 추격해야 할 사람은 자네야."

옥타비아누스의 머릿속이 복잡해졌다. 그는 내게 군대를 이끌 능력이 없음을 알고 내가 엉덩이를 두들겨맞는 꼴을 보려고 한다. 군대 통솔은 살비디에누스가 충분히 할 수 있다고 생각하지만, 지금 그게 문제가 아니다. 나는 이곳에서 한 발짝도 움직이지 않을 것이다. 괜히 움직였다가는 원로원이 나를 오만하고 지나치게 야심만만한 제2의 폼페이우스 마그누스로 여길 것이다. 조심하지 않으면 나는 제거될 것이다. 단순히 지휘권뿐만 아니라 목숨을 잃을 수도 있다. 어떻게 해야 하지? 어떻게 하면 데키무스에게 안 된다고 대답할 수 있을까?

"제 군대를 이끌고 진군하여 푸블리우스 벤티디우스와 맞서라는 조언은 거부하겠습니다." 그는 평온하게 말했다.

"어째서?" 데키무스는 깜짝 놀라서 물었다.

"그 조언은 제 아버지의 암살범 중 한 명에게서 나온 것이기 때문입니다."

"농담이겠지! 우리는 이 문제에 있어 같은 편일세!"

"저는 절대 제 아버지의 암살범들과 같은 편이 아닙니다."

"하지만 벤티디우스를 반드시 에트루리아에서 막아내야 한단 말일세! 그가 안토니우스와 만나면 우린 원점으로 돌아가 처음부터 다시 싸워야 해!"

"그럴 수밖에 없다면 그렇게 해야겠죠." 옥타비아누스가 대답했다.

그는 안도의 한숨을 내쉬며 데키무스가 분개한 채로 떠나는 모습을 지켜봤다. 이제 그에게는 진군하지 않을 완벽한 변명거리가 생겼다. 그의 병사들도 암살범인 데키무스의 조언을 따르지 않은 그의 판단을 지지해줄 터였다.

그는 원로원을 조금도 신뢰하지 않았다. 원로원 구성원들은 카이사르의 상속자를 공공의 적으로 공표할 구실에 목말라했고, 카이사르의 상속자가 군대를 이끌고 이탈리아 본토로 들어간다면 그것은 좋은 구실이 될 터였다. 내가 군대를 이끌고 이탈리아 본토로 들어간다면 그것은 두번째 로마 진군이 될 것이다, 하고 옥타비아누스는 생각했다.

일주일 뒤 그는 자신의 직감이 옳았다는 것을 확인했다. 무티나 전투가 대단한 업적이라며 칭찬하는 원로원의 공식 문서가 도착했던 것이다. 하지만 그 전투와 관련해 개선식을 허락받은 것은 정작 전투에 전혀 기여한 바 없는 데키무스 브루투스였다! 또한 원로원은 안토니우스와의 전쟁에서 최고 지휘권을 데키무스에게 주었고, 옥타비아누스에게 소속된 군단을 비롯해 모든 군단을 데키무스에게 넘겨주었다. 반면 옥타비아누스는 굴욕적일 정도로 보잘것없는 약식 개선식을 약속받았다. 원로원에 따르면 죽은 집정관들의 파스케스는 새 집정관들이 선출될 때까지 베누스 리비티나 신전에 보관될 것이라 했다. 하지만 정확한 선거 날짜는 언급하지 않았는데, 옥타비아누스가 판단하기에 선거는 열리지 않을 듯했다. 옥타비아누스에겐 더욱 좌절스럽게도, 원로원은 옥타비아누스의 병사들에게 상여금을 지급하겠다는 약속을 어겼다. 원로원은 위원회를 구성해 사령관들을 거치지 않고 군단병 대표들과 대면 협상을 진행하려 했고, 옥타비아누스나 데키무스는 이 위원회에 포함되지 않을 예정이었다.

"이런, 이런, 이런!" 카이사르의 상속자는 아그리파에게 말했다. "이제야 우리 위치가 확실히 파악되는군, 안 그래?"

"어떻게 할 건가, 카이사르?"

"아무것도 안 할 거야. 아무것도. 가만히 앉아서 기다릴 거야. 잘 들어둬." 그는 덧붙였다. "원로원이 내 병사들에게 얼마를 줘야 할지에 대한 결정을 제멋대로 미뤘다는 걸 자네와 다른 몇몇 사람들이 군단병 대표들에게 조용히 일러준대도 나쁠 건 없겠지. 그리고 원로원 위원회는 인색하기로 악명 높다는 걸 꼭 알려줘."

히르티우스의 군단들은 기존 진지에 따로 머물렀고, 판사의 3개 군단은 옥타비아누스의 3개 군단과 한곳에 머물고 있었다. 4월 말에 데키무스는 히르티우스의 군단들을 손에 넣었고 옥타비아누스에게 그와 판사의 병력을 넘기라고 요구했다. 옥타비아누스는 공손하지만 단호하게 거절했다. 그는 원로원이 자신에게도 지휘권을 부여했으며, 원로원의 편지에는 데키무스에게 자신의 지휘권과 병력을 빼앗을 권한이 있다고 정확히 명시되진 않았다고 했다.

몹시 화가 난 데키무스는 6개 군단에 직접 명령을 내렸다. 하지만 군단 대표들은 자신들이 젊은 카이사르에게 속해 있으며 젊은 카이사르 곁에 남고 싶다고 단호히 말했다. 젊은 카이사르는 두둑한 상여금을 지급했다. 더군다나 왜 그들이 카이사르의 살해범을 위해 싸워야 한단 말인가? 그들은 새로운 카이사르 곁에 있고 싶었고 암살범들과는 엮이기 싫었다.

그리하여 데키무스는 무티나에서부터 함께한 자신의 군대 중 일부와 히르티우스가 이탈리아에서 모집한 3개 군단을 이끌고 안토니우스를 쫓아 서쪽으로 이동할 수밖에 없었다. 무티나에서 제대로 손에 피를 묻힌 히르티우스의 3개 군단은 데키무스가 가진 최고의 병력이었다. 하지만 6개 군단을 옥타비아누스에게 두고 떠나야 한다니!

옥타비아누스는 보노니아로 돌아갔다. 그는 그곳에 머물며 데키무스의 자멸을 기다렸다. 옥타비아누스는 타고난 장군은 아니었으나 정치와 권력 다툼을 잘 이해했다. 데키무스가 자멸하지 않는 이상 옥타비아누스의 선택권은 많지도 않을뿐더러 전망이 어두웠다. 안토니우스가 벤티디우스와 세력을 합치고 플랑쿠스와 레피두스까지 자기편으로 끌어들이면 데키무스로서는 안토니우스와 타협하는 것이 최선임을 옥타비아누스는 알고 있었다. 그렇게 되면 그들은 한덩어리가 되어 옥타비아누스를 덮치고 발기발기 찢어놓을 터였다. 옥타비아누스로서는 데키무스가 너무 자만심 넘치고 선견지명이 부족해 안토니우스의 합류 제안을 거절하면 자신의 종말로 이어지리라는 것을 못 알아볼 가능성에 희망을 걸 수밖에 없었다.

마르쿠스 아이밀리우스 레피두스는 자기 속주 문제에나 신경쓰라는 키케로의 건방진 편지를 전달받자마자 자신의 모든 병력을 나르보 갈리아의 경계선인 로다누스 강 서안으로 이동시켰다. 그는 로마와 이탈리아 갈리아에서 무슨 일이 벌어지는지 몰랐다. 하지만 키케로 같은 벼락출세자들에게 속주 총독이 그 누구보다도 내란에 큰 역할을 한다는 것을 보여주기 위해 철저히 대비할 작정이었다. 마르쿠스 안토니우스를 비우호 세력으로 선언한 것은 키케로의 원로원이지 레피두스의 원로원이 아니었다.

장발의 갈리아에 있던 루키우스 무나티우스 플랑쿠스는 누구의 원로원을 지지해야 할지 갈피를 잡지 못했다. 하지만 이탈리아의 내란 상황이 심각했으므로 그는 자신의 10개 군단을 전부 데리고 로다누스 강을 따라 내려갔다. 그는 아라우시오에서 급히 진군을 중단했다. 그의 정찰병에 따르면 레피두스와 그의 6개 군단이 불과 60킬로미터 떨어진 진지에 머물고 있었던 것이다.

레피두스는 플랑쿠스에게 친근한 메시지를 보냈는데, 이는 사실상 이런 내용이었다. "이쪽으로 한번 건너오시오!"

조심성 많은 플랑쿠스는 안토니우스가 무티나에서 패배했다는 것을 알고 있었다. 하지만 벤티디우스와 피케눔족으로 구성된 3개 군단이 안토니우스를 도우러 오고 있다는 것이나 옥타비아누스가 데키무스 브루투스의 협조 요구를 거부했다는 것은 몰랐다. 그러므로 플랑쿠스는 레피두스의 친근한 초대를 무시하기로 했다. 그는 무슨 일이 벌어지는지 관찰하기 위해 진군 방향을 틀어 약간 북쪽으로 갔다.

한편 안토니우스는 서둘러 데르토나로 갔고 거기서부터 아이밀리우스 스카우루스 가도를 타고 티레니아 해의 게누아로 갔다. 그곳에서 그는 벤티디우스와 피케눔족으로 구성된 3개 군단을 만났다. 안토니우스와 벤티디우스는 뒤따라오는 데키무스 브루투스에게 속임수를 써서, 두 사람이 해안을 따라 움직이지 않고 도미티우스 가도를 따라 먼 갈리아로 가고 있다고 착각하게끔 했다. 이 책략은 통했다. 데키무스 브루투스는 플라켄티아를 지나 도미티우스 가도를 타고 알프스 고지대를 넘었다. 안토니우스와 벤티디우스보다 훨씬 북쪽으로 이동한 셈이었다.

안토니우스와 벤티디우스는 해안 도로로 이동하다가 카이사르가 건설한 퇴역병 거류지 중 하나인 포룸 율리에 진지를 세웠다. 로다누스 강에서 동쪽으로 출발한 레피두스도 포룸 율리의 하천 반대편에 도착해 임시 진지를 세웠다. 가까이 있다보니 양쪽 군대의 병사들은 서로 친해졌고, 여기에는 안토니우스의 보좌관 중 두 명이 기여한 바 있었다. 레피두스 곁에는 새로이 편성된 10군단이 있었는데, 10군단은 안토니우스가 캄파니아에서 폭동을 선동했을 때부터 그를 잘 따르는 경향이 있었다. 그러므로 안토니우스에게는 포룸 율리도 어렵지 않았다. 레피두스는 불가피한 상황을 받아들이고 안토니우스와 벤티디우스와 세력을 합쳤다.

5월 중반을 넘어설 무렵이 되자 가이우스 카시우스가 시리아를 접수하느라 바쁘다는 소문이 포룸 율리까지 퍼졌다. 흥미롭긴 하지만 가장 중대한 문제는 아니었다. 시리아에 있는 카시우스보다는 로다누스 강 상류에 있는 플랑쿠스와 그의 대군이 어떤 움직임을 보일지가 중요했다.

플랑쿠스는 그의 군대와 함께 안토니우스에게 조금씩 접근하다가, 레피두스 역시 포룸 율리에 있다는 정찰병의 보고를 접했다. 겁을 먹은 그는 도미티우스 가도에서 북쪽으로 한참 떨어진 쿨라로로 후퇴했고 아직 도미티우스 가도를 따라 이동중이던 데키무스 브루투스에게 편지를 보냈다. 데키무스는 편지를 받자마자 곧장 플랑쿠스에게 왔고 6월 초 쿨라로에 도착했다.

그곳에서 두 사람은 병력을 합치고 현재의 원로원, 다시 말해 키케로의 원로원을 따르기로 했다. 이러니저러니해도 데키무스는 원로원에서 정식 권한을 부여받았고 플랑쿠스는 합법적인 총독이었다. 레피두스 역시 키케로의 원로원에서 비우호 세력으로 선포되었다는 소식이 전해지자 플랑쿠스는 자신의 선택이 옳았다며 자축했다.

문제는 데키무스가 끔찍할 정도로 많이 변했다는 데 있었다. 과거의 위풍당당함이나 장발의 갈리아에서 카이사르의 수하로 싸울 때 보여주었던 한결같은 군사적 재능은 전부 옛일이 되었다. 그는 군대를 쿨라로 밖으로 이동시켜야 한다는 조언을 듣지 않았고, 자기 병사들의 경험 부족을 지나치게 불안해했으며, 안토니우스와의 충돌을 야기할 행동을 해서는 안 된다는 입장을 고수했다. 그들의 14개 군단만으로는 부족했다. 그냥 부족한 정도가 아니었다!

그리하여 총력전을 벌이면 어떤 결과가 나올지 모르는 가운데 모두가 기다리기만 하는 작전이 펼쳐졌다. 이것은 양쪽 병사들이 각자의 확고한 신념을 지키기 위해 싸우는 명쾌한 이념 투쟁이 아니었다. 또한 어느 쪽에도 사자처럼 강인한 힘과 용기를 지닌 인물이 없었다.

8월 초에 저울추가 안토니우스 쪽으로 살짝 기울었다. 먼 히스파니아에서 출발한 폴리오와 그의 2개 군단이 안토니우스와 레피두스에게 합류했기 때문이다. 안 될 이유가 있나? 폴리오는 씩 웃으며 생각했다. 폴리오의 속주에는 재미있는 일이 전혀 없었는데, 키케로의 원로원이 섹스투스 폼페이우스에게 지중해 통치권을 맡긴 탓이었다. 얼마나 멍청한 짓인가!

"진심으로 하는 말입니다만," 폴리오는 절망스럽게 고개를 저으며 말했다. "상황은 악화일로였습니다. 티끌만큼의 분별력이라도 갖춘 사람이라면 섹스투스 폼페이우스가 단순히 곡물 공급을 무기로 로마를 협박하려고 세력을 키우는 중임을 알 겁니다. 어쨌든 그 때문에 저 같은 역사가의 삶은 못 견디게 무료해졌습니다. 당신 곁에 있으면 제가 기록할 만한 소재를 더 얻을 수 있을 겁니다, 안토니우스." 그는 희희낙락하며 주변을 둘러봤다. "멋진 곳에 진지를 마련하셨군요! 물고기를 잡거나 수영하기도 좋고, 마리티마이 알프스는 경치가 정말 장관입니다. 코르두바보다 훨씬 낫죠!"

폴리오는 유쾌한 시간을 보내고 있었지만, 플랑쿠스는 결코 그렇지 못했다. 일단 그는 데키무스 브루투스의 끝없는 불평불만에서 벗어날 수가 없었다. 게다가 데키무스가 무기력하게 가만히 있었기에 플랑쿠스가 직접 원로원에 편지를 써서 왜 두 사람이 안토니우스와 그의 동료이자 비우호 세력인 레피두스를 뒤쫓지 않는지 일일이 설명해야 했다. 그는 옥타비아누스를 주된 공격 대상으로 삼았으며, 옥타비아누스가 벤티디우스를 저지하지도 않고 병력을 내놓지도 않은 것을 강하게 비판했다.

폴리오가 도착하자 두 명의 비우호 세력은 플랑쿠스에게 이쪽 편으로 건너오라는 초대장을 보냈다. 플랑쿠스는 데키무스 브루투스를 버리고 기쁜 마음으로 초대장을 받아들였다. 그는 축제 분위기나 다름없는 포룸 율리로 진군했다. 하지만 로다누스 골짜기의 동쪽 언덕을 따라 이동하면서 모든 것이 이상하리만치 말라 있다는 점을, 본래 비옥한 이 지역의 곡식에 이삭이 맺히지 않았다는 점을 눈치채지 못했다.

카이사르의 죽음 이후 겪었던 끔찍한 공포와 우울이 다시 한번 데키무스 브루투스를 덮쳤다. 플랑쿠스가 달아나자 데키무스는 두 손 두 발을 다 들고 사령관으로서의 의무와 임페리움을 내려놓았다. 그는 어리둥절해하는 병사들을 전부 쿨라로에 내버려두고 몇몇 친구들과 함께 육로를 이용해 마케도니아의 브루투스에게 가기로 했다. 갈리아인들의 언어를 여럿 구사하는 데키무스로서는 불가능한 일도 아니었고, 가는 길에 문제가 발생할 것 같지도 않았다. 때는 한여름이었고 알프스 산맥의 모든 고갯길은 열려 있었다. 동쪽으로 가면 갈수록 산이 낮아지고 산세가 순해졌다.

브렌니족의 땅으로 들어가기 전까지는 모든 것이 순조로웠다. 브렌니족은 이탈리아 갈리아로 통하는 브렌니 고갯길 너머의 고지대에 거주하는 부족이었다. 데키무스 일행은 브렌니 고갯길에서 브렌니족에게 생포되어 족장인 카밀루스 앞으로 끌려갔다. 데키무스의 친구 중 한 사람은 모든 갈리아인이 정복자인 카이사르를 몹시 싫어할 거라 판단하고서 카밀루스에게 깊은 인상을 심어줄 요량으로, 여기 이 데키무스 브루투스는 위대한 카이사르를 살해한 인물이라고 말했다. 문제는 카이사르가 갈리아인들 사이에서 베르킹게토릭스와 더불어 전설 속 인물로 전해지며 뛰어난 군사 영웅으로 사랑받고 있다는 점이었다.

카밀루스는 일이 어떻게 돌아가고 있는지 알았다. 그는 포룸 율리의 안토니우스에게 편지를 보내서 자신이 데키무스 유니우스 브루투스를 억류하고 있다며 질문을 던졌다. 위대한 마르쿠스 안토니우스는 이자를 어떻게 했으면 좋겠소?

안토니우스는 '죽이시오'라는 매몰찬 답변과 함께 금화가 두둑이 담긴 자루를 보내왔다.

브렌니족은 데키무스 브루투스를 죽였고, 그들이 돈값을 했다는 증거로 데키무스의 잘린 머리를 안토니우스에게 보냈다.

3 6월 마지막날, 원로원은 안토니우스에 합류한 마르쿠스 아이밀리우스 레피두스를 비우호 세력으로 선포하고 그의 재산을 압수했다. 그가 최고신관이라는 점이 문제를 복잡하게 만들었다. 로마의 최고위직 신관은 지위를 박탈당할 수 없었고, 원로원은 국고위원회가 최고신관에게 매년 거액의 보수를 지급하는 것을 막을 수 없었다. 공공의 적이라면 그게 가능할지 몰라도 비우호 세력으로는 불가능했다. 마케도니아의 브루투스는 편지를 보내 자신의 여동생이 극빈자로 전락했다고 한탄했다. 하지만 사실 그녀는 관저에서 아주 편안한 생활을 했으며 안티움에서 수렌툼 사이의 많은 빌라 중 원하는 곳

에 머물 수 있었다. 유닐라의 보석, 옷, 하인을 압수한 사람은 없었고, 유닐라의 언니와 결혼한 바티아 이사우리쿠스는 원로원이 처제에게 피해를 줄 재정적 조치를 취하는 것을 용납하지 않았다. 브루투스는 단지 적절한 방식으로 정치적 행동을 하고 있는 것뿐이었다. 어리숙한 사람들은 그의 말을 곧이곧대로 믿고 눈물을 흘릴 터였다.

로마에 남은 해방자들은 점점 줄어들고 있었다. 노예 고문을 통해 변태적인 쾌락을 탐하던 루키우스 미누키우스 바실루스는 단체로 들고일어난 노예들에게 고문당하고 살해당했다. 그의 죽음을 안타까워하는 사람은 없었고, 카이킬리우스 형제와 카스카 형제 등 남아 있던 해방자들의 마음은 더더욱 그랬다. 그들은 여전히 원로원 회의에 참석했지만 언제까지 그럴 수 있을지 내심 걱정했다. 카이사르 옥타비아누스는 그의 대리인들을 통해 도시 곳곳에 도사리고 있었다. 대리인들이 하는 일은 왜 해방자들이 아직까지 처벌받지 않고 있는지 사람들에게 질문을 던지는 것뿐이었다.

안토니우스, 레피두스, 벤티디우스, 플랑쿠스, 폴리오와 그들의 23개 군단은 로마에 있어 옥타비아누스만큼 큰 걱정거리가 아니었다. 포룸 율리는 보노니아에 비하면 너무도 먼 땅이었고, 보노니아는 로마로 통하는 두 개의 도로인 아이밀리우스 가도와 안니우스 가도가 만나는 곳이었다. 마케도니아의 브루투스조차도 마르쿠스 안토니우스보다 옥타비아누스를 더욱 큰 평화 위협 요소로 보고 있었다.

이처럼 모두의 불안을 자극하는 당사자는 그 어떤 행동이나 말도 없이 보노니아에 가만히 머물고 있었다. 따라서 그는 수수께끼의 인물로 비치게 되었다. 카이사르 옥타비아누스가 원하는 것이 정확히 무엇인지 안다고 단언할 수 있는 사람은 아무도 없었다. 그가—아직 공석으로 남아 있는—집정관 직을 원한다는 소문이 돌았지만, 그의 의붓아버지인 필리푸스와 매형인 작은 마르켈루스는 이와 관련된 질문이 나올 때마다 속내를 헤아리기 어려운 표정을 지었다.

이즈음 해서 사람들은 돌라벨라가 죽었고 카시우스가 시리아를 통치중이라는 것을 알게 됐다. 하지만 포룸 율리와 마찬가지로, 시리아는 옥타비아누스가 있는 보노니아에 비하면 너무 먼 땅이었다.

그러다 키케로로서는 공포스럽게도(마음속으로 그런 생각을 안 해본 건 아니었지만) 새로운 소문이 돌았다. 옥타비아누스가 수석 집정관 키케로 밑에서 차석 집정관을 역임하고 싶어한다는 소문이었다. 현명하고 존경받는 노인의 발치에 앉아 인생의 경험을 쌓는 젊은이. 퍽 낭만적이고 그럴듯한 그림이었다. 하지만 키케로가 마르쿠스 안토니우스를 상대로 여러 차례 위대한 연설을 하느라 기진맥진해 있긴 했어도, 그는 이 그림이 순 엉터리라는 것을 알아볼 정도의 분별력은 지니고 있었다. 옥타비아누스는 조금도 신뢰할 수 없는 자였다.

율리우스 달이 거의 끝나갈 무렵, 백인대장과 백발이 성성한 노련병 400명이 로마에 도착해 원로원 의원들과의 접견을 요청했다. 그들은 군대를 대표하여 가이우스 율리우스 카이사르 필리우스의 요구사항을 가져왔다고 했다. 병사들에게는 약속된 상여금을 지급하고 카이사르 필리우스에게는 집정관 직을 허락해달라는 요구였다. 원로원은 양쪽 요구에 모두 강한 거절 의사를 밝혔다.

그의 양아버지를 기리는 차원에서 이름이 바뀐 달의 마지막날, 옥타비아누스는 8개 군단과 함께 루비콘 강을 건너 이탈리아로 들어간 뒤 직접 엄선한 2개 군단을 이끌고 빠르게 진군했다. 공황상태에 빠진 원로원은 옥타비아누스에게 특사를 보내 진군을 멈추라고 사정했다. 로마에 직접 나타날 필요 없이 부재중 후보로 집정관 선거에 출마하게 해줄 테니 더는 진군해야 할 이유가 없다고 했다!

한편 노련병으로 구성된 아프리카 속주의 2개 군단이 오스티아에 도착했다. 원로원은 기다렸다는 듯이 그들을 낚아채 야니쿨룸 언덕의 요새를 방어하도록 했다. 그곳에서는 카이사르의 유람 정원과 클레오파트라의 텅 빈 궁전이 한눈에 내려다보였다. 1계급 기사들과 2계급 내에서도 상급에 해당하는 기사들은 갑옷을 입었고, 젊은 기사들로 구성된 민병대가 세르비우스 성벽에 배치되었다.

이 모든 조치는 지푸라기라도 잡으려고 애쓰는 것에 불과했다. 명목상 지휘관 자리에 앉아 있는 사람들은 어찌할 바를 몰랐고, 2계급보다 신분이 낮은 사람들은 조용히 자기 할 일에 열중했다. 권력자들이 싸울 때 피를 흘리는 건 권력자들이었다. 일반 서민들이 피해를 보는 건 그들이 직접 폭동을 일으킬 때뿐이었고, 지금은 가장 계급이 낮은 사람들조차 폭동을 일으킬 기분이 아니었다. 곡물 배급은 정상적으로 이루어졌고, 상업 활동도 계속되니 일자리도 안전했으며, 다음달이면 로마 경기대회도 예정되어 있었다. 제정신이 박힌 사람이라면 대체로 권력자들이 피를 흘리는 장소인 포룸 로마눔을 함부로 찾아가지 않았다.

권력자들은 어떤 지푸라기라도 잡으려 했다. 옥타비아누스의 원래 병력 중 2개 군단인 마르스 군단과 4군단이 사령관을 버리고 로마를 도울 것이라는 소문이 돌자 그들은 커다란 안도의 한숨을 내쉬었다. 하지만 얼마 못 가 그것이 근거 없는 소문이라 알려지자 안도의 한숨은 절망의 통곡으로 변했다.

8월 열일곱째 날, 카이사르의 상속자는 아무런 저지도 받지 않고 로마에 입성했다. 야니쿨룸 언덕의 요새를 지키던 병사들은 칼과 필룸창을 거두고 환호와 화환의 물결 속에 침략자 쪽으로 넘어갔다. 이 과정에서 유일하게 피를 흘린 사람은 수도 담당 법무관 마르쿠스 카이킬리우스 코르누투스였다. 그는 옥타비아누스가 포룸 로마눔으로 걸어들어오자 할복자살을 했다. 서민들은 환희에 젖어 옥타비아누스를 환영했지만 원로원에서는 아무런 반응이 없었다. 옥타비아누스는 아주 적절하게도 병사들을 마르스 평원으로 철수시켰고, 그곳에서 자신을 찾아온 모든 사람들과 접견했다.

다음날 원로원은 항복을 선언했고, 옥타비아누스에게 곧바로 치러질 집정관 선거의 후보로 출마해줄 것을 공손히 청했다. 두번째 후보로 원로원은 카이사르의 조카인 퀸투스 페디우스를 조심스럽게 제안했다. 옥타비아누스는 그 제안을 품위 있게 받아들였다. 이로써 그는 수석 집정관에 당선되었고 퀸투스 페디우스는 차석 집정관이 되었다.

8월 열아홉째 날, 스무 살 생일이 아직 한 달 넘게 남은 옥타비아누스는 카피톨리누스 언덕에서 흰 황소를 희생제물로 바치고 집정관으로 취임했다. 독수리 열두 마리가 원을 그리며 하늘을 날았다. 로물루스의 시절 이후로 한 번도 나타난 적 없었던 아주 강력하고 범상치 않은 징조였다. 남자들에게만 허락된 의식이라 그의 어머니와 누나는 올 수 없었지만, 옥타비아누스는 불안한 표정의 의붓아버지부터 질겁한 표정의 원로원 의원들까지 그곳에 참석한 얼굴들을 보는 것만으로도 만족했다. 얼떨떨한 표정을 짓고 있는 퀸투스 페디우스가 무슨 생각을 하고 있을지 그의 어린 사촌은 알지도 못했고 알고 싶지도 않았다.

이 카이사르는 이제 세계 무대에 도착했고, 때 이른 죽음을 맞아 그 무대를 떠나진 않을 터였다.

11장
삼두연합

기원전 43년 8월부터
12월까지

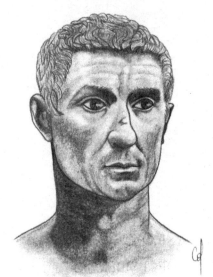

마르쿠스 아이밀리우스 레피두스

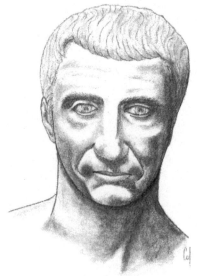

루키우스 율리우스 카이사르

마르쿠스 빕사니우스 아그리파에게는 가장 충실한 추종자 역할이 주어졌고, 그는 그 역할에 계속 만족하는 것은 물론 그것을 한껏 즐겼다. 아그리파는 질투나 야망의 고통을 느끼지 않았다. 옥타비아누스를 향한 그의 감정은 늘 순수한 애정, 온전한 존경, 부드러운 보호본능이었다. 다른 사람들은 옥타비아누스를 비난하고 혐오하고 조롱할지 몰라도, 아그리파만큼은 옥타비아누스를 정확히 꿰뚫고 있었으며 옥타비아누스의 성격에서 가장 극단적인 면마저 나쁘게 보지 않았다. 카이사르의 지성이 그를 점점 더 하늘 위로 끌어올렸다면, 옥타비아누스의 아주 다른 사고방식은 그를 땅속까지 내려갈 수 있게 해준다고 아그리파는 생각했다. 옥타비아누스는 인간의 결점을 놓치는 법이 없었고 약점을 간과하지 않았으며 모든 것의 무게를 꼼꼼히 따졌다. 그의 본능은 파충류를 닮아 있었다. 다른 사람들이 섣불리 움직이는 실수를 범할 때 그는 꼼짝도 하지 않았다. 그러다 움직일 때는 너무 빨라서 흐릿하게 보일 뿐이거나, 혹은 너무 느려서 가만히 있는 듯한 착시를 일으켰다.

아그리파는 옥타비아누스가 살아남아 그의 권리나 다름없는 위대한 운명을 실현할 수 있도록 돕는 것이 자기 역할이라고 생각했다. 그것만이 옥타비아누스라는 사람에게 예정된 자연스러운 결말이었다. 아그리파에게 최고의 보상은 옥타비아누스가 속내를 털어놓을 수 있는 가장 친한 친구로 남는 것이었다. 그는 살비디에누스나 마이케나스, 혹은 최근에 옥타비아누스와 급격히 가까워지고 있는 가이우스 스타틸리우스 타우루스 같은 사람들로부터 자기 우상의 관심을 돌려놓으려 애쓰지 않았다. 그럴 필요조차 없었다. 옥타비아누스의 본능은 가장 내밀한 생각과 바람을 그런 사람들 앞에 드러내지 않았기 때문이다. 그런 것들은 아그리파와 단둘이 있을 때, 오직 아그리파의 귀에만 들어갔다.

"내가 제일 먼저 해야 할 일은," 옥타비아누스는 아그리파에게 말했다. "자네랑 마이케나스, 살비디에누스, 루키우스 코르니피키우스, 타우루스를 원로원 의원으로 만드는 거야. 재무관 선거를 치를 시간이 없으니 임명하는 방법밖에 없겠지. 필리푸스가 그 일을 해줄 걸세. 그런 다음 우리는 특별 법정을 열어 암살범들을 기소해야 해. 자네는 카시우스를 기소하고 루키우스 코르니피키우스는 마르쿠스 브루투스를 기소하게 될 거야. 내 친구들이 암살범을 각각 한 명씩 맡게 될 걸세. 물론 나는 모든 배심원이 유죄평결을 내릴 거라 생각해. 혹시 무죄평결을 내리는 배심원이 있다면 그 사람 이름을 알려주게. 그렇게 용기 있는 유죄평결 혹은 무죄평결을 내릴 수 있는 사람의 이름을 알아놓으면 나중에 써먹을 데가 있거든." 그는 소리내어 웃었다.

"특별 법정에 관한 법을 직접 발표할 건가?" 아그리파가 물었다.

"오, 아닐세, 그건 현명하지 못한 짓이야. 퀸투스 페디우스가 할 걸세."

"이 모든 일이," 아그리파는 양 눈썹이 가운데 모일 정도로 찡그리며 말했다. "신속하게 진행되길 바라는 것 같군. 하지만 이제 내가 어딘가로 돌아가서 또 나무판자를 실어올 때가 된 것 같네."

"당장은 필요하지 않아, 아그리파. 원로원은 내 병사들에게 일인당 2만 세스테르티우스의 상여금을 지급하기로 동의했으니 국고에서 돈이 나올 거야."

"국고는 비어 있다고 생각했네, 카이사르."

"비어 있진 않지만, 그렇다고 풍족한 상태도 아니지. 난 국고 자금을 끌어다 쓸 마음이 없어. 전통적으로 금은 절대 안 건드리는 법이지. 하지만 평민 조영관의 보고는 아주 걱정스럽다네." 옥타비아누스는 이 일을 준비하며 조금도 시간을 허비하지 않은 게 분명했다. 그는 모든 일을 직접 주도하고자 하는 집정관이었다. "작년에는 곡물 수확량이 많지 않았고 올해는 재앙 수준이야. 로마에 곡물을 제공하는 속주뿐 아니라 서쪽 바다부터 동쪽 바다까지 모든 지역이 다 그렇다네. 나일 강은 범람하지 않았고, 에우프라테스 강과 티그리스 강은 수위가 낮고, 그 어디에도 봄비가 내리지 않았어. 엄청난 가뭄이야. 그래서 내 천식이 다소 악화된 거라네."

"그래도 예전보단 많이 나아졌어." 아그리파가 달래듯 말했다. "나이가 들면서 점점 병을 극복하는 것 같네."

"나도 그랬으면 좋겠어. 새파랗게 질린 얼굴로 숨을 쌕쌕 몰아쉬며 원로원 회의에 참석하는 건 끔찍하지만, 어쨌든 참석해야만 하겠지. 물론 끔찍한 천식 발작은 예전보다 줄어든 것 같아."

"내가 살루스에게 제물을 바치겠네."

"난 매일 바치고 있다네."

"추수는?" 아그리파는 옥타비아누스의 말뜻을 파악하고 신속히 다음

질문을 했다. 그 역시 살루스에게 매일 제물을 바쳐야 할 터였다.

"추수를 할 만한 곳이 거의 없을 듯하네. 이미 수확된 곡물은 가격 폭등이 예상돼서, 퀸투스 페디우스는 국가보다 개인 판매상에게 먼저 곡물을 판매하는 것을 금지하는 법을 제정해야 할 거야. 그렇기 때문에 내가 국고 자금을 끌어 쓸 수 없다는 거지. 상업계를 쪼들리게 만드는 건 내 전략이 아니지만, 곡물은 특별한 경우라네. 내 아버지께서 도시 빈민을 위한 거류지를 세웠음에도 불구하고 여전히 15만 개의 무료 곡물 전표가 배포되고 있고, 그건 계속 배포되어야 하네. 키케로와 마르쿠스 브루투스는 내 의견에 동의하지 않겠지만, 나는 최하층민의 가치를 높이 평가한다네. 로마에 대부분의 병력을 제공하는 건 최하층민이지."

"그렇다면 왜 병사들에게 나무판자로 상여금을 지급하지 않는 건가, 카이사르?"

"거기에는 원칙이 걸려 있기 때문이지." 옥타비아누스는 이의를 용납하지 않는 어조로 말했다. "원로원이 나를 통제하든지, 내가 원로원을 통제하든지 둘 중 하나라네. 원로원이 현명한 인물들로 구성된 조직이라면 기꺼이 원로원의 조언을 구하겠지만, 지금의 원로원은 파벌과 분열뿐인 조직이야."

"원로원을 폐지할 계획인가?" 아그리파는 솔깃한 표정으로 물었다.

옥타비아누스는 진심으로 충격받은 얼굴이었다. "아니, 절대 그렇지 않네! 나는 원로원을 새로 교육할 거야, 아그리파. 물론 그 일을 하루아침에 해낼 수는 없을 테고, 한 번의 집정관 임기 내에 해낼 수도 없을 테지. 원로원의 원래 역할은 훌륭한 법을 제안하고 선출직 정무관들에게 행정을 맡기는 거야."

"그렇다면 수레 가득 담긴 나무판자는?"

"지금 자리에 그대로 둬야지. 앞으로 한참 상황이 나빠진 뒤에야 조금씩 나아질 거야. 그러니 나는 가뭄이나 마르쿠스 안토니우스보다 훨씬 더 위협적인 상황에 대비해 그 돈을 아껴둬야 하네. 내일이면 쿠리아법이 통과될 테고, 나는 합법적으로 카이사르 필리우스가 될 거야. 다시 말해 카이사르의 재산을 손에 넣게 되는 거지. 물론 그분이 인민들 몫으로 남긴 돈은 곧바로 지급해야겠지. 하지만 나는 나무판자가 됐든 투자금이 됐든 내 아버지께서 남긴 유산을 조금도 허비하지 않을 걸세. 지금은 로마가 내 편이지만, 이런 상황이 언젠간 끝난다는 것을 내가 모를 것 같나? 안토니우스처럼 게으르고 방탕한 건달들이 존재하는 한 국고 자금으로 모든 비용을 지불해야 할 걸세." 그는 만족스럽게 몸을 쭉 펴며 아그리파를 향해 카이사르를 닮은 미소를 보냈다. "실은 관저를 내 사무실로 쓸 수 있다면 좋겠네. 내 집은 너무 좁단 말이지."

아그리파가 활짝 웃었다. "더 큰 집을 구입하게, 카이사르. 아니면 정식 선거를 통해 최고신관으로 당선되든지."

"아니, 레피두스가 계속 최고신관 직을 유지하도록 놔둬야지. 나는 관저말고 그냥 더 큰 집을 알아볼 거야. 내 아버지와 달리 난 로마의 연못에 소란스럽게 풍덩 뛰어들 마음이 없네. 아버지는 화려한 걸 좋아하셨고 그분 성정에는 그게 잘 맞았어. 그분은 악명을 즐기셨지. 하지만 난 그렇지 않네." 옥타비아누스가 말했다.

"하지만," 아그리파는 여전히 병사들의 상여금이 걱정되는 모양인지 반박했다. "상여금을 지급하려면 3억 세스테르티우스 이상이 필요해. 은 1만 2천 탈렌툼에 해당하는 돈이지. 나무판자도 이용하지 않고 어떻게 그 돈을 마련할 수 있을지 모르겠군."

"상여금을 전액 지급할 마음은 없네." 옥타비아누스는 태연하게 말했다. "절반만 지급할 걸세. 나머지 금액은 차차 지급해야지."

"그럼 군인들이 다른 편에 붙을 거야."

"차차 지급하는 대신 미래 소득을 보장해주겠다고 잘 설득하면 안 그럴 거야. 특히 미지급 금액에 10퍼센트 이자를 제공해준다면 말이지. 나도 다 생각이 있으니 너무 조바심치지 말게, 아그리파. 내가 그들을 설득할 것이고, 그들이 계속 내게 충성하도록 만들겠네."

아그리파는 감탄하며 자신도 옥타비아누스에게 계속 충성하게 되리라고 생각했다. 옥타비아누스는 앞으로 얼마나 뛰어난 금권 정치가가 될 것인가! 아티쿠스는 자기 명성을 유지하려고 발버둥쳐야 할 터였다.

이틀 뒤 필리푸스는 신임 집정관들의 취임을 축하하는 가족 만찬 자리를 마련했다. 그는 자신의 작은아들 퀸투스가 시리아의 가이우스 카시우스에게 교섭을 제안했다는 말을 어떻게 꺼내야 할지 걱정하며 가슴 졸였다. 오, 맛있는 음식이 차려진 식탁, 책, 아름답고 교양 있는 아내와 함께하는 즐거움으로 가득했던 삶은 어디로 갔는지! 그는 이제 제동장치가 없는 듯 보이는 권력욕 강한 어린애로 인해 고통받고 있었다. 그의 어렴풋한 기억에 따르면 카이사르의 어머니 아우렐리아는 자기 아들에게 제동장치가 없다고 말한 바 있었다. 이 두번째 카이사르도 마찬가지였다. 그가 얼마나 매력적이고 조용하며 누구에게도 싫은 소리를 못할 것 같은 병약한 소년이었던가! 이제는 필리푸스 자신이 병약해져 있었다. 대표단 자격으로 한겨울에 오랫동안 이탈리아 갈리아로 떠났던 여정은 세르비우스 술피키우스의 목숨만 앗아간 것이 아니었다. 그 여정의 여파로 필리푸스 자신과 루키우스 피소의 목숨도 위협받고 있었다. 피소는 폐질환을 앓았고 필리푸스는 발가락이 썩어가는 중이었다. 동상에 걸렸던 발가락이 너무 흉해지는 바람에 의사들은 고개를 가로저으며 절단을 제안했다. 하지만 필리푸스는 겁에 질려 그 제안을 거절했다. 그리하여 그는 검게 변한 발가락의 악취를 감추기 위해 향긋한 약초를 잔뜩 넣은 양말을 신고 슬리퍼를 신은 채로 손님들을 맞았다.

남자 손님 중 세 명이 미혼이었으므로 남자 손님이 여자 손님보다 많았다. 세 명의 미혼남은 필리푸스의 장남 루키우스—그는 아버지가 소개해주는 모든 신붓감을 완강히 거절했다—와 옥타비아누스, 그리고 마르쿠스 아그리파였다. 마르쿠스 아그리파는 옥타비아누스가 고집을 피워 초대한 손님이었다. 아그리파라는 무명의 청년을 처음 봤을 때 필리푸스는 숨이 멎을 뻔했다. 너무 잘생겼으면서도 너무 남자다웠다! 키는 거의 카이사르만큼 컸고 어깨는 안토니우스처럼 넓었으며 군인다운 태도 덕분에 존재감이 대단했다. 오, 옥타비아누스, 이 청년이 네게서 모든 것을 빼앗아가겠구나! 필리푸스는 속으로 탄식했다. 하지만 만찬이 끝날 무렵 그의 생각은 바뀌었다. 아그리파는 그야말로 온전히 옥타비아누스에게 속해 있었다. 외설적이거나 추잡한 행동 같은 것도 전혀 없었다. 두 사람은 심지어 나란히 걸을 때조차 서로 건드리지 않았고 상대를 어루만진다거나 나른한 눈길을 주고받지 않았다. 지도자의 운명을 타고난 이 남자다운 사나이가 옥타비아누스에게서 무엇을 발견했는지 몰라도, 그것이 그의 야망을 완전히 무효화시킨 게 분명했다. 내 의붓아들은 또래들로 구성된 파벌을 구축해가고 있구나. 늘 홀로 떨어져 지내고 남자들과의 친밀한 우정 따위에는 시큰둥했던 카이사르보다 훨씬 더 약삭빠르게. 물론 카이사르의 경우 니코메데스 왕과 그렇고 그런 사이였다는 오래전 헛소문 탓에 그랬겠지만, 카이사르에게 아그리파가 있었다면 그 누구도 그를 살해하지 못했으리라. 내 의붓아들은 아주 다르다. 저애는 헛소문 따위는 신경쓰지 않는다. 그런 것들은 하마에게 던져진 돌이 튕겨나가듯 저애에게서 튕겨 나가버린다.

누나가 참석한 덕분에 옥타비아누스는 그 만찬이 아주 즐거웠다. 어머니를 비롯해 그가 아는 모든 사람들 중에 옥타비아 누나는 그에게 가장 소중한 사람이었다. 그녀는 얼마나 아름답게 피어났는지! 어머니인 아티아만큼 코가 예쁘지 않고 광대뼈도 높지 않았지만, 그녀의 금발과 흰 피부는 어머니보다 더 빛났다. 그녀의 매력은 무엇보다 눈에 있었다. 이 세상 그 어떤 여자의 눈보다 아름다운 그 두 눈은 커다랗고 간격이 충분한데다 아콰마린 빛이었다. 옥타비아누스의 눈이 모든 감정을 감춰둔다면, 옥타비아의 눈은 모든 감정을 고스란히 드러냈다. 그녀의 성격은 온전한 사랑과 연민으로 요약될 수 있었고, 그녀의 눈을 통해 그 점을 곧바로 알아볼 수 있었다. 그녀가 마르가리타리아 주랑건물에 쇼핑하러 가면 그녀를 본 사람들은 모두 한눈에 사랑에 빠졌다. 내 아버지께는 서민들과의 매개 역할을 했던 딸 율리아가 있었다. 나에게는 옥타비아 누나가 있다. 나는 내 수호신과 같은 누나를 평생 아끼고 보살필 것이다.

세 여성은 모두 들떠 있었다. 아티아가 들뜬 이유는 그녀의 사랑하는 아들이 이토록 뛰어난 신동임이 드러나서였다. 그녀는 왜 여태껏 그런 생각을 안 해봤던 걸까? 너무 병약해서 목숨이나 부지할 수 있을지 20년 가까이 걱정해온 아들이었지만, 그녀는 자신의 작은 가이우스가 이제 무시할 수 없는 거대한 세력이 되었음을 깨닫고 있었다. 쌕쌕거리며 숨을 몰아쉬던 아들이 어쩌면 다른 모든 사람보다, 심지어 저 튼튼한 마르쿠스 아그리파보다 더 오래 살지도 모른다는 깨달음은 그녀에게 충격으로 다가왔다.

옥타비아가 들뜬 이유는 남동생이 거기 있어서였다. 남동생이 누나를 아끼는 만큼이나 누나도 남동생을 끔찍이 아꼈다. 그녀는 남동생보다 세 살 위였고 타고난 건강 체질이었다. 그는 늘 귀여운 인형 같은 동생이었다. 환한 미소를 지으며 누나를 따라다녔고 누나에게 연신 질문을 했으며, 어머니가 지나치게 호들갑을 떨며 잔소리할 때면 누나를 찾아와 위안을 얻었다. 옥타비아는 로마와 그녀의 가족들이 이제야 발견하기 시작한 것들을 처음부터 알고 있었다—옥타비아누스의 힘, 결단력, 총명함, 그 무엇으로도 가릴 수 없는 특별함을. 그녀는 이 모든 것들이 율리우스 가문 혈통에서 비롯되었다고 믿었지만, 동시에 옥타비아누스에게는 친아버지의 순수한 라티움 혈통에서 비롯된 실리적이고 현실적이고 검소한 성향도 있다고 생각했다. 저애는 얼마나 침착한가! 내 남동생은 세상을 통치하게 되리라.

발레리아 메살라가 들뜬 이유는 그녀의 운이 갑자기 트였기 때문이었다. 조점관 메살라 루푸스의 동생인 그녀는 30년간 퀸투스 페디우스의 아내로 살며 두 아들과 딸을 낳았다. 장남은 성인이었고 차남은 수습군관 나이였으며 딸은 열여섯 살이었다. 늪을 연상시키는 초록빛 눈동자도 인상적이었지만, 그녀의 외모에서 가장 눈길을 끄는 것은 아름다운 빨강머리였다. 그녀와 퀸투스 페디우스의 혼인은 카이사르가 구축했던 정치 인맥의 일환으로 성사되었다. 파트리키 귀족인 그녀는 율리우스 가문은 아니었지만 캄파니아의 페디우스 가문보다는 훨씬 좋은 가문 출신이었으며, 자신과 퀸투스가 아주 잘 맞는 한 쌍이라는 것을 깨달은 터였다. 다만 발레리아 메살라에게 불만이 있다면 남편이 카이사르에게 완전한 충성을 바쳤음에도 불구하고 카이사르가 그녀의 기대만큼 빨리 남편을 승진시켜주지 않았다는 점이었다. 하지만 이제 남편이 차석 집정관이 되었으니 그녀의 모든 소원이 이루어진 셈이었다. 그녀의 아들들은 집정관을 배출한 친가와 외가를 얻게 되었고, 그녀의 딸 페디아 메살리나는 아주 훌륭한 집안으로 시집가게 될 터였다.

여자들은 남자들이 무슨 이야기를 하는지 신경도 안 쓰고 아기 이야기로 바빴다. 옥타비아는 작년에 딸아이 클라우디아 마르켈라를 출산했고 올해 또 임신중이었다. 그녀는 이번에는 아들이 태어나길 바라고 있었다.

그녀의 남편인 작은 가이우스 클라우디우스 마르켈루스는 카이사르에게 그토록 완고하고 집요하게 맞섰던 집안 출신이라 다소 묘한 입장이었다. 그는 옥타비아와 결혼함으로써 자신의 입지를 회복하고 막대한 재산도 보전할 수 있게 되었다. 누구든 사랑하지 않을 수 없는 옥타비아를 그 역시 열렬히 사랑했다. 하지만 아내의 남동생이 열아홉 살에 수석 집정관이 될 줄 누가 상상이나 했을까? 게다가 이 모든 상황은 앞으로 어떻게 전개될 것인가? 그는 어쩐지 정신이 아찔했다. 옥타비아누스는 양아버지처럼 화려하지는 않았지만, 성공의 기운을 강하게 발산하고 있었다.

"두 사람 생각에," 작은 마르켈루스는 옥타비아누스와 페디우스에게 물었다. "지금이 해방자들을 기소하기에 적당한 때 같나?" 그는 금기어나 다름없는 그 단어에 옥타비아누스의 눈이 벌게진 것을 알아차리고 서둘러 말을 바꿨다. "그러니까 내 말은, 암살범들 말일세. 로마인들은 대부분 반어적인 의미로 '해방자'란 말을 쓸 뿐 진심으로 그렇게 생각하는 건 아니라네. 하지만 아까 했던 질문은 다시 하고 싶네, 카이사르 옥타비아누스. 자네는 마르쿠스 안토니우스와 서방 총독들과 싸워야 하는데, 질질 늘어질 수밖에 없는 재판을 지금 하는 것이 옳은 일일까?"

"내가 듣기로는," 필리푸스가 작은 마르켈루스를 도우려고 나섰다. "바티니우스는 일리리쿰에서 마르쿠스 브루투스와 맞서지 않고 귀국할 거라더군. 이 일은 브루투스의 입지를 강화시켜줬지. 게다가 시리아에 있는 카시우스도 평화를 위협하는 또다른 요소야. 그런데 왜 지금 암살범들을 기소해 상황을 악화시킨단 말인가? 브루투스와 카시우스가 재판을 통해 유죄판결을 받으면 고향으로 돌아올 수 없는 반역자 신분이 되겠지. 그렇게 되면 그들은 전쟁을 일으킬지도 모르는데, 로마는 아직 또다른 전쟁을 감당할 수 없어. 안토니우스와 서방 총독들과의 전쟁만으로도 충분하단 말이야."

퀸투스 페디우스는 다 듣고 있었지만 질문에 대답할 마음이 없었다. 현재 가장 불행한 남자인 그는 늘 율리우스 가문의 문제에 휘말리곤 했고 그런 상황이 지긋지긋했다. 그는 시골 대지주인 아버지의 성향을 그대로 물려받았지만, 그의 운명은 카이사르의 누나인 어머니로부터 더 많은 영향을 받았다. 그가 원한 것은 집정관 직이 아니라 캄파니아의 드넓은 소유지에서 조용한 삶을 사는 것이었다. 그러다 그의 눈길이 어느 때보다 신이 난 아내에게로 옮겨갔고, 그는 한숨을 내쉬었다. 파트리키 귀족은 과연 파트리키 귀족이구나, 하고 그는 씁쓸하게 생각했다. 발레리아는 집정관의 아내가 되어 무척 기뻐했고 줄곧 보나 데아

축제 주최에 관한 이야기만 늘어놓았다.

"암살범들은 반드시 기소되어야 합니다." 옥타비아누스가 말했다. "가장 큰 문제는 그들이 암살을 저지른 바로 다음날 기소되지 않았다는 사실입니다. 그때 기소됐더라면 지금 같은 상황은 절대 벌어지지 않았겠죠. 브루투스의 입장을 정당화하고 그로 인해 카시우스의 입장까지 정당화한 책임은 키케로와 원로원에 있습니다. 하지만 그들을 기소하지 않은 것은 안토니우스와 그의 원로원입니다."

"내가 말하려던 게 바로 그거야." 작은 마르켈루스가 말했다. "그들이 암살 직후 기소되지 않았는데—아니, 실제로는 사면 조치가 내려졌는데—이제 와서 그러면 사람들이 이해하겠나?"

"전 사람들이 이해하든 말든 신경 안 씁니다. 일단의 귀족들이 합법적인 관직을 수행중인 동료 귀족을 애국이랍시고 살해한다면 용서받을 수 없다는 사실을 로마 원로원과 인민도 알아야만 합니다. 살인은 살인입니다. 제 아버지가 스스로 로마의 왕이 될 마음이었다고 믿을 근거가 암살범들에게 있었다면 그들은 법정에서 제 아버지를 기소했어야 합니다." 옥타비아누스는 말했다.

"그들이 어떻게 그럴 수 있었겠나?" 마르켈루스가 물었다. "카이사르는 법 위에 존재하는 종신 독재관이었고 절대 해를 입힐 수 없는 존재였는데."

"제 아버지에게서 독재관 직을 빼앗기만 하면 되는 문제였습니다. 독재관도 결국 투표를 통해 주어진 직위였으니까요. 하지만 그들은 독재관 직을 박탈하려는 시도조차 하지 않았습니다. 암살범들은 종신 독재관 임명에 찬성표를 던졌습니다."

"그들은 그가 두려웠던 거야." 페디우스가 말했다. 그 또한 카이사르를 두려워했었다.

"말도 안 되는 소리입니다! 대체 뭐가 두려웠단 거죠? 제 아버지가 전장이 아닌 곳에서 로마인의 목숨을 빼앗은 적이 한 번이라도 있었나요? 그의 정책은 관용 일변도였습니다. 그건 실수였지만, 어쨌든 실제로 그랬죠. 그의 암살범들은 대부분 앞서 그에게서 사면 조치를 받은 사람들이었고, 일부는 두 번씩 사면 조치를 받기도 했습니다!"

"그럼에도 불구하고 그들은 그를 두려워했어." 마르켈루스가 말했다.

젊고 매끈하고 아름다운 얼굴이 굳어지면서, 차갑고 원숙하고 공포를 유발하는 표정이 나타났다. "그들에겐 절 두려워해야 할 이유가 더 많을 겁니다! 저는 마지막 암살범이 살해당하고, 그의 명성이 바닥으로 추락하고, 그의 재산이 압수되고, 그의 여자와 아이 들이 극빈자로 전락할 때까지 멈추지 않을 테니까요."

기묘한 침묵이 내려앉았다. 필리푸스가 그 침묵을 깼다.

"기소당할 사람들의 수는 점점 줄어들고 있어." 그는 말했다. "가이우스 트레보니우스, 아퀼라, 데키무스 브루투스, 바실루스……."

"그런데," 마르켈루스가 끼어들었다. "섹스투스 폼페이우스는 왜 기소한단 말인가? 그는 암살범도 아니고 집정관급 임페리움과 해상 통치권을 공식 부여받은 인물인데 말이지."

"아시다시피 그의 집정관급 임페리움은 곧 만료될 예정입니다. 제게는 그의 함선들이 2주 전 아프리카의 곡물 수송선을 공격했다는 사실을 증언해줄 증인들이 십여 명이나 있습니다. 그러니 그는 반역자입니다. 게다가 그는 폼페이우스 마그누스의 아들이죠." 그는 단호히 말했다. "저는 카이사르의 모든 적들을 없애버릴 겁니다."

이 말을 듣고 있던 사람들은 그가 말한 '카이사르'가 그 자신이라는 걸 알고 있었다.

해방자들의 재판은 가이우스 율리우스 카이사르 옥타비아누스와 퀸 투스 페디우스가 집정관인 해의 첫째 달에 진행되었다. 스물세 개의 공판이 따로 진행되었지만(죽은 사람들 역시 기소되었다) 모든 과정은 한 번의 장날 주기 만에 끝났다. 배심원들은 만장일치로 각각의 해방자에게 유죄평결을 내렸고, 해방자들은 신성모독을 범한 자들로 선포되었다. 그들의 모든 재산은 국가에 압수되었다. 호민관 가이우스 세르빌리우스 카스카처럼 로마에 남아 있던 해방자들은 밖으로 달아났다. 하지만 그들을 추적하는 움직임은 느렸다. 세르빌리아와 테르툴라는 갑자기 집을 잃게 됐지만, 그 상태는 오래가지 않았다. 그들의 개인 재산은 늘 아티쿠스가 관리하고 있었던 것이다. 아티쿠스는 세르빌리아에게 팔라티누스 언덕의 새집을 사주었고, 두 여성을 돌봐준다는 이유로 과분한 칭찬을 들었다.

추가로 섹스투스 폼페이우스가 반역 혐의로 기소되자, 서른세 명의 배심원 중 한 명은 압솔보(무죄)를 의미하는 A가 적힌 서판을 제출했다. 나머지 배심원들은 순순히 콘뎀노(유죄)를 의미하는 C가 적힌 서판을 제출했다.

"왜 그랬습니까?" 아그리파는 그 기사에게 물었다.

"섹스투스 폼페이우스는 반역자가 아니기 때문입니다."라는 답이 돌아왔다.

옥타비아누스는 그의 재산이 상당하다는 사실에 기뻐하며 그 이름을 잘 적어두었다. 그는 그 이름을 잊지 않을 터였다.

카이사르의 유산은 인민에게 분배되었고 카이사르의 공원과 유람 정원은 개방되었다. 나무가 울창하면서도 관리가 잘된 곳에서 걷거나 쉬는 것은 모든 계층의 로마인들이 좋아하는 일이었다. 옥타비아누스는 피호민을 위해 대형 연회를 베풀려는 야심만만한 1계급 기사들에게 기꺼이 클레오파트라의 궁전을 빌려주었다. 그 기사들의 이름 역시 그의 '관리 목록'에 추가되었다.

그는 최측근인 마르쿠스 아그리파와 루키우스 코르니피키우스에게 호민관 자리를 확보해주었다. 카스카가 로마에서 달아나면서 호민관단에 공석이 둘 발생한 덕분이었다. 이미 호민관이었지만 옥타비아누스를 통해 높은 자리를 차지하고 싶어 안달이 난 푸블리우스 티티우스는 외인 담당 법무관 퀸투스 갈루스의 암살 시도를 저지해 옥타비아누스의 목숨을 구했다. 갈루스는 직위에서 쫓겨났고, 충격받은 원로원은 그에게 재판 없이 사형을 선고했으며, 일반인들은 그의 저택을 약탈하도록 허락받았다. 그러자 1계급 사이에서 작은 충격파가 퍼져나가기 시작했다. 그들은 자문했다. 옥타비아누스가 안토니우스보다 낫긴 나은 걸까?

신임 수석 집정관은 약속한 대로 국고위원회로부터 충분한 돈을 얻어 처음부터 함께했던 3개 군단 병사들에게 일인당 1만 세스테르티우스를 지급했다. 나머지 절반은 나중에 지급하되 미래 소득을 보장하는 차원에서 이자를 지불하겠다는 옥타비아누스의 제안을 군단 대표들은 기꺼이 받아들였다. 백인대장들에게 지급된 추가 금액을 포함해 총 지출액은 4천 탈렌툼 이하였지만, 옥타비아누스는 국고로부터 6천 탈렌툼을 받아—폭등하는 곡가를 감안하면 그가 받아낼 수 있는 최고 금액이었다—나머지 3개 군단 병사들에게도 나눠주었다. 또한 그는 군단마다 사병 예순 명을 선발해 각 백인대에서 개인 정보원으로 활용했다. 그들의 역할은 카이사르의 너그러움과 일관성에 대해 소문을 퍼뜨리고 문제 병사가 없는지 보고하는 것이었다. 그들은 군대를 장기 직장으로 삼으면 15년이나 20년의 복무 기간이 끝난 후 비교적 넉넉하게 살 수 있다는 말을 퍼뜨리라는 명령도 받았다. 아낌없는 사례도 좋지만, 안정적이고 넉넉한 봉급에 일체 비용이 들지 않는 직장이 더 낫다는 것이 옥타비아누스의 메시지였다. 전쟁이 없는 시기가 온다 해도, 너희가 로마와 카이사르에게 충성하면 로마와 카이사르가 너희를 돌봐줄 것이다. 주둔군 임무를 수행할 때는 근무지에서 가정생활도 허락된다. 군대는 그야말로 매력적인 직장이었다! 이처럼 옥타비아누스는 아주 초창기부터 영구 상비군의 가능성을 병사들의 마음속에 심어주기 시작했다.

9월 스물셋째 날 스무번째 생일을 맞은 옥타비아누스는 마르쿠스 안토니우스와 서방 총독들과 맞서기 위해 11개 군단을 이끌고 북쪽으로 진군했다.

그는―전원 평민으로 구성된 자기 군단의 이해관계를 돌본다는 명목으로―호민관 루키우스 코르니피키우스를 데려갔는데, 이는 상식에 어긋난 일이었다. 로마 통치는 페디우스에게 맡겼고, 페디우스의 법이 평민회에서 통과될 수 있게 자신의 두 호민관 아그리파와 티티우스가 돕도록 했다. 그의 숨겨진 조력자 가이우스 마이케나스는 로마에 남아 목적을 파악하기 힘든 임무를 맡았는데, 주로 하층민 중에서 혁신적인 인물들을 모집하는 것이었다.

아그리파는 옥타비아누스를 혼자 보내는 것이 불만이었다. "내가 옆에 없으면 문제가 생길 걸세."

"내가 알아서 할게, 아그리파. 난 자네가 로마에 남아 전쟁과 무관한 분야에서 경력을 쌓고 입법 절차를 배우길 바라네. 날 믿게, 이번 전쟁에선 내가 위험해질 일이 없을 거야."

"하지만 자넨 호민관도 데려가잖나." 아그리파가 이의를 제기했다.

"나의 충실한 지지자로 잘 알려진 인물은 아니지." 옥타비아누스가 말했다.

진군 과정은 꽤 쾌적했고 군대는 보노니아에 멈췄다. 옥타비아누스는 그곳에 진지를 설치했고, 데키무스 브루투스가 안토니우스를 쫓아 서쪽으로 떠날 당시 너무 형편없어 버려두고 간 6개 군단의 신병들을 데려오도록 무티나로 사람을 보냈다. 살비디에누스가 이 신병들을 철저히 훈련시키는 동안, 옥타비아누스의 군대는 안토니우스가 그들을 찾아낼 때까지 기다렸다.

옥타비아누스는 안토니우스가 나타났을 때 싸울 마음이 없었다. 그래서 자신이 얼마나 설득력 있게 말하느냐에 따라 성공 확률이 꽤 높은 다른 전략을 구상했다. 그는 오래전 카이사르가 내전을 일으킬 당시의 동맹 세력들을 다시 연합하는 것이 자신에게 달렸음을 알고 있었다. 그가 그 세력들을 하나로 묶지 못하면 로마는 현재 아드리아 해 동쪽의 모든 속주를 다스리고 있는 브루투스와 카시우스에게 넘어갈 터였다. 이런 상황은 반드시 끝나야 했지만, 카이사르의 지지자들이 모두 힘을 합치지 않는 한 불가능한 일이었다.

10월 초 마르쿠스 안토니우스는 17개 군단을 이끌고 출정했다. 나머지 6개 군단은 루키우스 바리우스 코틸라의 지휘하에 서방을 지키도록 포룸 율리에 남겨두었다. 평온한 여름을 보내며 충분히 휴식을 취한 병사들은 건강했고 무슨 일이든 벌어지기를 갈망했다. 세 속주 총독인 플랑쿠스, 레피두스, 폴리오는 모두 안토니우스와 함께 떠났다. 하지만 계획 같은 건 딱히 없었다. 안토니우스는 브루투스와 카시우스가 동방을 장악하고 있으며 언젠가 그들을 진압해야 한다는 것을 알았다. 하지만 그는 옥타비아누스를 두 해방자들과 한데 뭉뚱그려 이 권력 싸움에서 절대 인정할 수 없는 불쾌한 세력으로 취급했다. 그는 옥타비아누스와의 전투로 귀한 병력을 잃는 것이 내키지 않았지만, 달리 대안이 없다고 판단했다. 일단 옥타비아누스를 싸움판에서 몰아내기만 하면 그의 군대를 흡수할 생각이었다. 하지만 안토니우스는 그 군대의 충성심을 확신할 수 없음을 알고 있었다. 마르스 군단과 4군단이 마르쿠스 안토니우스를 버리고 카이사르를 연상시키는 아기를 택한 마당에, 그들의 아기 카이사르가 마르쿠스 안토니우스의 손에 죽게 된다면 그들은 과연 어떻게 나올 것인가?

그런 생각에 안토니우스는 도미티우스 가도를 따라 이탈리아 갈리아의 오켈룸으로 가는 내내 심기가 언짢았다. 잠자리에서 키케로가 자신을 공격하기 위해 작성한 일련의 연설을 읽는 것도 전혀 도움이 되지 않았다. 그는 옥타비아누스를 싫어했지만 키케로는 혐오했다. 키케로가 아니었다면 안토니우스는 안전한 지위를 유지했을 테고 공적이 되지도 않았을 것이며 애초에 옥타비아누스는 문제가 되지도 않았을 터였다. 카이사르의 상속자를 부추긴 것도 키케로요, 푸피우스 칼레누스조차 안토니우스 지지 발언을 못할 정도로 원로원의 여론을 안 좋게 만든 것도 키케로였다. 그의 재산 압수 조치는 중요하지 않았다. 안토니우스는 빚은 다 갚았을지언정 이렇다 할 재산을 축적하지는 못했기 때문이다. 원로원 의원들이 군침을 흘리고 있을진 몰라도 감히 풀비아나 카리나이 지구에 위치한 자신의 저택을 건드릴 일은 없었다. 풀비아는 가이우스 셈프로니우스 그라쿠스의 손녀였으며 아티쿠스에게 보호받고 있었다.

풀비아. 그는 그녀가 그리웠고, 자신과 그녀 사이에서 난 아이들이 그리웠다. 늘 새로운 소식과 훌륭한 문장으로 가득한 그녀의 편지로 그는 로마에서 벌어지는 모든 일들을 알 수 있었고, 그 누구보다 아티쿠스에게 감사해했다. 그게 과연 인간으로서 가능한 일인지 확신할 수 없었지만, 풀비아는 안토니우스보다도 더 지독히 키케로를 증오했다.

안토니우스가 보노니아 외곽에 위치한 옥타비아누스의 진지에서 30킬로미터 떨어진 무티나에 도착하자, 호민관 루키우스 코르니피키우스가 찾아왔다. 호민관은 특사 중에서도 최고로 손꼽혔다. 마르쿠스 안토니우스도 호민관을 거칠게 다루는 것이 자신의 명분을 지키는 데 도움이 안 된다는 것 정도는 알았다. 호민관들은 평민을 대변해 활동할 경우 신성불가침이자 절대 해를 가해서는 안 되는 존재였다. 코르니피키우스의 주인은 파트리키 귀족이었지만, 그는 자신이 평민을 위해 활동하는 중이라고 우겼다.

"카이사르 집정관님은," 스물한 살의 코르니피키우스가 말했다. "마르쿠스 안토니우스와 마르쿠스 레피두스와 의논을 하고 싶다고 하십니다."

"의논인가, 아니면 항복인가?" 안토니우스가 코웃음 치며 물었다.

"분명 의논입니다. 저는 화해 의사를 가지고 왔고 다른 뜻은 없습니다."

플랑쿠스와 레피두스는 옥타비아누스와의 면담에 강한 거부감을 보였지만, 폴리오는 아주 좋은 생각이라고 했다. 안토니우스는 심사숙고 끝에 폴리오의 의견에 동의했다.

"옥타비아누스에게 그 제안을 고려해보겠다고 전하게." 안토니우스는 말했다.

루키우스 코르니피키우스는 이후 며칠 동안 말을 타고 양 진영을 몇 번씩 오갔다. 그러다 결국 안토니우스, 레피두스, 옥타비아누스는 보노니아 인근에 위치한 물살이 빠르고 강한 라비누스 강 한가운데의 섬에서 회담을 진행하는 데 동의했다. 코르니피키우스는 마지막 방문 때 회담 장소를 알려주었다.

"좋네, 거기로 하겠어." 안토니우스는 모든 요소를 고려한 다음 말했다. "옥타비아누스가 보노니아 방면의 강둑으로 진지를 옮기고, 내가 무티나 방면의 강둑을 진지로 쓸 수 있다면 말일세. 배반 행위가 적발되면 현장에서 전투가 벌어질 거야."

"나와 폴리오가 당신과 레피두스를 따라가겠소." 플랑쿠스가 말했다. 회담에서 어떤 문제가 논의되든 간에 자기 인생을 송두리째 바꿔놓을 것이 분명했기에 그는 불안했다. "회담은 좀더 공개적인 형식으로 진행돼야 하오, 안토니우스."

가이우스 아시니우스 폴리오는 눈을 반짝이며 아주 재미있다는 듯 플랑쿠스를 쳐다봤다. 불쌍한 플랑쿠스! 그는 박식하고 아름다운 글을 쓰지만 내 눈에 뻔히 보이는 것을 알아보지 못하는구나. 나나 플랑쿠스 같은 사람들이 뭐가 중요하단 말인가? 그뿐만 아니라 저 어리석은 레피두스가 뭐가 중요하단 말인가? 이것은 안토니우스와 옥타비아누스의 대결이었다. 마흔 살의 남자 대 스무 살의 남자. 알려진 자 대 알려지지 않은 자. 레피두스는 지옥으로 들어가는 두 사람이 저승을 지키는 개 케르베로스에게 물어뜯기지 않으려고 던져주는 작은 선물에 불과했다. 역사가로서 이토록 대단한 사건들을 직접 목격하다니 얼마나 운이 좋은가! 처음에는 루비콘 강에서, 이번에는 라비누스 강에서. 두 개의 강, 그곳에 폴리오가 있었다.

섬은 작고 풀이 많았으며 키 큰 사시나무들이 그늘을 드리우고 있었다. 버드나무도 있었지만, 양쪽 강둑의 구경꾼들이 회담 진행상황을 볼 수 있도록 공병들이 모두 없애버렸다. 세 사람이 회담을 진행하게 될 자리는 사시나무 아래 고관 의자 세 개가 놓인 곳이었고, 간식이 필요하거나 뭔가 받아쓸 일이 생길 때를 대비해 섬 가장자리에 대기중인 하인과 비서 들로부터 충분히 떨어져 있었다.

안토니우스와 레피두스는 둘 다 갑옷 차림으로 강둑에서 노 젓는 배를 타고 왔고, 옥타비아누스는 자주색 단을 댄 토가를 입고 왔다. 그는 밑창이 두꺼운 장화 대신 초승달 모양 죔쇠가 달린 원로원 의원의 흑적색 신발을 신고 있었다. 구경꾼은 아주 많았다. 양쪽 군대는 라비누스 강의 양쪽 강둑에 늘어선 채 세 인물이 자리에 앉고, 서고, 걷고, 손을 흔들고, 눈길을 주고받고, 강의 거센 물살을 바라보며 수심에 잠겨 있는 모습을 넋 놓고 쳐다봤다.

인사를 나누는 모습은 전형적이었다. 옥타비아누스는 충분히 공손했고, 레피두스는 친근했고, 안토니우스는 퉁명스러웠다.

"본론으로 바로 들어가지." 안토니우스는 자리에 앉으며 말했다.

"우리의 본론이 무엇이라고 생각하십니까?" 옥타비아누스는 레피두스가 앉을 때까지 기다렸다가 자신도 자리에 앉으며 물었다.

"자네가 자기 손으로 판 구덩이에서 기어나올 수 있도록 돕는 것이겠지." 안토니우스가 말했다. "전쟁이 벌어지면 자네가 진다는 건 알고 있을 테니."

"우리는 각자 17개 군단을 가지고 있고, 제 군단에도 노련병들이 충분히 많다고 생각합니다." 옥타비아누스는 차분하게 말했다. 그의 옅은 색 눈썹이 위로 올라갔다. "하지만 당신은 사령관 경험이 많으니 그 점은 유리하겠죠."

"다시 말해, 자네는 그 구덩이에서 기어나오고 싶다는 거군."

"아뇨, 전 제 처지를 걱정하는 게 아닙니다. 안토니우스, 제 나이에는 다소 망신스러운 일을 겪어도 인생 전체를 망치는 오점으로 남지 않습니다. 그렇습니다, 전 저들을 걱정하는 겁니다." 옥타비아누스는 지켜보고 있는 병사들을 가리키며 말했다. "제가 이 회담을 요청한 것은 피한 방울 안 흘리고 싸움을 끝낼 방법이 있는지 알아보기 위해서였습니다. 안토니우스, 그건 제 병사들이나 당신 병사들 모두에게 적용되는 얘기입니다. 저들은 모두 로마 시민이며, 삶을 누리고 로마와 이탈리아를 위해 아들딸을 낳을 권리가 있습니다. 제 아버지께선 로마와 이탈리아를 동일한 대상으로 보셨죠. 단지 저나 당신 중에 누가 우두머리인지를 가리려고 저들이 피 흘릴 이유가 뭔가요?"

안토니우스는 이 질문에 쉽게 답할 수 없었다. 그는 불편하게 자세를 바꾸더니 불편하게 입을 열었다. "자네의 로마는 내 로마가 아니기 때문일세." 그는 말했다.

"로마는 로마입니다. 우리 중 한 사람이 소유할 수 있는 게 아닙니다. 우리는 로마의 종복일 뿐 로마의 주인이 아닙니다. 당신이 하는 모든 일과 제가 하는 모든 일은 로마에 더 큰 영광을 가져다주고 로마의 국력을 키우는 데 기여해야 합니다. 당신과 저, 마르쿠스 레피두스가 꼭

경쟁해야 한다면 로마의 더 큰 영광에 기여했다는 명성을 두고 경쟁해야 합니다. 오늘 이 전투에서 죽든, 아니면 이후 평화로운 시기에 죽든 간에 우리는 유한한 존재들입니다. 하지만 로마는 영원하죠. 로마는 우리를 소유하고 있습니다."

안토니우스가 히죽 웃었다. "자넨 참 말재주가 좋다고 얘기해주고 싶군, 옥타비아누스. 군대를 이끄는 재주는 없다는 게 아쉬워."

"말재주가 제 특기라면 저는 무대를 아주 잘 선택한 것 같군요." 옥타비아누스는 카이사르의 미소를 지으며 말했다. "안토니우스, 저는 진심으로 유혈사태를 원치 않습니다. 저는 카이사르의 추종자였던 우리 모두가 하나의 기치 아래 연합하길 바랍니다. 암살범들은 반박의 여지가 없는 우리의 지도자를 살해함으로써 우리 모두에게 해를 끼쳤습니다. 그가 죽은 후 우리는 사분오열로 갈라졌습니다. 저는 키케로에게 그 책임이 상당하다고 생각합니다. 카이사르의 적이었던 그는 모든 카이사르 추종자들의 적이기도 하죠. 제 생각에 우리가 이곳에서 피를 흘린다면 그건 카이사르를 배신하는 꼴이 될 겁니다. 또한 로마를 배신하는 꼴이 될 거고요. 로마의 진정한 적은 여기 이탈리아 갈리아에 있지 않습니다. 그들은 동방에 있습니다. 암살범 마르쿠스 브루투스는 마케도니아, 일리리쿰, 그리스, 크레타를 지배하며 졸개들을 통해 비티니아, 폰토스, 아시아 속주까지 지배하고 있습니다. 암살범 가이우스 카시우스는 킬리키아, 키프로스, 키레나이카, 시리아를 통치하고 있으며 지금쯤 이집트까지 접수했을지도 모릅니다."

"브루투스와 카시우스에 관해서라면 자네 말에 동의하네." 안토니우스는 한결 편안해진 태도로 말했다. "계속해보게, 옥타비아누스."

"마르쿠스 안토니우스, 마르쿠스 레피두스, 제가 원하는 것은 동맹입니다. 카이사르의 충실한 지지자들이 다시 한번 힘을 합치는 거죠. 우리가 입장 차이를 좁혀 동맹을 맺는다면 우리의 진정한 적인 브루투스와 카시우스에게 동등한 병력을 가지고 맞설 수 있습니다. 그렇게 하지 않으면 브루투스와 카시우스가 승리할 것이고 로마는 끝장날 겁니다. 브루투스와 카시우스는 속주들을 징세청부업자에게 넘겨줘 동맹국들의 고혈을 짜낼 텐데, 그러면 동맹국들은 로마의 통치를 받느니 야만인이나 파르티아의 통치를 받는 편을 택할 테니까요."

레피두스는 옥타비아누스의 자세한 설명과 안토니우스가 간간히 덧붙이는 말을 가만히 듣고 있었다. 레피두스 자신도 이유를 알 수 없었지만, 옥타비아누스의 입에서 나오는 말은 너무도 합리적이고 논리적으로 들렸다. 이 젊은이의 말 중에 아주 새롭거나 획기적인 내용은 전혀 없었음에도 그러했다.

"전 싸움이 두려워서가 아니라 그저 싸움이 싫어서 이러는 겁니다." 옥타비아누스는 재차 강조했다. "진정한 적과 맞서려면 우리가 가진 모든 힘을 아껴두어야 합니다."

"그들을 강하게 공격해 파르살로스 전투 이후처럼 대응할 수 없도록 해야 하네." 안토니우스가 본격적으로 나서서 말했다. "로마인들이 지치게 된 건 공화파와의 싸움이 너무 길어졌기 때문이야. 파르나케스, 다음에는 아프리카, 다음에는 히스파니아."

그리하여 진지한 논의가 시작되었다. 하지만 그날 하루가 끝날 무렵에야 카이사르의 추종세력이 모두 연합해야 한다는 완전한 동의가 이루어졌는데, 회담에 참석한 세 사람 외에도 여러 다른 사람들의 입장을 고려해야 했기 때문이다. 안토니우스와 옥타비아누스 둘 다 너무도 잘 아는 사실이 하나 있었다. 카이사르의 그늘에서 사는 것을 지겨워했던 안토니우스가, 카이사르와의 인연과 그로부터 비롯된 권력을 유일한 자산으로 삼고 있는 스무 살짜리 신참자와의 주도권 분할에 동의할 순 없다는 것이었다. 최선의 대안은 궁극적인 패권 다툼의 일시 중단이었다. 옥타비아누스가 라비누스 강의 섬에서 할 수 있었고 또 실제로 했던 일은, 안토니우스가 은퇴 연령이 될 때까지는 카이사르의 상속자가 패권을 양보하려는 듯이 행동하는 것이었다. 안토니우스가 그렇게 믿는 한 자신과 안토니우스는 무사히 브루투스와 카시우스를 물리칠 수 있으리라고 옥타비아누스는 생각했다. 그다음에 어떻게 될지는 그때 가서 볼 일이었다. 문제는 한 번에 하나씩 해결해야 했다.

"내 병사들은 자네의 승리처럼 보이는 합의에 동의하지 않을 걸세." 안토니우스는 두번째 날 다시 열린 회담에서 말했다.

"제 병사들은 저의 패배처럼 보이는 합의에 동의하지 않을 겁니다." 옥타비아누스는 유감스러운 표정을 지으며 응수했다.

"나와 플랑쿠스와 폴리오의 병사들은," 레피두스가 말했다. "우리 모두가 지휘권을 나눠 가지길 바랄 것이오."

"플랑쿠스와 폴리오는 조만간 집정관 직에 오르는 것으로 만족해야 할 거요." 안토니우스는 매몰차게 말했다. "여기 앉아 있는 세 사람만으로도 이미 무대는 꽉 찼소." 그는 밤새 고민했고, 그는 결코 멍청한 사람이 아니었다. 그의 주된 지적 결함은 충동성, 향락을 추구하는 성향, 정치에의 무관심에 기인했다. "우리 세 사람이," 그가 물었다. "로마의 지휘권을 거의 동등하게 나눠 가진다면 어떻겠나?"

"흥미롭군요." 옥타비아누스가 말했다. "더 말씀해보세요."

"음……. 그러니까, 우리는 집정관이 되지 않고 집정관보다 더 나은 자리에 올라야 하네. 독재관 직을 셋이서 나눠 수행한다고나 할까."

"당신이 독재관 직을 폐지하셨잖아요." 옥타비아누스가 부드럽게 말했다.

"그건 사실이지만, 그걸 후회한다는 뜻은 아닐세!" 안토니우스는 발끈 화를 내며 말했다. "내가 하려는 말은, 해방자들을 처단하기 전까지는 로마를 단순히 일련의 집정관들에게 맡겨 통치할 수 없다는 걸세. 하지만 기존의 독재관은 민주주의를 믿는 사람들에게 너무 불편하게 느껴질 수 있네. 우리 세 사람이 독재관의 권력을 나눠 가진다면, 우리는 당장 로마가 제대로 돌아가게 하는 동시에 서로를 견제할 수도 있겠지."

"연합체 말이군요." 옥타비아누스가 말했다. "세 사람. 합법적 공화정의 3인 지도체제, 삼두연합. 네, 아주 듣기 좋군요. 그러면 원로원도 안심할 테고 인민들도 아주 좋아할 겁니다. 우리가 군사행동에 나섰다는 걸 모든 로마인들이 알고 있어요. 그런데 우리가 친교를 맺고서 우리 군대를 무사히 이끌고 로마로 돌아간다면 얼마나 그림이 좋을지 상상해보세요. 로마 남자들은 칼에 기대지 않고 이견을 좁힐 수 있다는 걸 모든 사람들에게 보여줄 수 있겠죠. 우리가 우리 자신보다 원로원과 인민을 더 생각한다는 것도 보여주고요."

그들은 의자에 등을 기대고 서로를 쳐다보며 대단히 만족했다. 그래, 정말 대단한 일이었다! 새로운 시대가 임박했다.

"또한," 안토니우스가 말했다. "인민들에게 우리가 그들의 진정한 정부임을 보여줄 수 있을 걸세. 우리가 브루투스와 카시우스를 응징하러 동방으로 가면 무의미한 내전을 벌인다고 불평할 사람이 없을 거야. 해방자들을 반역 혐의로 기소해 유죄판결을 내린 것은 훌륭한 생각이었네, 옥타비아누스. 우리는 로마인 동포들이 아니라 로마 시민권을 잃어버린 사람들과 싸운다고 말할 수 있게 됐으니까."

"추가적인 조치도 필요합니다, 안토니우스. 대행인들을 통해 이탈리아 전역에 말을 퍼뜨려 이탈리아인들이 사랑했던 카이사르를 살해한 자들에 대한 대중의 분노를 키워야 합니다. 경기가 나빠지면 로마의 수입을 가로챈 브루투스와 카시우스를 비난하는 거죠."

"경기가 나빠진다고?" 레피두스는 깜짝 놀라며 물었다.

"이미 나빠지고 있습니다." 옥타비아누스는 단호히 말했다. "당신은 총독입니다, 레피두스. 당신 속주의 수확물이 아직 도착하지 않았다는 걸 분명 눈치채셨을 텐데요."

"나는 초여름 이후로 내 속주에 간 적이 없네." 레피두스는 발뺌하며 말했다.

"갑자기 병사들을 먹이는 비용이 치솟았다는 건 눈치챘네." 안토니우스가 말했다. "가뭄인가?"

"동방을 포함해 전 지역이 그렇습니다. 그러니 브루투스와 카시우스도 고통을 겪고 있겠죠."

"그러니까 자네 말은 우리도 돈이 떨어질 거란 뜻인가?" 안토니우스는 옥타비아누스를 노려보며 으르렁거렸다. "뭐, 자네는 카이사르의 군자금을 슬쩍했으니 우리의 동방 원정에 비용을 댈 수 있겠지."

"저는 군자금을 훔치지 않았습니다, 안토니우스! 이탈리아에 도착했을 때 병사들의 상여금 명목으로 유산을 전부 써버렸고, 국고위원회로부터 돈을 빌려 상여금의 일부를 지급했고, 아직도 미지급 상여금이 남아 있습니다. 저는 병사들에게 빚을 진 셈이고 앞으로 오랫동안 이런 상태일 겁니다. 누가 군자금을 가져갔는지 몰라도 절 비난하진 마세요."

"그렇다면 오피우스 짓이 분명하군."

"확신할 순 없습니다. 삼니움족이 훔쳤을 수도 있으니까요. 과거를 들춘다고 해결책이 나오는 게 아닙니다, 안토니우스. 로마와 이탈리아에 지속적으로 식량과 유흥을 제공하는 건 너무 중요한 일인데, 이 두 가지는 돈이 많이 듭니다. 또한 우리는 전장에서 수많은 군단을 유지해야만 합니다. 우리에게 몇 개 군단이나 필요할까요?"

"40개. 20개 군단은 우리와 함께 진군하고, 나머지 20개 군단은 서방과 아프리카에 주둔하거나 우리가 지나간 도시들을 수비해야 하네. 거기에 1만에서 1만 5천 규모의 기병대도 필요하지."

"비전투원과 기병대를 포함하면 25만 명이 넘는군요." 옥타비아누스의 커다란 회색 눈은 무덤덤했다. "곡물, 병아리콩, 렌틸콩, 베이컨, 기름의 양을 생각해보세요. 모디우스당 15세스테르티우스인 밀을 매달 125만 모디우스씩 먹는다면 밀 가격만 해도 한 달에 750탈렌툼입니다. 이런 가뭄에 다른 곡물을 먹는다면 그 두 배의 돈이 들 테고요."

"자넨 공병대장으로 일하면 아주 딱이겠어, 옥타비아누스!" 안토니우스가 눈동자를 굴리며 말했다.

"마음껏 농담하십시오. 하지만 제가 하고 싶은 말은, 안토니우스, 우린 그렇게 할 수 없다는 겁니다. 로마와 이탈리아를 먹이면서 군대까지 유지할 순 없어요."

"오, 내게 방법이 있네." 안토니우스는 아주 태평스럽게 말했다.

"귀를 세우고 듣겠습니다." 옥타비아누스가 말했다.

"자넨 귀밖에 안 보이잖나, 옥타비아누스!"

"농담 다 하셨습니까?"

"그래. 이 해결책은 농담과는 거리가 멀어. 우리가 공권박탈 조치를 취하면 되네."

마지막 말에 침묵이 내리자 강물이 흐르는 소리, 사시나무의 금빛 잎사귀들이 겨울바람에 떨궈지기를 기다리며 바스락대는 소리, 수천 명의 병사들이 멀리서 웅성대는 소리, 말이 히힝 우는 소리만 들렸다.

"공권박탈 조치를 취한다." 옥타비아누스는 안토니우스의 말을 되뇌었다.

레피두스는 금방이라도 기절할 것처럼 창백했으며 몸을 떨고 있었다. "안토니우스, 그럴 순 없소!" 그는 소리쳤다.

적갈색 눈동자가 그를 사납게 노려봤다. "오, 레피두스, 당신 부모가 당신을 아무리 멍청하게 낳아놨다지만 그보다 더 멍청하게 굴진 마시오! 가뭄 동안 국가와 군대를 다 건사할 다른 방법이 있소? 설사 가뭄이 아니라 쳐도, 그 둘을 모두 건사할 다른 방법이 있소?"

옥타비아누스는 가만히 앉아 곰곰 생각했다. "제 아버지는," 그는 말했다. "관용으로 잘 알려져 있었지만 그 관용 때문에 목숨을 잃었습니다. 암살범들은 대부분 아버지께 사면받은 사람들입니다. 그분이 그들을 죽였더라면 우리가 지금 브루투스와 카시우스를 걱정할 일도 없겠죠. 그랬다면 로마는 동방의 수익을 전부 얻을 수 있었을 테고, 최악의 경우 흑해 너머로 배를 보내 킴메리아에서 곡물을 사올 수도 있었을 겁니다. 당신 말에 동의합니다, 마르쿠스 안토니우스. 우리는 정확히 술라가 그랬던 것처럼 공권박탈 조치를 취해야 합니다. 시민이나 해방 노예 제보자에게는 1탈렌툼을, 노예 제보자에게는 0.5탈렌툼과 자유를 제공하는 겁니다. 하지만 보상 제공을 기록으로 남기는 우를 범해서는 안 됩니다. 우리 손으로 미래의 호민관들에게 정보원들을 벌할 기회를 줄 이유가 있을까요? 술라의 공권박탈 조치를 통해 국고에 들어온 돈은 1만 6천 탈렌툼입니다. 우리도 그 정도를 목표로 하죠."

"자넨 자꾸 사람을 놀라게 하는군, 친애하는 옥타비아누스. 난 자네를 설득하려면 아주 긴 시간이 필요할 거라 생각했네." 안토니우스가 말했다.

"저는 무엇보다 합리적인 사람입니다." 옥타비아누스는 웃었다. "공권박탈 조치가 유일한 답입니다. 그 조치를 통해 우리의 실질적인, 혹은 잠재적인 적을 모두 없앨 수 있습니다. 공화파 성향이나 암살범들에 측은지심을 가진 사람들 말이죠."

"동의할 수 없네!" 레피두스가 울부짖었다. "내 형 파울루스는 완고한 공화파란 말이야!"

"그렇다면 우린 당신 형인 파울루스를 공권박탈자 명단에 올릴 거요." 안토니우스가 말했다. "내게도 공권박탈자 명단에 올라갈 친척들이 몇몇 있는데, 그중 일부는 옥타비아누스와도 혈연관계가 있소. 이를테면 루키우스 카이사르 외삼촌처럼 말이오. 그분은 아주 돈이 많지만 내겐 전혀 도움이 안 됐소."

"제게도 도움이 안 됐죠." 옥타비아누스는 고개를 끄덕이며 말했지만 그러다 눈살을 찌푸렸다. "하지만 너무 가까운 친척들까지 처형하여 혐오스러운 인상을 심어줄 필요는 없을 것 같습니다. 파울루스나 루키우스는 우리 목숨을 위협할 사람들이 아닙니다. 그러니 그들에게서는 부동산과 재산만 압수하는 게 좋겠죠. 그 대신 우리의 먼 친척들은 희생시켜야 합니다."

"좋네!" 안토니우스는 가르랑거리는 소리를 냈다. "하지만 오피우스는 죽어야 해. 난 그가 카이사르의 군자금을 슬쩍한 걸 알고 있네."

"은행가나 최상위급 금권가는 절대 건드려선 안 됩니다." 옥타비아누스가 완강한 어조로 말했다.

"뭐? 하지만 큰돈을 가진 것은 그런 사람들이야!" 안토니우스는 반박했다.

"바로 그래서입니다, 안토니우스. 한번 생각해보세요. 공권박탈은 국고를 채우기 위한 단기 조치일 뿐 영원히 지속될 수 없습니다. 우리가 절대로 원치 않는 상황은 돈벌이의 천재인 로마인들을 잃는 겁니다. 그들은 늘 우리에게 필요해요. 술라의 그리스인 해방노예 크리소고노스 같은 사람이 오피우스나 아티쿠스를 대신할 수 있다고 믿는 건 정신 나간 생각이에요. 폼페이우스 마그누스의 해방노예 데메트리오스를 보세요. 그는 대단한 부자지만, 돈을 굴리는 데 있어선 아티쿠스의 신발끈도 못 따라옵니다. 그러니 우리는 데메트리오스를 공권박탈자 명단에 올리되 아티쿠스는 올리지 말아야 합니다. 섹스투스 페르퀴티에누스, 두 발부스, 오피우스, 라비리우스 포스투무스도 마찬가지죠. 아티쿠스와 페르퀴티에누스는 양 진영에 발을 담그고 있지만, 제가 말씀드린 은행가들은 카이사르가 강력한 정치세력으로 떠오른 이후로 한결같이 카이사르파였습니다. 그들의 거대한 재산이 얼마나 군침 돌든 간에 우린 우리 편을 건드려선 안 됩니다. 그들에게 돈 굴리는 재주가 있다면 더더욱 그렇죠. 플라비우스 헤미킬루스 정도는 공권박탈자 명단에 올릴 수 있을 테고, 아마 파비우스도 가능할 겁니다. 그 둘은 비불루스의 졸개 같은 은행가들이니까요. 하지만 향후 로마에 꼭 필요한 사람들은 절대 건드려선 안 됩니다."

"옥타비아누스의 말이 옳소, 안토니우스." 레피두스가 맥없이 말했다.

안토니우스는 가만히 듣고 있었다. 이제 그는 입술을 삐죽거리고 적갈색 눈썹을 찡그리며 고민했다. 그러더니 마침내 "자네 말뜻은 알겠네."라고 했다. 그는 양어깨를 잔뜩 움츠리더니 몸을 부르르 떠는 시늉을 했다. "게다가, 아티쿠스를 건드리면 풀비아가 날 죽일 걸세. 내가 비우호 세력으로 선포된 이후로 그는 풀비아에게 아주 친절했거든. 하지만 키케로는 끝나야 하네. 내 말은 목에서 머리가 떨어져야 한다는 뜻일세, 알겠나?"

"잘 알겠습니다." 옥타비아누스가 말했다. "우리는 부자들을 집중적으로 공격하겠지만, 최상류층 부자들 중에서는 일부만 공격할 겁니다. 충분한 사람들이 공권박탈자 명단에 올라가면 돈은 빨리 모일 겁니다. 물론 경매에 내놓는 부동산의 경우 실제 가치와는 비교도 안 되게 적은 금액이 나오겠죠. 그 점은 술라의 경매뿐 아니라 카이사르의 경매를 통해서도 증명됐습니다. 하지만 아주 좋은 땅을 헐값에 얻어 우리가 갖거나 우리 친구들에게 줄 수 있을 겁니다. 레피두스는 잃어버린 빌라와 토지에 대한 보상을 받아야 하니, 모든 손해를 만회하기 전까지는 그 무엇에 대해서도 돈을 지불하지 않아도 됩니다."

충격에 빠져 있던 레피두스는 이제 좀 덜 충격받은 얼굴이었다. 이것이 그가 예상하지 못했던 공권박탈 조치의 또다른 면이었다.

"퇴역병들의 토지 문제를 논의하고 싶네." 토지 보상 정책을 끔찍이 싫어하는 안토니우스가 말했다. "카이사르에게 적대적이었거나, 브루투스나 카시우스가 칙령을 발표할 당시 그들에게 호의적이었던 마을과 자치도시의 공유지를 몰수했으면 하네. 베누시아, 이번에도 빠짐없이 등장한 카푸아, 베네벤툼, 몇몇 삼니움족 마을들. 크레모나는 이탈리아 갈리아에서 제 몫을 못하고 있고, 난 브루티움이 섹스투스 폼페이우스에게 원조를 제공하는 걸 막을 방법을 알고 있네. 우리가 비보와 레기움 주변에 군인들의 거류지를 세우는 걸세."

"아주 좋습니다!" 옥타비아누스가 외쳤다. "또한 저는 브루투스와 카시우스와의 전쟁이 끝난 뒤에 모든 군단을 해산하진 않을 것을 제안하고 싶습니다. 우리는 일정 규모의 군단을 상비군으로 유지해야 합니다. 병사들이 이를테면 15년쯤 꾸준히 복무하도록 하는 거죠. 군대가 필요할 때마다 병사를 모집하는 건 로마의 방식이며 모스 마이오룸의 일부겠지만, 너무 번거롭고 비용도 많이 들어갑니다. 병사들은 제대할 때마다 땅을 조금씩 받습니다. 어떤 사람들은 지난 20년간 입대와 제대를 수차례 반복하며 많은 땅을 얻었고 그 땅을 소농이나 가축 방목업자에게 임대하고 있습니다. 상비군은 평소에는 속주 주둔 임무를 맡고 군대가 필요하게 될 경우 바로 필요한 지역에 투입될 겁니다. 신병을 모집하고, 새 군단을 무장시키고, 제대할 때 토지를 마련해주는 비용을 매번 지급할 필요 없이 말이죠."

하지만 이 논의는 마르쿠스 안토니우스에게 조금 과한 듯했다. 그는 지겨운지 어깨를 으쓱했다. 그의 집중력 지속시간은 지독히 철저하고 세부사항에 집착하는 옥타비아누스보다 훨씬 짧았다. "알겠네, 알겠어. 하지만 시간이 흐르고 있고, 난 이 논의가 다음달이 아니라 오늘 안에 끝났으면 좋겠어." 그는 능글맞은 표정을 지었다. "물론 우리에겐 서로에 대한 신의의 증거가 필요하네. 레피두스와 나는 우리의 두 자녀를 약혼시켰지. 자네는 미혼일세, 옥타비아누스. 나와 인척이 되는 게 어떻겠나?"

"저는 세르빌리아 바티아와 약혼했습니다." 옥타비아누스는 무표정하게 말했다.

"자네가 그 약혼을 무른다 해도 바티아는 뭐라 하지 않을 걸세! 내

아내 풀비아의 장녀 클라우디아는 열여덟 살이야. 그애가 어떻겠나? 그애는 자네 자녀들에게 훌륭한 혈통을 물려줄 수 있을 거야! 율리우스, 그라쿠스, 클라우디우스, 풀비우스. 풀비아와 클로디우스 사이에서 난 딸보다 더 나은 신붓감은 못 찾을 걸세, 안 그런가?"

"네, 그렇겠죠." 옥타비아누스는 망설임 없이 말했다. "바티아만 동의한다면 클라우디아와 약혼하는 것으로 하겠습니다."

"약혼이 아니라 결혼이야." 안토니우스는 단호히 말했다. "우리가 로마로 돌아가자마자 레피두스가 주례를 맡아줄 걸세."

"원하시는 대로 하겠습니다."

"자네는 집정관 직에서 물러나야 할 걸세." 안토니우스는 신이 나서 말했다.

"네, 저도 그렇게 해야 한다고 생각합니다. 올해 남은 기간 동안 활동할 보결 집정관으로는 누가 좋을까요?"

"가이우스 카리나스가 수석 집정관, 푸블리우스 벤티디우스가 차석 집정관을 맡는 게 좋겠네."

"당신 사람들이군요."

안토니우스는 이 언급을 못 들은 척하고 계속 말했다. "내년엔 레피두스가 수석 집정관으로 두번째 임기를 지내고 플랑쿠스가 차석 집정관을 지내면 되겠군."

"네, 내년에는 삼두연합 중 한 명이 수석 집정관을 맡아야 합니다. 그렇다면 내후년에는요?"

"바티아가 수석 집정관, 내 동생 루키우스가 차석 집정관을 맡는 게 좋겠지."

"가이우스 안토니우스 일은 정말 유감입니다."

눈에 눈물이 차오른 안토니우스는 급히 울음을 삼켰다. "내 동생을 죽인 브루투스는 반드시 죗값을 치르게 될 거야!" 그는 포악하게 말했다.

옥타비아누스는 브루투스가 가이우스 안토니우스처럼 미련한 인간을 없애버린 건 로마를 위해 아주 잘된 일이라고 생각했다. 하지만 그는 비통하면서도 연민 어린 표정을 지어 보였고, 그런 다음 주제를 전환했다. "우리의 삼두연합을 어떤 식으로 합법화하는 것이 가장 좋을까요?"

"평민회를 이용하는 게 관습이 되어버렸네. 우리에겐 5년간의 임페리움 마이우스가 주어져야 하네. 로마 내에서도 집정관의 권한을 넘어서는 임페리움 말일세. 또한 집정관을 임명할 권한도 있어야겠지. 우리 세 사람은 이탈리아 내에서 서로 동등한 권한을 행사하되 이탈리아 밖에서는 속주를 나눠 통치하는 게 좋을 듯하네. 내가 이탈리아 갈리아와 먼 갈리아를 통치하겠네. 레피두스는 나르보 갈리아와 양쪽 히스파니아를 통치하면 좋겠어. 왜냐하면 난 폴리오를 보좌관으로 임명해 내 속주의 실질적인 통치를 맡길 생각이기 때문이지."

"그렇다면 제 몫으로 남은 속주는," 옥타비아누스는 한층 더 사랑스럽고 겸손한 태도로 말했다. "아프리카, 시칠리아, 사르디니아, 코르시카가 되겠군요. 음, 곡물 공급을 책임지는 속주들이죠. 소문에 따르면 그렇게 평안한 상태는 아니라더군요. 구 아프리카의 총독은 신 아프리카의 총독과 사소하고 개인적인 전쟁을 치르는 중이고, 섹스투스 폼페이우스는 페디우스의 법정에서 유죄판결을 받기 한참 전부터 원로원이 제공한 배로 우리 곡물 수송선들을 약탈해오고 있었죠."

"자네 몫의 속주가 마음에 차지 않나, 옥타비아누스?" 안토니우스가 물었다.

"이렇게 설명하죠, 안토니우스. 우리가 브루투스와 카시우스를 처단하러 동방으로 떠날 때 지휘권을 동등하게 나눠 가질 수만 있다면 저는 이번 속주 분배에 불평하지 않겠습니다."

"안 돼, 절대 동의할 수 없어."

"그 부분에서는 선택의 여지가 없습니다, 안토니우스. 제 군대는 그 부분에서 타협하지 않을 테고, 당신은 제 군대 없이 동방으로 갈 수 없으니까요."

안토니우스는 자리에서 벌떡 일어나 물가로 성큼성큼 걸어갔다. 깜짝 놀란 레피두스가 그를 따라갔다.

"이보시오, 안토니우스." 레피두스는 그에게 속삭였다. "모든 걸 당신 뜻대로 처리할 순 없소. 옥타비아누스는 많이 양보했소. 그리고 옥타비아누스가 자신의 군대에 대해 한 말은 분명 사실이오. 그들은 당신을 따르지 않을 거요."

긴 침묵이 이어졌다. 안토니우스는 얼굴을 찡그리며 강을 쳐다봤고, 레피두스는 한 손을 안토니우스의 팔에 얹고 있었다. 마침내 안토니우스가 몸을 휙 돌려 자리로 돌아왔다.

"좋아, 자네에게 완전한 공동 지휘권을 허락하겠네, 옥타비아누스."

"잘됐군요. 그렇다면 협정은 이뤄진 겁니다." 옥타비아누스는 다정하게 말하더니 한 손을 내밀었다. "우리가 합의에 도달했고 전투가 없으리라는 걸 저들에게 보여주기 위해 이제 악수합시다."

세 사람은 섬의 한가운데로 걸어가 서로 악수했다. 지켜보던 모든 이들에게서 환호가 터져나왔다. 삼두연합은 이제 현실이 되었다.

다음날, 오직 하나의 사안을 두고 이견이 나왔다. 그 사안이란 삼두연합의 구성원들이 로마로 돌아가는 순서에 관한 것이었다.

"다 함께 돌아가야 하오." 레피두스가 말했다.

"아니, 사흘 동안 순차적으로 돌아가야 하오." 안토니우스가 반박했다. "내가 첫날, 옥타비아누스가 둘째 날, 레피두스 당신이 셋째 날이오."

"제가 먼저 로마로 들어가야 합니다." 옥타비아누스가 단호히 말했다.

"아냐, 내가 먼저일세." 안토니우스가 말했다.

"제가 먼저입니다, 마르쿠스 안토니우스. 왜냐하면 저는 수석 집정관이고, 당신이나 마르쿠스 레피두스에게 그 어떤 권리를 허용하는 법도 아직 통과되지 않았기 때문입니다. 여러분은 여전히 공공의 적입니다. 설령 공공의 적이 아니라 해도, 신성경계선을 넘어 로마로 들어가는 즉시 임페리움이 소멸되어 일개 시민으로 전락합니다. 이건 논쟁의 여지가 없는 문제입니다. 여러분의 신분을 회복시켜주려면 제가 먼저 들어가는 수밖에 없습니다."

마르쿠스 안토니우스는 무척 실망스러웠지만 옥타비아누스의 말에 동의할 수밖에 없었다. 옥타비아누스가 제일 먼저 로마로 들어가야만 했다.

이탈리아 갈리아의 대부분 지역은 파두스 강과 그 강의 수많은 지류로부터 물을 공급받는 충적평야였다. 현지 농부들은 비가 오지 않으면 관개수를 이용할 수 있었으므로, 이 지역은 수확이 가능했고 곡물 저장소는 가득차 있었다. 하지만 분통 터지게도,

이탈리아 본토와 너무나 가까운 이 지역의 곡식으로 이탈리아 본토 사람들을 먹이는 것은 불가능했다. 이탈리아 반도 위쪽을 동서로 가로지르는 아펜니누스 산맥은 리구리아의 마리티마이 알프스와 맞닿아 육로 화물 운송을 가로막는 어마어마한 장벽을 이루었다. 그렇다고 이탈리아 갈리아의 곡물과 콩류를 바다로 운송할 수도 없었다. 이 지역에선 늘 역풍이 불어 북쪽에서 남쪽으로 수송선을 띄우기가 어려웠다. 이런 이유에서 삼두연합의 주인공들은 그들의 대군을 이탈리아 갈리아에 남겨두고, 직접 선별한 소규모 병력만 이끌고 로마로 갔다.

"하지만," 옥타비아누스는 같은 마차에 탄 폴리오에게 말했다. "이제 로마와 이탈리아를 먹이는 것이 제 임무가 됐으니, 밀을 실은 수레들을 이탈리아 갈리아 서쪽에서 데르토나를 거쳐 티레니아 해안을 따라 이탈리아 본토로 이동하게 할 겁니다. 그 경로는 경사가 급하지 않은데, 단지 이제껏 시도해본 사람이 없을 뿐이죠."

폴리오는 완전히 매료되어 옥타비아누스를 쳐다봤다. 그는 보노니아에서 출발한 이래 이 젊은이가 생각을 멈춘 적이 없다는 걸 깨달았다. 폴리오는 옥타비아누스가 정밀하고 현실적이며 논리에 앞서 우선 실행 계획을 고려한다고 결론지었다. 그는 일상적인 일을 제대로 해내는 방법을 궁리하는 데 관심이 많았다. 그에게 병아리콩 100만 개를 주면서 일일이 세라고 하면 그 일을 마칠 때까지 꼼짝도 하지 않을 것이라고 폴리오는 생각했다. 또 개수를 잘못 세는 실수를 하지도 않으리라. 안토니우스가 그를 몹시 싫어하는 것도 놀랍지 않다! 안토니우스는 군사적 영광을 꿈꾸며 로마의 일인자가 되길 원하지만, 옥타비아누스는 어떻게 사람들을 먹일지 궁리한다. 안토니우스는 흥청망청 돈을 낭비하지만, 옥타비아누스는 어떤 일을 가장 적은 비용으로 해낼 방법을 고민한다. 옥타비아누스는 음모가가 아니라 철저한 계획가다. 내가 오래 살아남아 그가 결국엔 어떤 인물이 되는지 볼 수 있다면 좋을 텐데.

그러므로 폴리오는 옥타비아누스에게 로마의 운명을 비롯해 다양한 주제에 관한 의견을 물었다.

"당신의 가장 큰 야망은 뭐요, 옥타비아누스?" 그가 물었다.

"로마 세계 전역이 평화로워지는 것을 보고 싶습니다."

"그것을 이루기 위해 어떤 일을 할 거요?"

"무엇이든지요." 옥타비아누스는 간단히 말했다. "뭐든 다 할 겁니다."

"칭찬받아 마땅한 목표지만, 실현 가능성은 낮은 것 같소."

회색 눈동자가 폴리오의 호박색 눈동자를 향했다. 그는 진심으로 놀란 듯했다. "어째서요?"

"오, 아마도 전쟁이 로마인들의 뼛속에 너무 깊숙이 박혀 있기 때문일 거요. 대부분의 사람들은 전쟁과 정복이 로마의 재산을 불려준다고 믿고 있소."

"로마의 재산은," 옥타비아누스가 말했다. "이미 필요를 충족하기에 충분합니다. 전쟁은 국고를 말라붙게 하죠."

"그건 로마인의 사고방식이 아니오! 전쟁은 국고를 살찌우지. 카이사르와 폼페이우스 마그누스를 보시오. 파울루스, 두 스키피오, 뭄미우스는 말할 것도 없고." 폴리오는 즐겁다는 듯이 말했다.

"이제 그런 시절은 지났습니다, 폴리오. 위대한 보물들은 딱 하나를 제외하고 전부 로마에 흡수되었습니다."

"파르티아의 보물 말이오?"

"아뇨!" 옥타비아누스는 조소하듯이 말했다. "그건 오직 카이사르만이 고려해볼 만한 전쟁이었겠죠. 일단 거리가 너무 멀고, 군대는 위험한 적과 험난한 지형으로 둘러싸인 곳에서 몇 년씩 직접 식량을 구해야 할 테니까요. 제가 말한 건 이집트의 보물입니다."

"당신은 로마가 그것을 빼앗는 데 동의한단 말이오?"

"제가 그걸 빼앗을 겁니다. 때가 되면 말이죠." 옥타비아누스는 의기양양하게 말했다. "그건 두 가지 측면에서 현실성 있는 목표입니다."

"그 두 가지가 뭐요?"

"첫째, 로마군이 지중해에서 멀리 벗어날 필요가 없습니다. 둘째, 보물을 차치하더라도 이집트에선 우리의 늘어나는 인구를 먹이는 데 필요한 식량이 생산됩니다."

"보물은 존재하지 않는다고 말하는 사람들이 많소."

"오, 보물은 존재합니다." 옥타비아누스가 말했다. "제 아버지께서 직접 보셨습니다. 제가 히스파니아에 있을 때 그분께 전부 들었습니다. 전 그것이 어디 있는지, 어떻게 해야 얻을 수 있는지 알아요. 전쟁이 로마를 거덜내고 있기 때문에, 로마에는 그 보물이 필요합니다."

"당신이 말하는 건 내전이겠지."

"생각해보세요, 폴리오. 지난 60여 년 동안 우리는 외국과의 본격적인 전쟁이 아닌 내전을 더 많이 치렀습니다. 로마인과 로마인의 싸움 말이죠. 로마 공화정이 무엇을 의미하는지, 자유가 무엇을 의미하는지를 두고 사상 다툼을 한 겁니다."

"당신은 그리스인처럼 사상을 위해 전쟁에 나서지 않을 거요?"

"네, 그러지 않을 겁니다."

"평화를 확보하기 위한 전쟁은 어떻소?"

"그것이 로마인 동포를 상대로 한 전쟁이라면 하지 않을 겁니다. 브루투스와 카시우스를 상대로 한 이번 전쟁은 반드시 마지막 내전이 되어야 합니다."

"섹스투스 폼페이우스는 당신 말에 동의하지 않을지도 모르겠군. 그가 브루투스와 카시우스와 어울리는 건 분명하지만, 그는 그들에게 온전히 충성하진 않소. 그는 분명 자신만의 전쟁을 벌일 거요."

"섹스투스 폼페이우스는 해적입니다, 폴리오."

"브루투스와 카시우스가 패배한 이후 그가 해방자 세력의 잔당들을 수습할 거란 생각은 안 해봤소?"

"그는 자신의 무대를 선택했고, 그건 바다입니다. 다시 말해 그는 정식 전쟁을 펼치지는 못할 겁니다." 옥타비아누스가 말했다.

"내전의 가능성이 하나 더 있소." 폴리오는 겸연쩍어하며 말했다. "삼두연합이 붕괴한다면 어떻게 될 것 같소?"

"아르키메데스의 말처럼, 저는 그 상황을 피하기 위해 지구라도 들어올릴 겁니다. 약속드리죠, 폴리오. 제가 안토니우스를 상대로 전쟁을 벌일 일은 절대 없을 거예요."

내가 왜 그 말을 믿는 거지? 폴리오는 혼자 생각했다. 왜냐하면 믿기니까.

11월 말이 가까워질 무렵, 옥타비아누스는 토가를 입고 걸어서 로마로 들어갔다. 가수와 무희 들이 삼두연합의 평화에 대한 찬가를 부르며 그를 호위했고, 환호하며 기뻐하는 군중이 그를 둘러쌌다. 밑창이 두꺼운 신발을 신은 그는 군중을 향해 카이사르처럼 웃어주고 카이사르처럼 손을 흔들어주었다. 그는 곧장 로스트라 연단에 올라 공화정의 질서를 바로잡기 위해 삼두연합이 결성되었음을 알렸다. 그 짧고 감동적인 연설은 군중에게, 옥타비아누스가 이 협정의 당사자들을 설득하는 데 핵심적인 역할을 했으리라는 확신을 심어주었다. 그는 전쟁 도발자 카이사르가 아니라 평화 중재자 카이사르였다.

그런 다음 그는 원로원으로 갔다. 원로원 의원들은 좀더 편안하고 내밀한 분위기 속에 이 소식을 듣기 위해 의사당에서 기다리고 있었다. 푸블리우스 티티우스는 곧장 평민회를 소집해 안토니우스와 레피두스를 반역자로 규정한 법을 취소하라는 명령을 받았다. 퀸투스 페디우스는 자신의 집정관 직이 곧 끝난다는 소식을 공식 석상에서 들었지만, 공권박탈 조치에 관한 소식은 옥타비아누스가 나중에 따로 알려줬다.

"티티우스는 평민회에서 삼두연합 결성에 관한 법을 통과시킬 겁니다." 옥타비아누스는 페디우스의 서재에서 그에게 말했다. "하지만 그것만큼이나 중요한 다른 법도 통과시킬 겁니다."

"그것만큼이나 중요한 다른 법이 뭔가?" 페디우스는 경계하며 물었다. 그는 사촌의 얼굴에 드러난 단호한 표정이 마음에 들지 않았다.

"로마가 파산 지경이기 때문에, 우리는 공권박탈 조치를 취해야 합니다."

페디우스는 움찔하며 뭔가 보이지 않는 위협을 막아내려는 것처럼 양손을 들어올렸다. "난 공권박탈 조치를 용납할 수 없네." 그는 가느다란 목소리로 말했다. "집정관으로서 나는 반대의견을 피력할 걸세."

"집정관으로서 당신은 찬성해야 할 겁니다, 퀸투스. 반대한다면 티티우스가 로스트라 연단과 레기아에 붙일 공권박탈자 명단의 제일 첫머리에 당신 이름이 들어갈 테니까요. 친애하는 퀸투스, 현명하게 대처하세요." 옥타비아누스는 부드럽게 말했다. "발레리아 메살라가 과부가 되어 길거리로 내몰리고, 그녀의 아이들이 유산 상속도 못 받고 공직 사회에서 그들의 마땅한 권리도 못 누리게 되길 바라십니까? 카이사르 조카의 아들들이? 퀸투스 2세는 곧 군무관 선거에 출마할 나이예요. 당신 이름이 공권박탈자 명단에 올라가면 우리는 메살라 루푸스도 명단에 올려야 합니다." 옥타비아누스는 자리에서 일어났다. "애원하건대, 입을 열기 전에 충분히 고민해보세요."

퀸투스 페디우스는 충분히 고민해보았다. 그날 밤, 그는 가족들이 모두 잠자리에 든 뒤 할복자살을 했다.

새벽에 불려온 옥타비아누스는 넋이 나가 펑펑 울고 있던 발레리아 메살라에게, 그리고 그녀의 조점관 오빠에게 단호히 말했다. "전 퀸투스 페디우스가 집정관으로서 격무에 시달렸으며 자다가 세상을 떠났다고 알릴 겁니다. 제가 그의 죽음을 그런 식으로 알리는 데는 타당한 이유가 있다는 것을 알아주세요. 두 분이 본인과 자녀들의 목숨, 그리고 재산을 소중히 여긴다면 제 말대로 하세요. 조만간 그 이유를 알게 될 겁니다."

안토니우스는 가장 큰 관심을 끄는 데엔 실패했다는 걸 알고서 옥타비아누스보다 더 장엄하게 로마에 입성했다. 화려하게 장식된 갑옷을 입고 그의 새로운 공마 '관용'에게는 표범 가죽 망토와 마구를 씌웠다. 그는 게르만족 기병대의 호위를 받으며 시민들의 환대에 아주 기뻐했다. 옥타비아누스가 옳았다. 로마인들은 파벌 간의 무력 충돌을 원치 않았다. 그러므로 다음날 레피두스가 로마로 들어왔을 때 그 역시 큰 환영을 받았다.

11월 말 옥타비아누스는 집정관 직에서 물러났고, 반백이 된 이탈리아 전쟁의 두 피해자 가이우스 카리나스와 푸블리우스 벤티디우스가 후임으로 들어왔다. 보결 집정관이 취임하자 푸블리우스 티티우스는 평민회로 갔다. 그는 우선 모든 트리부스의 동의를 받아 삼두연합을 공식으로 인정하는 법을 통과시켰다. 그런 다음, 정보 제공자에 대한 보상부터 공권박탈자 명단 공개까지 술라가 내놓았던 공공의 적 관련법과 거의 모든 세부사항에서 일치하는 새 법을 제정했다. 1차 명단에는 130명의 이름이 올랐고, 안토니우스의 요청에 따라 마르쿠스 툴리우스 키케로의 이름이 맨 꼭대기를 장식했다. 명단에는 이미 죽거나 달아난 사람도 많았고 브루투스와 카시우스의 이름도 포함돼 있었다. 공권박탈자 선정 기준은 '해방자에 대한 동정'이었다.

이 상황을 미처 예상치 못했던 1계급과 2계급은 공황 상태에 빠졌고, 평민회 회의 직후 호민관 살비우스가 체포되어 처형되자 이는 더욱 심각해졌다. 희생자의 머리는 전시되지 않고 몸통과 함께 에스퀼리누스 평원 공동묘지의 석회구덩이에 던져졌다. 옥타비아누스가 시각적인 증거가 보이지 않을 때 공포감이 더욱 고조된다고 안토니우스를 설득한 덕분이었다. 다만 키케로가 이탈리아에서 발견된다면 그는 유일한 예외가 될 터였다.

레피두스는 형인 파울루스의 공권을 박탈했고, 안토니우스는 외삼촌인 루키우스 카이사르의 공권을 박탈했으며, 옥타비아누스도 친척들의 공권을 박탈했다. 다만 그중에 처형당한 사람은 없었다. 폴리오의 장인이나 플랑쿠스의 법무관 형제에게는 그런 예외가 적용되지 않아서 그들은 살해당했다. 명단에 오른 세 명의 다른 법무관들도 죽었고, 호민관 아풀레이우스도 죽었다. 가이우스 카스카는 운좋게도 친형과 함께 동방으로 달아날 수 있었다. 바티니우스의 오랜 보좌관이자 확고

한 신념의 소유자인 퀸투스 코르니피키우스는 명단에 올라 처형당했다.

아티쿠스와 은행가들은 그들이 명단에 오르지 않을 것이라고 사전에 전달받았다. 힘든 시기에 흔히 그러듯 시장에서 돈이 사라지는 상황을 막기 위해서였다. 귀중한 금과 1만 탈렌툼의 은을 제외하면 텅 비어 있던 국고는 루키우스 카이사르, 아풀레이우스 가문 사람들, 파울루스 아이밀리우스 레피두스, 암살자 카이킬리우스 형제, 존경받는 전직 집정관 마르쿠스 테렌티우스 바로, 대단히 부유한 가이우스 루킬리우스 히루스, 그 외 수백 명의 현금과 유동자산으로 빠르게 채워졌다.

모든 사람이 죽은 건 아니었다. 퀸투스 푸피우스 칼레누스는 늙은 바로를 보호하며 공권박탈 당국에 저항하다가(술라 시절과 마찬가지로 공권박탈 조치는 관료 조직을 통해 진행되었다) 마침내 안토니우스의 허락을 받고 바로의 목숨을 구해냈다. 루킬리우스 히루스는 노예와 피호민 들을 이끌고 로마에서 달아나 바다로 향했고, 칼레스 시는 성문을 잠그고 푸블리우스 시티우스의 형제를 내놓지 않으려 했다. 카토가 아끼던 마르쿠스 파보니우스도 명단에 올랐지만 다른 사람들과 마찬가지로 이탈리아를 벗어나는 데 성공했다. 삼두연합의 구성원들은 재산만 남겨두고 떠난다면 재산의 주인이 어떤 운명을 맞든 크게 신경쓰지 않았다.

물론 키케로는 예외였다. 안토니우스는 키케로에게 끔찍한 죽음을 안겨주기로 단단히 작정한 터였다. 군무관 가이우스 포필리우스 라이나스(아주 유명한 이름이었다)는 이 임무를 맡고 일단의 병사 및 백인대장 헤렌니우스와 함께 로마를 떠나서 키케로의 빌라들을 수색했다. 카이사르의 충실한 지지자였던 퀸투스 키케로와 그의 아들은 2차 공권박탈자 명단에 올랐다. 퀸투스 키케로 부자가 변심해서 이제 로마를 떠나 해방자들에게 합류할 작정이라고 한 노예가 제보했기 때문이었다. 그리하여 라이나스에게는 세 명의 수배자가 생겼다. 하지만 물론 가장 중요한 수배자이자 제일 먼저 잡아야 할 사람은 위대한 마르쿠스 키케로였다.

옥타비아누스가 감행한 2차 로마 진군의 결과는 키케로를 충격에 빠뜨렸다. 그는 신임 수석 집정관을 찾아가 자신이 앞으로 원로원 회의에 불참하더라도 양해해달라고 간청했다.

"난 지쳤고 병들었다네, 옥타비아누스." 그는 이렇게 설명했다. "언제든 내가 원할 때 지방으로 내려갈 수 있으면 좋겠어. 그래도 되겠나?"

"물론이죠!" 옥타비아누스는 따뜻하게 말했다. "제 의붓아버지의 회의 불참도 양해해드렸으니 당신과 루키우스 피소의 불참도 양해해드려야죠. 아시다시피 필리푸스와 피소는 그 끔찍한 겨울 여정 때문에 아직도 후유증을 겪고 있어요."

"나는 그 대표단 파견에 반대했던 사람일세."

"물론 그러셨죠. 원로원이 당신 의견을 무시한 건 애석한 일이었어요."

한참 전 브룬디시움에 상륙한 이래로 조금도 외모에 변화가 없는 이 아름다운 젊은이를 보며, 키케로는 옥타비아누스가 무슨 대가를 치르더라도 권력을 얻기로 작심했다는 것을 별안간 깨달았다. 어떻게 그가 이 무자비한 냉혈한에게 영향력을 행사할 수 있으리라고 스스로를 속여왔던 걸까? 카이사르에게는 불같은 분노를 비롯해 감정이란 게 있었지만, 옥타비아누스는 감정을 흉내내고 있었다. 그가 보여주는 카이사르와의 닮은 점은 모두 연기였다.

그 순간부터 키케로는 모든 희망을 버렸다. 브루투스에게 로마로 돌아오라고 설득하는 일도 포기했다. 브루투스가 마지막 편지에서 너무도 비판적이고 신랄한 어조를 보였기 때문에, 키케로는 신임 집정관 카이사르 옥타비아누스와 퀸투스 페디우스에 관한 자신의 의견을 담아 답장을 쓸 마음이 전혀 생기지 않았다.

키케로는 신임 수석 집정관과의 면담 직후 아티쿠스를 찾아갔다. "난 이제 다시는 자네를 찾아오지 않을 걸세." 그가 말했다. "자네에게 편지를 쓰지도 않을 거야. 티투스, 우리 모두를 위해 이게 최선이야. 필리아, 어린 아티카와 자네 자신을 잘 돌보게. 옥타비아누스를 적으로 돌릴 만한 일은 절대 하지 말게! 그가 집정관이 된 순간 공화정은 영원히 죽어버렸네. 우리의 온화한 주인께서 마지막에 웃는 사람이 됐어. 그는 다 생각이 있어서 옥타비아누스를 자신의 상속자로 만든 거였어. 옥타비아누스는 분명 그가 못 마친 일을 해낼 걸세."

아티쿠스는 눈물이 그렁그렁한 눈으로 키케로를 응시했다. 그는 얼마나 늙어 보이는지! 살가죽과 뼈밖에 남지 않았고, 어두운 빛깔의 아름다운 눈동자는 늑대 무리에 둘러싸인 사람처럼 겁에 질려 있었다. 지난 40년간 로마 법정을 주름잡고 놀라게 했던 그 대단한 존재감은 모두 사라진 뒤였다. 아주 성가시고 충동적이긴 하지만 가장 사랑하는 친구가 마르쿠스 안토니우스를 상대로 일련의 독설을 퍼부을 당시, 아티쿠스는 키케로가 치유된 모습을 볼 수 있길 바랐다. 수많은 실패와 아픔을 겪고 아내, 딸, 동생과도 멀어진 키케로가 이제 본래의 모습으로 돌아오길 바랐다. 하지만 옥타비아누스의 등장은 키케로의 부활을 끝장냈다. 이제 키케로가 가장 두려워하는 사람은 옥타비아누스라고 아티쿠스는 생각했다.

"자네 편지가 그리울 걸세." 아티쿠스는 달리 어떤 말을 해야 할지 몰랐다. "이제껏 자네가 보낸 모든 편지를 소중히 보관해두었다네."

"잘됐군. 나중에 기회가 생기면 출간해주게."

"그렇게 하겠네, 마르쿠스."

그렇게 키케로는 공직 사회에서 완전히 은퇴했고, 단 한 통의 편지도 쓰지 않았다. 보노니아에서 삼두연합이 결성되었다는 소식이 전해지자 그는 로마를 떠났다. 충실한 하인 티로는 로마에 남겨두어 무슨 일이 벌어지는지 그에게 보고하도록 했다.

그는 우선 투스쿨룸으로 갔다. 하지만 그 오래된 농가에는 툴리아, 테렌티아, 호전적인 쾌락주의자 아들의 기억이 너무 많이 묻어 있었다. 아들 마르쿠스가 브루투스 곁에 있다는 사실을 모든 신들께 감사한다! 부디 브루투스가 승리할 수 있도록 모든 신들이 도와주시기를!

티로가 급한 전갈을 통해 공권박탈자 명단이 떴으며 키케로의 이름이 첫번째 자리를 차지했다고 전하자, 그는 당장 짐을 싸서 샛길과 오솔길을 따라 포르미아이의 빌라로 갔다. 그는 여전히 속 터지도록 느린 가마로 이동했는데, 그것이 그가 견딜 수 있는 유일한 이동수단이었다. 그는 가장 가까운 항구인 카이에타에서 배를 타고 브루투스에게 가든지, 아니면 시칠리아에 있는 섹스투스 폼페이우스에게 갈 생각이었다. 아직 어느 쪽으로 가야 할지 마음을 정하지 못해 갈팡질팡했다.

포르투나 여신은 키케로를 아끼는 듯했다. 카이에타 항구에는 빌릴 수 있는 배가 있었고, 선장은 키케로가 공권박탈자임에도 불구하고 배에 태워주기로 했다. 공권박탈자 명단은 이탈리아의 모든 도시에 내걸렸던 것이다.

"당신은 특별한 경우입니다, 마르쿠스 키케로." 선장이 말했다. "전 가장 위대한 로마인 중 한 명이 박해당하는 것을 용납할 수 없으니까요."

하지만 때는 12월 초였고, 돌풍이 몰아치고 진눈깨비가 날리는 겨울 날씨가 시작되었다. 출항한 배는 몇 번씩이나 다시 항구 쪽으로 밀려들어갔다. 하지만 선장은 포기하지 않았고 적어도 사르디니아까지는 가야 한다고 고집을 부렸다.

끔찍한 우울감이 키케로를 덮쳤다. 피로가 극에 달한 그는 그 메시지를 곧바로 이해했다. 마르쿠스 툴리우스 키케로가 진정한 마음의 고향인 이탈리아를 떠날 일은 없으리라.

"카이에타로 돌아가서 날 내려주게." 그가 말했다.

키케로의 하인은 약 1.5킬로미터 떨어진 포르미아이 고지대에 위치한 그의 빌라로 돌아갔고, 12월 일곱째 날 동이 트고 세 시간 뒤 가마와 가마꾼들을 이끌고 돌아왔다. 빗물에 젖어 떨고 있던 키케로는 쿠션이 깔린 편안한 가마 안으로 들어갔고, 거기 누워 자신을 찾아올 운명을 기다렸다.

나는 죽게 될 것이다. 하지만 적어도 내가 그렇게 열심히, 그렇게 자주 지켜내려고 애썼던 이 땅에서 죽게 되겠지. 나는 그 잡종개 카틸리나를 처단하여 이탈리아를 지켰지만 카이사르의 연설은 내 승리를 망쳐버렸다. 나는 재판 없이 로마의 적들을 처형함으로써 불법적으로 행동한 적이 없다! 심지어 카토도 그렇게 말하지 않았던가. 하지만 카이사르의 연설은 마치 껍질이 꺼끌꺼끌한 씨앗처럼 내게 들러붙었고, 이후로 내가 어딜 가나 혐오스러운 눈빛으로 쳐다보는 사람들이 생겼다. 그렇다 할지라도 그 이후 나의 삶은 그림자요, 환영이었다. 마르쿠스 안토니우스를 겨냥한 그 연설들을 제외하면. 나는 이제 사는 데 지쳤다. 삶의 잔인함과 졸렬함을 더는 견디고 싶지 않다.

가이우스 포필리우스 라이나스와 그 부하들은 서서히 언덕을 올라가는 가마를 따라잡고는 말에서 내려 가마를 포위했다. 백인대장 헤렌니우스는 아주 날카로운 60센티미터 길이의 양날 검을 꺼내들었다. 키케로는 무슨 일이 벌어지는지 보려고 가마 밖으로 머리를 내밀었다.

"안 돼, 안 돼!" 그는 하인들에게 소리쳤다. "싸우지 말게! 부탁이니 조용히 항복하고 목숨들을 건지시게."

헤렌니우스는 그에게 다가가더니 구름 낀 음침한 하늘을 향해 검을 들어올렸다. 키케로는 하늘을 보며 그 회색빛이 지하 묘지보다 더 칙칙하고, 어두우며, 반짝이지 않는다고 생각했다. 그는 가마 가장자리를 양쪽 손바닥으로 누르고 가마 밖으로 어깨를 빼냈다. 그리고 목을 최대한 길게 늘였다.

"제대로 내려치게." 그가 말했다.

양날 검이 아래로 떨어지자 키케로의 머리는 단번에 몸에서 분리되었다. 잘린 목에서 피가 쏟아졌고, 몸통은 잠시 경련을 일으키다 멈췄다. 잘린 머리는 진흙길에 떨어져 몇 번 구르다가 멈췄다. 하인들은 통곡하며 눈물을 흘렸지만, 포필리우스 라이나스 무리는 그들을 무시했다. 헤렌니우스는 허리를 숙여 키케로의 뒷머리를 움켜쥐고 머리통을 들어올렸다. 키케로가 잘 빗어서 대머리를 덮으려고 길게 기른 뒷머리였다. 한 병사가 상자를 내밀었고, 잘린 머리는 상자 안으로 떨어졌다.

라이나스는 이 광경을 지켜보느라 부하 두 명이 피가 철철 흐르는 몸통을 가마에서 급히 꺼내는 것을 알아차리지 못했다. 그러다 칼집에서 칼을 꺼내는 소리를 들었다.

"이봐, 대체 뭘 하려는 건가?"

"이자는 오른손잡이였습니까, 아니면 왼손잡이였습니까?" 한 병사가 물었다.

라이나스는 멍한 표정이었다. "나야 모르지."

"그렇다면 양손을 다 자르겠습니다. 그중 한 손으로 마르쿠스 안토니우스에 관해 끔찍한 글을 썼을 테니까요."

라이나스는 한번 생각해보더니 고개를 끄덕였다. "그렇게 하게. 잘린 양손을 상자에 넣고 어서 출발하자고."

그들은 말에 올라 잠시도 멈추지 않고 로마로 돌아갔다. 그들이 카리나이 지구에 위치한 안토니우스의 대저택에 도착할 무렵, 말들은 입에 거품을 물고 쓰러지기 일보 직전이었다. 놀란 집사는 그들을 주랑정원으로 안내했다. 라이나스는 상자를 들고 아트리움으로 성큼성큼 걸어갔다. 그곳에는 아직 눈가에 졸음을 달고 있는 잠옷 차림의 안토니우스와 풀비아가 있었다.

"이걸 원하셨지요." 포필리우스 라이나스는 안토니우스에게 상자를 넘기며 말했다.

안토니우스는 머리를 꺼내들더니 소리내어 웃었다. "이제야 잡혔군, 내게 앙심을 품은 늙은 잡놈 같으니라고!" 그가 소리쳤다.

풀비아는 메스껍지도 않은지 그 머리를 낚아채려고 했다. "이리 줘요, 이리 줘요, 이리 줘요!" 풀비아가 날카롭게 소리를 질렀다. 안토니우스는 그녀가 머리를 가져가지 못하게 피하면서 웃으며 그녀를 놀렸다.

"제 부하들이 다른 것도 가져왔습니다." 라이나스가 말했다. "상자 안쪽을 보십시오, 마르쿠스 안토니우스."

풀비아는 마침내 잘린 머리를 낚아챘다. 안토니우스는 상자에서 두 손을 꺼내 관찰하느라 바빴다.

"그가 오른손잡이인지 왼손잡이인지 알 수 없어서 양손을 다 가져왔습니다. 제 부하들이 말했듯, 그 손으로 당신에 관해 아주 끔찍한 글을 썼으니까요."

"자네들에게는 1탈렌툼을 더 주겠네." 안토니우스가 활짝 웃었다. 그는 풀비아를 쳐다봤다. 그녀는 벽에 붙은 탁자 위로 머리를 숙이고 두루마리, 종이, 잉크, 펜, 밀랍 서판 등 어수선하게 널린 물건들을 뒤적였다. "뭐하는 거요?" 그가 물었다.

"찾았다!" 그녀가 철필을 꺼내들며 외쳤다.

키케로의 눈은 감겼고 입은 벌어져 있었다. 안토니우스의 아내는 손톱이 긴 손가락을 키케로의 입에 넣어 이리저리 뒤적거리더니 만족스러운 소리를 내며 뭔가를 잡아당겼다. 이윽고 그녀의 손톱에 집힌 혀가 나왔다. 그녀는 그 질긴 살덩어리를 단단히 잡고 철필로 내려찍었다. 세로로 꽂힌 철필 때문에 혀는 계속 입 밖으로 나와 있는 상태가 되었다.

"이자의 조잘거리는 재주는 다 여기서 나왔겠죠." 그녀는 자신의 작품에 아주 만족해하며 말했다.

"저걸 나무판에 고정시켜 로스트라 연단에 내걸도록 하게." 안토니우스는 라이나스에게 명령했다. "머리는 중앙에, 양손은 각각 양옆에 고정시키도록."

그리하여 잠에서 깨어난 로마인들은 키케로의 머리와 양손이 나무판에 고정된 채 로스트라 연단에 내걸린 모습을 목격하게 됐다.

포룸 로마눔에 자주 드나드는 사람들은 망연자실했다. 키케로의 스무 살 생일 이래로 포룸 로마눔에서 그의 언변에 필적할 인물은 아무도 없었다. 그 재판들! 그 연설들! 그의 말들은 그야말로 얼마나 경이로웠던가!

"그래도," 한 사람이 눈물을 훔치며 말했다. "친애하는 마르쿠스 키케로는 여전히 포룸 로마눔의 투사로군."

퀸투스 키케로 부자는 얼마 지나지 않아 목숨을 잃었다. 하지만 그들의 머리는 전시되지 않았다. 퀸투스 키케로와 이혼한 폼포니아가 적어도 자기 아들의 죽음을 어떻게 받아들였는지는 곧 로마인들에게 알려져 충격을 안겼다. 그녀는 퀸투스 키케로 부자를 고발한 노예를 납치해, 그가 직접 자기 살을 깎아내어 구워먹게 하는 방식으로 그를 죽였던 것이다.

옥타비아누스는 안토니우스가 키케로에게 복수하면서 보인 야만성을 받아들이기 힘들었다. 하지만 그로서는 어쩔 수 없는 일이었으므로, 공적인 자리에서도 사적인 자리에서도 그 얘기는 꺼내지 않았다. 그는 되도록 안토니우스와 함께하는 자리를 피하려고 했다. 옥타비아누스는 클라우디아를 처음 봤을 때 어쩌면 그녀를 사랑할 수 있을지도 모르겠다고 생각했다. 그녀는 아주 예쁘고 아주 까무잡잡했으며(그는 까무잡잡한 여자를 좋아했다) 당연히 처녀였다. 하지만 철필로 고정된 키케로의 혀를 보고 풀비아가 키케로의 살덩어리에 그처럼 낯뜨거운 짓을 하며 느낀 기쁨을 털어놓는 것을 듣고서, 옥타비아누스는 클라우디아가 절대 자기 아이를 갖지 못하게 하겠다고 다짐했다.

"그러니까," 그는 마이케나스에게 말했다. "그녀는 어디까지나 명목상의 아내로 남을 거야. 덩치 크고 튼튼한 게르만족 여자 노예 여섯 명을 구해서 클라우디아가 절대 혼자 있는 일이 없도록 하게. 난 안토니우스와 그 천박한 하르피이아 같은 여자에게 클라우디아를 반납할 때까지 그녀가 처녀로 남길 바라네."

"진심인가?" 마이케나스는 눈썹을 찡그리며 물었다.

"내 말 믿게, 가이우스. 풀비아의 딸을 건드리느니 썩어가는 검은 개를 만지겠어!"

같은 날 필리푸스가 죽었기 때문에 결혼식은 아주 조용히 치러졌다. 아티아와 옥타비아는 결혼식에 참석할 수 없었고, 옥타비아누스는 혼례가 끝나자마자 신부를 게르만족 경호원들에게 맡겨두고 어머니와 누나에게로 갔다. 가족의 죽음은 신혼 초야를 치르지 않을 좋은 변명거리였다.

하지만 시간이 흐르면서 클라우디아는 초야를 치를 일은 없으리라는 확신이 들었다. 그녀는 남편의 태도라든지 자신에게 붙은 경호원들을 이해할 수 없었다. 처음 만났을 때 그녀는 그가 미남이며 초연한 태도가 매력적이라 생각했다. 이제 그녀는 사실상 죄수처럼 살고 있었다. 그는 그녀를 건드리지도 않았고 그녀에게 욕구를 느끼지도 않는 듯했다.

"나더러 어떻게 하란 말이니?" 풀비아는 딸이 도움을 청하자 반문했다.

"엄마, 절 집으로 데려가주세요!"

"그럴 순 없어. 너는 안토니우스와 네 남편을 이어주는 평화의 선물이야."

"하지만 그는 절 원하지 않아요! 저랑 말도 안 섞어요!"

"정략결혼 관계에서는 그런 일이 드물지 않단다." 풀비아는 자리에서 일어나 딸의 턱밑을 가볍게 만졌다. "그도 언젠간 정신을 차릴 거야, 애야. 그때까지 기다리렴."

"마르쿠스 안토니우스에게 좀 부탁해보세요!" 클라우디아가 사정했다.

"그런 짓은 안 할 거야. 그이는 이런 사소한 일까지 신경쓰기엔 너무 바빠." 풀비아는 그렇게 떠났다. 그녀는 현재 자신의 가족을 돌보느라 정신이 없었다. 첫 남편 클로디우스는 이제 먼 옛날이었다.

달리 도움을 청할 곳이 없었으므로, 클라우디아는 그냥 자신의 상황을 받아들이는 수밖에 없었다. 옥타비아누스가 공권박탈자의 재산을 매각하는 경매에서 퀸투스 호르텐시우스의 거대하고 오래된 저택을 낙찰받자 상황은 다소 나아졌다. 집이 워낙 커서 그녀에게 욕실이 딸린 개인 공간이 생겼고 옥타비아누스와 아예 마주치지 않고도 생활할 수 있게 된 것이었다. 젊은이는 회복도 빠른 법이라, 그녀는 게르만족 여자 노예들과 친하게 지내며 결혼한 숫처녀로서 누릴 수 있는 최대한 행복한 생활을 했다.

옥타비아누스는 홀로 잠들지 않았다. 그는 정부를 들였다.

삼두연합의 최연소자는 강력한 성적 충동에 시달리지 않았고 결혼한 이후에도 자위만으로 만족했다. 하지만 그때 섬세하고 직관력 뛰어난 마이케나스가 도움의 손길을 내밀었다. 그는 이제 옥타비아누스가 여자를 알 때라고 결론 내렸다. 그래서 성노예 판매상으로 유명한 메르쿠리우스 스티쿠스의 사무실을 찾아가 옥타비아누스에게 딱 맞는 여자를 구했다. 어린 아들이 딸린 스무 살 여자로 킬리키아 출신이었으며 팜필리아에서 어떤 해적 대장의 노리개로 지낸 바 있었다. 이름은 유명한 시인과 똑같이 사포였다. 황홀할 정도로 예뻤고 머리카락과 눈동자는 어두운 색이었으며 풍만하고 껴안기 좋은 몸매였다. 또한 마이케나스의 말에 따르면 천성이 선하다고 했다. 마이케나스는 옥타비아누스가 호르텐시우스의 오래된 저택으로 이사 가던 날 여자를 데려와 옥타비아누스의 침실에 넣어주었다. 그 작전은 통했다. 노예를 곁에 두는 것은 전혀 수치스러운 일이 아니었고, 그녀가 옥타비아누스 같은 주인 위에 군림하려 들지도 않을 터였다. 그는 그녀의 유순함과 겸손함이 마음에 들었고 그녀의 처지를 잘 이해했으며 그녀가 아들과 시간을 보낼 수 있도록 배려했다. 그 자신은 성적인 해방을 통해 새로운 성숙함을 얻게 되었다.

사포가 없었더라면 삼두연합 초기 옥타비아누스의 인생은 아주 견디기 힘들었을 것이다. 안토니우스를 통제하는 것은 늘 어려웠고, 가끔은—키케로의 죽음에서 그랬듯이—아예 불가능했다. 공권박탈자의 재산을 매각하는 경매에서는 충분한 수익이 발생하지 않았고, 정보원들이 제공하는 명단에서 해방자 동조세력으로 낙인찍을 만큼 재산 많은 사람이 누구인지 파악하는 것도 옥타비아누스의 몫이었다. 추가로 세금을 걷는 수밖에 없었고, 애초에는 건드리지 않기로 했던 금권가와 은행가 들에게 가격이 치솟고 있는 곡물을 구매하기 위해 거액을 기부하라는 압력이 가해졌다. 12월이 되고 얼마 지나지 않아, 1계급부터 5계급의 모든 시민은 당장 일 년치 수입을 국가에 상납해야 한다는 것을 깨달았다.

하지만 그것으로도 충분치 않았다. 12월 말 안토니우스의 졸개인 호민관 루키우스 클로디우스는 클로디우스법을 통과시켜, 자기 돈을 직접 관리하는 독립 상태의 여성들도 일 년치 수입을 상납하도록 했다.

이 일은 호르텐시아를 아주 열받게 했다. 호르텐시아는 카토의 이부형 카이피오의 아내이자 카이피오의 외동딸(그녀는 아헤노바르부스의 아들과 혼인했다)을 낳은 어머니였으며, 아버지의 유명한 말재주를 오빠보다 더 많이 물려받은 터였다. 그녀의 오빠는 브루투스에게 마케도니아를 넘겼다는 이유로 현재 공권박탈자 명단에 올라 있었다.

죽은 키케로의 부인 테렌티아는 물론 마르키아, 폼포니아, 은퇴한 수석 베스타 신녀 파비아, 칼푸르니아 등 일단의 여성들이 뒤따르는 가운데 호르텐시아는 포룸 로마눔으로 행진하여 로스트라 연단에 올라갔다. 그들은 쇠사슬 갑옷을 착용하고, 투구를 머리에 쓰고, 방패를 땅바닥에 내려놓고 손에 칼을 쥐고 있었다. 이처럼 심상치 않은 광경에 포룸 로마눔 단골들이 모여들었다. 처음에는 눈치채기 힘들었지만 다양한 계층의 여자들도 몰려들었고, 그중 상당수는 화려한 빛깔의 토가와 천박한 가발을 걸치고 짙게 화장을 한 매춘부들이었다.

"저는 로마 시민입니다!"호르텐시아는 마르가리타리아 주랑건물에서도 들릴 만큼 큰 목소리로 외쳤다. "또한 저는 여성입니다! 1계급 여성입니다! 그것이 무슨 의미일까요? 제가 처녀인 상태로 신혼 초야를 치러야 하고 이후로 남편의 소유물이 되어야 한다는 의미입니다. 남편은 제가 부정한 짓을 저지르면 절 처형할 수 있지만, 전 남편이 다른 여자와 성교를 해도 비난할 수 없습니다. 아니, 다른 남자와 성교를 해도 마찬가지죠! 또한 남편이 먼저 죽을 경우 재혼도 못합니다. 그 대신 친정 식구의 자비에 기대 살아야 하는데, 보코니우스 여성상속법에 따라 재산을 물려받을 수 없기 때문입니다. 남편이 제 지참금을 강탈하려고 할 때 그것을 막기도 아주 어렵습니다!"

쾅! 칼 옆면으로 방패를 내리치는 소리였다. 관중은 깜짝 놀랐다.

"이것이 1계급 여성의 운명입니다! 하지만 제가 더 낮은 계급의 여성이거나 아예 계급이 없는 여성이었다면 무엇이 달라졌을까요? 저는 똑같이 처녀인 상태로 신혼 초야를 치러야 하고 이후로 남편의 소유물이 되어야 할 겁니다! 또한 남편이 죽으면 친정 식구의 자비에 기대 살아야 할 겁니다. 하지만 적어도 남자 외에도 다른 많은 것을 선택할 기회가 주어질 겁니다! 직업을 가지거나 장사를 하거나 기술을 배울 수 있을 테니까요. 화가나 목수, 의사나 약초 재배자로 삶을 꾸려갈 수 있을 겁니다. 제 텃밭이나 닭장에서 난 상품을 판매할 수도 있고, 원한다면 제 몸을 팔아 매춘부로 일할 수도 있을 겁니다. 또한 노년을 대비해 수입 일부를 저축해놓을 수도 있겠죠!"

쾅! 이번에는 로스트라 연단의 모든 칼들이 방패들을 내리쳤다. 관중 속 여자들은 완전히 몰입해 있었고 남자들은 분개했다.

"그러므로 로마 시민이자 여성으로서, 저는 소득이 있고 자신의 수입을 직접 관리하는 모든 로마 시민 여성의 분노를 대변해야 한다고 생각했습니다! 저는 지참금이나 아주 적은 유산을 통해 소득을 얻는 1계급 여성들과 계란, 채소, 배관 공사, 페인트칠, 건설, 매춘 등 다양한 방식으로 소득을 얻는 낮은 계급이나 무계급의 모든 여성들을 위해 여기 서 있습니다! 우리는 로마 남성들의 미친 짓에 자금을 대기 위해 일 년치 수입을 잃어버릴 위기에 처했습니다! 전 분명 미친 짓이라 말했고, 그 말은 진심입니다!"

쾅! 쾅! 쾅! 이번에는 칼들이 방패들을 내리치는 소리에 매춘부들의 심벌즈 소리와 여성 관중의 발 구르는 소리가 더해졌고, 더 길게 이어졌다. 포룸 로마눔 단골들은 점점 더 화난 표정을 지었고 으르렁거리며 주먹을 휘둘러댔다.

호르텐시아가 칼을 들어 머리 위로 흔들어댔다. "로마 시민 여성이 투표를 합니까? 우리가 법안의 찬반 투표에 참여합니까? 우리에게 일 년치 수입을 국고에 상납할 것을 강요하는 꼴사나운 클로디우스법이 통과될 때 우리가 반대표를 던질 수 있었습니까? 아뇨, 우리에겐 이 미친 짓에 반대표를 던질 기회가 없었습니다! 거만하고 저능한 특권계급 남성 삼인방 마르쿠스 안토니우스, 카이사르 옥타비아누스, 마르쿠스 레피두스가 주도하는 이 미친 짓 말이죠! 로마가 우리에게 세금을 물리고 싶다면, 로마는 우선 우리에게 정무관을 뽑을 권리와 법안에 찬반 투표를 할 권리를 제공해야 합니다!"

칼이 다시 위로 올라갔고, 이번에는 다른 칼들도 따라 올라갔다. 듣고 있던 여성들에게서 날카로운 환호가 쏟아졌고, 포룸 로마눔 단골들에게서는 분노의 함성이 터져나왔다.

"그나저나 로마를 다스리는 머저리들은 어떻게 이 부당한 세금을 걷을 작정이랍니까?" 호르텐시아가 물었다. "1계급부터 5계급까지의 남자들은 감찰관에 의해 모든 수입이 등록됩니다! 하지만 우리 로마 시민 여성들은 그 어떤 명부에도 등록되지 않습니다, 안 그런가요? 이런 마당에 로마를 다스리는 머저리들은 우리 수입이 얼마인지 어떻게 알 수 있을까요? 악랄한 국고위원회 직원이 시장에서 자수품이나 등불 심지나 계란 따위를 파는 늙고 불쌍하고 작달막한 여자를 찾아가 연간 수입이 얼마냐고 물어볼 건가요? 아니면 더 끔찍하게도, 여성 혐오와 편견에 사로잡힌 그 직원이 그 여자의 연간 수입을 임의로 정해버릴 건가요? 우리는 이렇게 가만히 앉아 갈취당하고 괴롭힘당하고 협박당하고 강요당할 겁니까? 그럴 겁니까? 진짜로 그럴 겁니까?"

"아뇨!" 수천 명의 여자에게서 비명이 터져나왔다. "아뇨, 아뇨!" 남자들은 갑자기 조용해졌다. 포룸 로마눔 단골들은 그제야 관중 중에 남자보다 여자의 숫자가 훨씬 많아진 것을 알아차린 것이다.

"저는 그래선 안 된다고 생각합니다! 지금 로스트라 연단에 서 있는 우리는 모두 남편을 잃은 여자들입니다. 우리 중에는 카이사르의 아내, 카토의 아내, 키케로의 아내도 있습니다! 카이사르가 여자에게 과세했습니까? 카토가 여자에게 과세했습니까? 키케로가 여자에게 과세했습니까? 아뇨, 그들은 그러지 않았습니다! 키케로와 카토와 카이사르는 여자에게 공적인 목소리가 없음을 이해했습니다! 여자에게 허락된 유일한 법적 권리는 약간의 돈을 온전히 소유할 수 있는 것뿐인데 클로디우스법은 우리에게서 그 권리마저 박탈하려고 합니다! 우리는 이런 과세를 거부합니다! 1세스테르티우스도 안 됩니다! 우리에게 새로운 권리를—투표권, 원로원 회의 참석권, 정무관 선거 출마권을 허락하지 않는 한, 절대 안 됩니다!"

그녀의 목소리는 거대한 환호에 묻혔다.

"삼두연합의 일원인 마르쿠스 안토니우스의 아내 풀비아는 어떻습니까?" 그녀는 우레 같은 목소리로 소리쳤다. 그녀는 릭토르단 전원이 뒤쪽에서부터 관중을 뚫고 로스트라 연단 쪽으로 다가오기 시작하는 것을 확인했다. "풀비아는 로마에서 가장 부유한 여성이고 본인 재산을 직접 관리합니다! 하지만 그녀가 이 세금을 내게 될까요? 아뇨! 아뇨, 안 낼 겁니다! 왜냐하면 그녀는 일곱 자녀를 낳았으니까요! 로마 역사상 로스트라 연단에, 혹은 여자의 몸 위에 올랐던 사내들 중에 제일 못된 악당 세 명과 차례로 결혼해서 말이죠! 반면 우리처럼 모스 마이오룸에 따라 재혼을 마다한 여자들은 세금을 내야만 하겠죠!"

그녀는 로스트라 연단 가장자리로 걸어가, 관중 앞쪽으로 다가온 릭토르들에게 얼굴을 들이밀었다. "감히 우리를 체포할 생각은 하지 말게!" 그녀가 소리쳤다. "퀸투스 호르텐시우스의 딸과 자기 재산을 직접 관리하는 모든 계급의 로마 여성은 세금을 내지 않을 것이라고 자네들 주인에게 돌아가 전하게! 절대 안 낼 거야! 어서 가게! 어서, 어서!"

"그 암퇘지를 공권박탈자 명단에 올려야겠어! 그 암퇘지들을 죄다 명단에 올릴 거야!" 안토니우스는 화를 주체하지 못하며 으르렁댔다.
"그건 안 되오!" 레피두스가 딱 잘라 말했다. "아무 짓도 하지 마시오!"
"아무 말도 하지 마시고요." 옥타비아누스가 낮은 소리로 말했다.

다음날 얼굴이 벌게진 루키우스 클로디우스는 평민회에서 자신의 법을 폐지했고, 그 대신 풀비아를 비롯해 재산을 스스로 관리하는 로마 여성들에게 연 수입 중 30분의 1을 과세하는 새로운 법을 통과시켰다. 하지만 그 법은 결국 실행되지 못했다.

12장
아드리아 해의 동쪽

기원전 43년 1월부터
12월까지

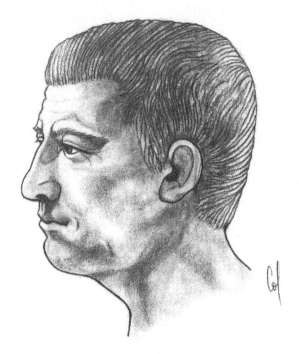

가이우스 카시우스 롱기누스

1월 셋째 날, 브루투스와 그의 작은 군대는 칸다비아 산맥을 넘는 고된 겨울 여정을 마치고 디라키온 외곽에 도착했다. 일리리쿰 총독 푸블리우스 바티니우스는 마르쿠스 안토니우스의 지시로 1개 군단을 이끌고 살로나에서 내려와 페트라 진지를 점령 중이었다. 브루투스는 당황하지 않고 성벽 주변을 둘러싼 수많은 진지 중 한 곳으로 자신의 병사들을 몰아넣었다. 5년 전 카이사르와 폼페이우스 마그누스가 공성전을 벌일 때 세워진 진지들이었다. 하지만 브루투스는 굳이 그럴 필요가 없었던 것으로 드러났다. 나흘도 지나지 않아 바티니우스의 병사들이 페트라 진지의 문을 열고 브루투스 쪽으로 넘어왔기 때문이다. 그들은 자기들의 사령관 바티니우스가 이미 일리리쿰으로 돌아갔다고 했다.

브루투스는 어느새 3개 군단과 기병 200명의 병력을 얻게 되었다! 이 사실에 가장 놀란 것은 그 자신이었는데, 그는 어떻게 군대를 이끄는지 전혀 몰랐기 때문이다. 하지만 1만 5천 명의 병사를 먹이고 무장시키려면 공병대장이 필요하다는 것쯤은 알고 있었다. 그래서 오랜 친구이자 은행가인 가이우스 플라비우스 헤미킬루스에게 편지를 썼다.

폼페이우스 마그누스의 공병대장으로 일하기도 했던 헤미킬루스가 마르쿠스 브루투스를 위해 같은 일을 해줄 것인가? 그 문제가 잘 해결되자, 새롭게 등극한 이 군사 지도자는 마케도니아의 공식 총독 가이우스 안토니우스가 있는 아폴로니아로 남진하기로 했다.

그런데 그의 무릎에 돈까지 뚝 떨어졌다! 먼저 아시아 속주의 재무관으로서 국고위원회로 속주 공세를 운반중이던 젊은 렌툴루스 스핀테르가 나타났다. 마르쿠스 안토니우스라면 질색하던 스핀테르는 돈을 즉시 브루투스에게 넘겼고, 상관인 가이우스 트레보니우스에게 돌아가 해방자들은 그렇게 얌전히 진압당하지 않을 것이라는 말을 전하기로 했다. 스핀테르가 떠나기 무섭게, 시리아의 공세를 로마로 운반중이던 재무관 가이우스 안티스티우스 베투스가 도착했다. 그 역시 브루투스에게 돈을 넘겼고 브루투스 곁에 남기로 했다. 시리아에서 무슨 일이 벌어지고 있을지 누가 알겠는가? 마케도니아에 있는 편이 훨씬 나았다.

1월 중순에 아폴로니아는 싸움 한 번 없이 항복했고, 그곳 병사들은 혐오스러운 가이우스 안토니우스보다 브루투스를 훨씬 선호한다고 발표했다. 젊은 키케로와 안티스티우스 베투스 같은 사람들은 안토니우스 삼 형제 중 가장 재능 없고 운도 없는 가이우스 안토니우스의 처형을 촉구했지만, 브루투스는 거부했다. 그는 가이우스 안토니우스가 다른 사람들과 연락하도록 배려해줬고 그에게 아주 정중히 대했다.

원로원이 본래 브루투스에게 배정해준 크레타와 카시우스에게 배정해준 키레나이카가 해방자들을 돕겠다고 선언했을 때 브루투스의 기쁨은 극에 달했다. 두 속주는 그 대가로 제대로 된 총독들을 파견해달라고 부탁했다. 브루투스는 기꺼이 그렇게 하겠노라고 약속했다.

이제 그는 6개 군단과 기병 600명은 물론 무려 속주 세 개—마케도니아, 크레타, 키레나이카를 손에 넣었다. 이러한 행운의 기쁨이 가시기도 전에 그리스, 에페이로스, 트라키아의 해안 지역이 브루투스에 대한 지지 선언을 했다. 정말 놀라웠다!

브루투스는 만족감을 내뿜으며 로마 원로원에 편지를 써서 이 사실을 알렸다. 그 결과 원로원은 2월 이두스에 그를 이 모든 지역의 총독으로 승인했다. 그는 이제 로마의 동방 속주 중 거의 절반을 통치하게 되었다!

바로 그때 아시아 속주에서 소식이 날아왔다. 그는 돌라벨라가 스미르나의 가이우스 트레보니우스를 고문하고 참수했다는 것을 전해 들었다. 끔찍한 짓이었다. 오, 그런데 저 용감한 렌툴루스 스핀테르는 어떻게 되었을까? 얼마 지나지 않아 브루투스는 스핀테르의 편지를 받았다. 돌라벨라가 에페소스로 쳐들어와서 트레보니우스가 속주 공세를 어디에 감춰놨는지 찾아내려고 했다는 것이었다. 하지만 스핀테르가 어리바리한 연기를 너무 잘한 나머지, 낙담한 돌라벨라는 그에게 그냥 꺼지라고 명령한 뒤 카파도키아로 갔다고 했다.

브루투스는 감감무소식인 카시우스가 걱정돼 죽을 지경이었다. 그는 여러 지역에 편지를 보내 카시우스에게 돌라벨라가 시리아로 접근 중임을 알리려 했다. 하지만 그 편지가 수신자를 제대로 찾아갈지 확신할 수 없었다.

이런 일들이 벌어지는 동안 키케로는 브루투스에게 편지를 보내 이탈리아로 돌아와달라고 사정했다. 이제 브루투스가 공직사회의 지지를 받게 되었으니 구미가 당기는 제안이었다. 하지만 결국 마케도니아와 트라키아를 가로지르는 로마 동쪽의 큰 도로인 에그나티우스 가도를 지키는 것이 최선이라는 결론을 내렸다. 그러면 카시우스가 도움을 요청할 때 당장 달려갈 수 있을 터였다.

그 무렵 브루투스에게는 믿음직한 귀족 출신 추종세력이 생겼다. 그 무리에는 아헤노바르부스의 아들, 키케로의 아들, 루키우스 비불루스, 위대한 루쿨루스가 세르빌리아의 여동생에게서 얻은 아들, 변심한 재무관 마르쿠스 아풀레이우스가 포함돼 있었다. 그들은 대부분 20대였고 이제 갓 스무 살인 사람도 있었지만, 브루투스는 그들을 모두 보좌관으로 임명해 병력을 나눠줬고 자신이 행운아라 생각하며 흡족해했다.

이탈리아를 떠나 있을 때 가장 큰 단점은 로마로부터 전해지는 소식의 진위 여부를 알 수 없다는 점이었다. 10여 명이 브루투스에게 정기적으로 편지를 보냈지만, 한 사람이 하는 말은 나머지 사람들의 말과 충돌했다. 그들의 견해는 제각각이었고 서로 모순되는 경우도 있었다. 또한 그들은 종종 근거 없는 소문을 반박의 여지가 없는 사실처럼 전달했다. 이탈리아 갈리아의 전장에서 판사와 히르티우스가 죽은 후, 브루투스는 키케로와 이제 열아홉 살인 옥타비아누스가 각각 수석 집정관과 차석 집정관이 될 것이라는 소식을 들었다. 이윽고 키케로가 이미 집정관 자리에 올랐다고 전하는 편지도 도착했다! 시간이 지나면서 그건 사실이 아님이 밝혀졌지만, 브루투스가 이처럼 멀리 떨어진 지역에서 무슨 수로 사실과 거짓을 구분한단 말인가? 포르키아는 세르빌리아 때문에 겪는 불행을 늘어놓으며 그를 괴롭혔고, 세르빌리아는 브루투스의 아내가 미쳤다는 내용의 퉁명스러운 편지를 뜨문뜨문 보내왔다. 키케로는 자신은 집정관이 아니고 집정관이 될 가능성도 없으며 젊은 옥타비아누스가 너무 많은 영광을 누리고 있다고 전했다. 그리하여 원로원이 직접 브루투스에게 로마 귀환을 명령했을 때 브루투스는 그 명령을 무시했다. 누가 진실을 말하고 있단 말인가? 뭐가 진실이란 말인가?

가이우스 안토니우스는 브루투스의 배려에 고마워하지도 않고 계속 사고를 쳤다. 그는 자주색 단을 댄 토가를 입고 브루투스의 부하들에게 그들이 총독인 자신을 불법 감금중이라며 열변을 토했다. 브루투스가 가이우스 안토니우스에게 자주색 단을 댄 토가 착용을 금지하자 그는 흰 토가로 갈아입고 또다시 열변을 토했다. 이에 브루투스는 가이우스 안토니우스를 숙소에 감금하고 감시인을 붙였다. 브루투스는 아직껏 병사들에게 자기 능력을 보여주지 못했지만, 사령관 노릇을 하기엔 너무 자신감이 없었다.

큰형 마르쿠스 안토니우스는 가이우스를 구출하려고 마케도니아로 정예 군단을 보냈지만 그들 역시 브루투스에게 합류했다. 이제 브루투스의 병력은 7개 군단과 기병 1천 명으로 늘어났다!

늘어난 병력에 기운을 얻어, 브루투스는 이제 돌라벨라로부터 카시우스를 구하기 위해 동진할 때라고 결론 내렸다. 그는 기존의 마케도니아 군단에게 아폴로니아 주둔 임무를 맡기고 떠났다. 또한 안토니우스의 동생을 감금하는 임무를 가이우스 클로디우스에게 맡겼다. 그는 제멋대로인 성격으로 유명한 파트리키 귀족 클라우디우스 가문 출신의 수많은 클로디우스들 중 한 명이었다.

브루투스는 5월 이두스에 아폴로니아를 출발해 6월 말 헬레스폰트 해협에 도착했다. 그는 빨리 이동하는 사람은 아니었다. 헬레스폰트 해협을 건너 비티니아의 수도인 니코메디아로 간 그는 그곳의 총독 관저에 안락하게 자리를 잡았다. 동료 해방자이자 총독인 루키우스 틸리우스 킴베르는 짐을 챙겨 동쪽의 폰토스로 떠난 뒤였고, 역시 해방자이자 킴베르의 재무관인 데키무스 투룰리우스는 행방불명이었다. 내전에 휘말리고 싶은 사람은 아무도 없는 모양이라고 브루투스는 쓴웃음을 지으며 생각했다.

그때 세르빌리아의 편지가 도착했다.

너에게 안 좋은 소식을 전해야 할 것 같구나. 나에겐 좋은 소식이지만 말이야. 포르키아가 죽었다. 앞서 편지로 말했다시피 네가 떠난 후로 그애는 줄곧 몸이 안 좋았어. 그 얘긴 다른 사람들에게서도 들었을 테지.

처음에 그앤 몸단장에 전혀 신경쓰지 않더니 곧이어 음식을 거부했어. 내가 필요하다면 묶어놓고 억지로라도 먹이겠다고 다짐하니 고집을 꺾고 목숨을 연명할 정도만 먹더구나. 그래도 결국엔 뼈가 다 드러날 지경이 됐지. 그러더니 이번엔 계속 혼잣말을 하는 거야. 온 집을 돌아다니며 지껄이고 횡설수설하는데 대체 뭔 말을 하는 건지 누구도 알 수 없었단다. 다 헛소리, 순전히 말도 안 되는 헛소리였어.

난 그애를 신중하게 감시했지만, 솔직히 말해 그애는 내가 감당하기엔 너무 약삭빨랐어. 그애가 갑자기 화로를 구해달라고 한 이유를 누군들 눈치챘겠니? 그때는 6월 이두스로부터 사흘 후였고 날씨가 다소 쌀쌀한 편이었어. 난 그애가 너무 굶어서 추위를 많이 타나보다 했지. 포르키아는 분명 떨고 있었고 이까지 덜덜거렸어.

삼발이 화로가 거실로 들어간 지 한 시간쯤 뒤에 그애의 하녀 실비아가 시신을 발견했어. 포르키아는 벌겋게 달아오른 석탄을 삼켰고 손에도 석탄 하나를 쥐고 있었단다. 진짜 먹고 싶었던 음식이 그거였나봐, 그렇게 생각지 않니?

지금 내 손에는 포르키아의 유골이 있지만 이걸 어찌해야 할지 모르겠구나. 이제야 우티카에서 도착한 카토의 유골과 섞어야 할까, 아니면 이대로 뒀다가 훗날 너의 유골과 섞어야 할까? 그것도 아니면 포르키아만의 단독 무덤을 만들어야 할까? 원한다면 그 비용은 네가 내렴.

브루투스는 달아오른 석탄이라도 되는 것처럼 편지를 바닥에 떨어뜨렸다. 그의 눈이 크게 뜨였지만, 시선은 내면을 향했다. 머릿속에 세르빌리아가 그의 아내를 의자에 묶어 억지로 입을 벌리고 목구멍으로 석탄을 밀어넣는 장면이 그려졌다.

오, 그래요, 어머니, 당신 짓이군요. 불쌍하고 고통받는 제 아내에게 강제 급식을 하겠다고 말한 다음 그 협박에서 아이디어를 얻었을 테죠. 그 방법의 무시무시한 잔인함이 어머니한테는 솔깃했을 겁니다. 어머니는 제가 아는 사람 중 가장 잔인하니까요. 절 바보로 아십니까, 어머니? 아무리 미친 사람이라 해도 그런 식으로 자살을 시도하는 경우는 없을 겁니다. 몸의 거부반응 때문에라도 불가능할 거예요. 어머니가 그녀를 묶고 억지로 석탄을 먹였겠죠. 끔찍해! 오, 포르키아, 나의 불꽃 기둥이여! 내가 가장 사랑하는, 내 존재의 근원이여. 용기와 활력과 열정으로 충만했던 카토의 딸이여!

그는 울지 않았다. 그 편지를 없애버리지도 않았다. 그 대신 헬레스폰트 해협이 내려다보이는 발코니로 가서 숲으로 덮인 해협 너머 언덕을 멍하니 쳐다봤다. 당신을 저주합니다, 어머니. 밤마다 복수의 여신들의 방문을 받으시길. 한시도 마음의 평화를 얻지 못하시길. 어머니의 애인 아퀼라가 무티나에서 죽었다니 저로선 위안이 되지만, 당신은 그를 진심으로 아낀 적이 없었죠. 카이사르를 제외하면, 어머니의 삶 전체를 지배했던 유일한 열정은 당신의 동생인 카토 외삼촌을 향한 증오였습니다. 하지만 당신이 포르키아를 죽인 것은 제게 하나의 신호입니다. 절 다시 보길 원하지 않는다는 신호. 저의 대의명분은 절망적이며 저의 성공은 불가능하다고 믿는 신호. 만약에 제가 어머니를 다시 만나게 된다면, 당신을 묶어놓고 뜨거운 석탄을 먹일 겁니다.

데이오타로스 왕이 보병 1개 군단을 보내며 힘닿는 데까지 해방자들을 돕겠다고 말하자 브루투스는 아시아 속주의 모든 도시에 공문을 보내 병력, 함선, 자금 지원을 명령했다. 하지만 그것은 소용없는 조치였음이 드러났다. 그는 비티니아에 전함 200척과 수송선 50척을 요구했지만, 그 명령을 실행에 옮길 사람이 아무도 없었고 현지 동맹시민들의 협조도 없었다. 브루투스는 킴베르의 재무관 투룰리우스가 카시우스 밑에서 일하기 위해 아시아 속주의 모든 것을 챙겨 달아났다는 사실을 뒤늦게 알았다.

로마에서는 계속 충격적인 소식이 전해졌다. 마르쿠스 안토니우스는 비우호 세력으로 선포되었고 레피두스도 마찬가지였다. 때마침 브루투스가 아폴로니아 방어를 맡겼던 가이우스 클로디우스에게서 편지가 도착했다. 그는 마르쿠스 안토니우스가 동생을 구출하기 위해 곧 서부 마케도니아에 전면 공격을 감행할 것이라는 확실한 정보를 얻었다고 했다. 이에 따라 클로디우스는 마케도니아 군단과 함께 아폴로니아 성벽 안으로 숨었고 가이우스 안토니우스를 죽였다고 했다. 그의 논리는 참으로 클로디우스 집안사람다웠다. 그는 안토니우스가 동생이 죽었다는 소식을 접하면 마케도니아 침략을 취소하리라 생각했던 것이다.

오, 가이우스 클로디우스, 대체 무슨 짓을 한 건가? 마르쿠스 안토니우스는 비우호 세력으로 선포됐고, 동생을 구출하려고 침략 전쟁을 벌일 입장이 아니란 말이야!

그럼에도 불구하고 브루투스는 안토니우스가 동생의 죽음을 알게 되면 무슨 짓을 할지 몰라 잔뜩 겁을 먹었다. 그는 자신의 군대 일부를 비티니아의 그라니코스 강변에 주둔하도록 조치하고 나머지는 테살로니카까지 다시 서진하도록 했다. 그러고는 마케도니아의 아드리아 해 연안에서 무슨 일이 벌어졌는지 직접 확인하기 위해 먼저 달려갔다.

그곳엔 아무 일도 없었다. 그가 율리우스 달 후반에 아폴로니아에 도착했을 때 마케도니아 군단은 안토니우스의 병력이 상륙한다고 보고된 이 지역, 저 지역, 다른 모든 지역을 샅샅이 조사하고 있었다.

"하지만 모든 보고는 거짓으로 드러났습니다." 가이우스 클로디우스가 말했다.

"클로디우스, 자넨 가이우스 안토니우스를 처형하지 말았어야 했네!"

"당연히 처형해야죠." 가이우스 클로디우스는 뉘우치는 기색 없이 말했다. "제가 보기에 그런 잡놈은 세상에 없는 게 낫습니다. 게다가 편지에서도 말씀드렸다시피, 전 마르쿠스가 동생이 죽었단 걸 알면 굳이 시체를 찾으러 오진 않으리라 확신했어요. 그리고 제 예상이 적중했죠."

브루투스는 두 손을 허공에 내저었다. 클로디우스 집안사람에게 무슨 논리가 통하겠는가? 그들은 죄다 미치광이였다. 그는 다시 동쪽의 테살로니카로 갔다. 그의 군대와 가이우스 플라비우스 헤미킬루스는 그곳에서 이미 작업을 진행중이었다.

마침내 카시우스와 연락이 닿았는데, 그는 이제 자신이 시리아를 온전히 통치하게 됐다고 전해 브루투스를 놀라게 했다. 돌라벨라는 사망했고, 카시우스는 이집트를 침략하여 자신을 돕지 않은 여왕을 응징할 계획이라고 밝혔다. 카시우스에 따르면 이 일에는 두 달이 걸릴 것이며 그후로는 파르티아 왕국 침략에 나설 생각이라고 했다. 크라수스가 카라이에서 빼앗겼던 로마의 은 독수리 일곱 개를 엑바타나의 받침대 위에서 탈환해야 했다.

"당분간 카시우스는 그에게 딱 어울리는 일에 몰두하게 될 겁니다." 헤미킬루스가 말했다. 그는 로마 귀족 사회가 많이 배출할 수 있는 종류의 인간이었다. 다시 말해 꼼꼼하고 효율적이고 논리적이고 약삭빨랐다. "그가 그 일을 하는 동안, 당신이 작은 전쟁을 통해 우리 병사들 손에 피를 묻혀준다면 아주 큰 도움이 되겠죠."

"작은 전쟁?" 브루투스는 조심스럽게 물었다.

"네, 트라키아의 베시족을 상대로 말입니다."

알고 보니 헤미킬루스는 라스쿠폴리스라는 트라키아 왕자와 친분을 쌓은 터였다. 라스쿠폴리스의 부족은 트라키아 내륙의 주요 세력인 베시족 왕 사달라의 지배를 받고 있었다.

"내가 원하는 것은," 라스쿠폴리스는 브루투스를 소개받은 자리에서 말했다. "내 부족의 독립성과 로마 우호동맹 지위요. 그 대가로 당신이 베시족과의 전쟁에서 승리하도록 돕겠소."

"하지만 그들은 무시무시한 전사들이오." 브루투스는 이의를 제기했다.

"물론 그렇소, 마르쿠스 브루투스. 하지만 그들에게도 약점은 있고, 난 그들의 모든 약점을 알고 있소. 나를 조언자로 이용하면 당신이 단한 달 만에 베시족과의 전쟁에서 승리할 수 있을 거라 약속하오. 수많은 전리품을 손에 넣고 말이오."

연안 지역의 트라키아인들이 대체로 그렇듯 라스쿠폴리스 또한 전혀 야만인처럼 보이지 않았다. 그는 제대로 된 옷을 걸쳤고 문신을 새기지 않았으며, 아티케식 그리스어를 구사했고 문명화된 인간처럼 행동했다.

"당신은 당신 부족의 족장이오, 라스쿠폴리스?" 브루투스는 상대가 뭔가 숨기고 있음을 감지하며 물었다.

"그렇소. 하지만 내겐 라스쿠스라는 형이 있고, 그는 자기가 족장이돼야 한다고 믿고 있소." 라스쿠폴리스는 솔직히 털어놓았다.

"라스쿠스는 어디 있소?"

"사라졌소, 마르쿠스 브루투스. 그는 이제 더이상 위험 요소가 아니오."

라스쿠폴리스 역시 위험 요소는 아니었다. 브루투스는 트라키아 중심부로 군대를 이끌고 들어갔다. 그곳은 다누비우스 강과 스트리몬 강, 그리고 에게 해에 둘러싸인 거대한 땅으로 고지대가 아니라 저지대에 가까웠다. 또한 브루투스는 가뭄이 거의 모든 지역을 강타했지만 그곳에선 가뭄에도 곡식이 자란다는 것을 알게 되었다. 군대를 먹이는 것은 돈이 많이 드는 일이었는데, 브루투스는 수많은 소가 끄는 수레에 가득실린 베시족의 곡물 덕분에 한결 편안한 마음으로 겨울을 날 수 있게 되었다.

전쟁은 8월 내내 진행되었다. 8월이 끝날 무렵, 호전적 면모도 없고 카이사르 밑에서 서류나 뒤적이던 마르쿠스 유니우스 브루투스는 최소한의 피해만을 입고 그의 병사들 손에 피를 묻혀주었다. 그의 군대는 전장에서 임페라토르를 연호했으므로 그에게는 개선식을 치를 자격이 생겼다. 사달라 왕은 항복했고 브루투스의 개선식에서 걷게 될 터였다. 라스쿠폴리스는 논란의 여지가 없는 트라키아의 통치자가 됐고, 원로원이 브루투스의 공문에 회신하는 즉시 로마의 우호동맹 지위를 얻게 될 것이란 말을 들었다. 라스쿠폴리스나 브루투스 중 누구도 족장 자리에서 쫓겨난 장남 라스쿠스의 행방을 궁금해하지 않았다. 또한 안전하게 숨어 있던 라스쿠스도 지금 당장 그들 앞에 나타나 자신이 어떤 식으로 트라키아의 왕이 될 것인지 털어놓을 마음은 없었다.

브루투스는 그해 9월 중순 무렵 두번째로 헬레스폰트 해협을 건넜다. 그리고 그라니코스 강변에 주둔시켜둔 군단들을 도로 챙겼다.

그즈음 그는 옥타비아누스와 퀸투스 페디우스가 신임 집정관이 됐다는 소식을 전해 들었다. 그는 카시우스에게 급히 편지를 보내 이집트나 파르티아 왕국을 상대로 한 전쟁을 포기하고 북쪽으로 이동해 자신과 세력을 합쳐야 한다고 전했다. 그 괴물 같은 옥타비아누스가 로마를 통치하게 됨으로써 모든 상황이 바뀐 까닭이었다. 파괴 성향을 가진 어린아이에게 세계에서 가장 크고 복잡한 장난감이 주어진 꼴이었다.

니코메디아에서 브루투스는 해방자이자 총독인 루키우스 틸리우스 킴베르가 카시우스에게 합류하려고 폰토스를 떠났다는 소식을 들었다. 하지만 그는 브루투스를 위해 전함 60척 규모의 함대를 남겼다고 했다.

그리하여 브루투스는 페르가몬으로 갔다. 그는 그곳에서 공세를 요구했지만, 카이사르가 페르가몬의 미트리다테스와 맺은 조약을 뒤집는 시도는 하지 않았다. 페르가몬의 미트리다테스는 엄청난 기부를 통해 브루투스의 부족한 군자금을 채워주는 조건으로 자신의 작은 봉토를 유지할 수 있게 되었다.

마침내 11월에 브루투스는 스미르나에 도착했고, 그곳에 터를 잡고 카시우스를 기다렸다. 아시아 속주의 자금은 모두 사라진 터였다. 남은 것은 금은으로 만들어진 조각상, 예술품, 접시뿐이었고 모두 신전의 재산이었다. 브루투스는 양심의 가책을 억누르며 모든 곳에서 모든 것을 압수했고, 압수품을 녹여 주화로 만들었다. 카이사르가 생전에 자신의 옆모습이 새겨진 주화를 발행했으니 마르쿠스 브루투스도 그리할 수 있다고 생각했다. 그리하여 브루투스의 주화 앞면에는 그의 옆모습이 새겨졌고 뒷면은 자유의 모자, 단검, EID MAR(3월 이두스를 의미한다—옮긴이) 같은 글자 등 3월 이두스의 암살을 찬양하는 내용으로 채워졌다.

점점 더 많은 사람들이 그의 대의명분에 동참했다. 메살라 니게르의 아들인 마르쿠스 발레리우스 메살라 코르비누스는 한때 안토니우스의 측근이었던 젤리우스 포플리콜라와 함께 스미르나에 도착했다. 카스카 형제도 나타났고, 카이사르가 가장 덜 아꼈던 무능력자 티베리우스 클라우디우스 네로는 클라우디우스 가문과 가까운 친척인 마르쿠스 리비우스 드루수스 네로와 함께 나타났다. 무엇보다도, 그리스 서쪽의 바다를 다스리는 섹스투스 폼페이우스가 자신은 해방자들을 방해하지 않을 것임을 시사했다.

브루투스의 참모진에서 유일한 문제는 라비에누스의 아들 퀸투스였다. 그는 야만성과 흉포성에 있어서 아버지를 능가하는 인물이었다. 브루투스는 스스로에게 질문했다. 퀸투스 라비에누스의 행동이 나를 파멸시키기 전에 내가 어떤 조치를 취할 수 있을까? 해답은 헤미킬루스에게서 나왔다.

"그를 당신의 특사 자격으로 파르티아 국왕의 궁정에 파견하십시오." 그 은행가는 이렇게 말했다. "그는 그곳이 자기집인 것마냥 굴 겁니다."

브루투스는 그 말대로 했다. 그 결정은 꽤 먼 미래에 아주 큰 파장을 불러올 터였다.

더 걱정스러운 소식은 로마에서 집정관들이 해방자들 모두를 기소하여 신성모독으로 유죄판결을 내리고 시민권과 재산을 박탈당했다는 것이었다. 그 소식을 가져온 것은 카스카 형제였다. 이제는 돌아갈 방법이 없었고, 옥타비아누스의 원로원과 협상을 시도해볼 희망도 사라졌다.

2

1월 중순까지 카시우스는 6개 군단과 아파메이아를 제외한 시리아 속주 전체를 얻게 되었다. 아파메이아는 반역자 카이킬리우스 바수스가 아직까지 숨어 있는 도시였다. 바로 그때 바수스가 아파메이아 성문을 열고 카시우스에게 자신의 훌륭한 2개 군단을 바쳤다. 이로써 카시우스의 병력은 8개 군단으로 불어났다. 전설적인 가이우스 카시우스가 돌아왔다는 소식이 전해지자 시리아 전역의 국지적 파벌 싸움은 중단되었다. 안티파트로스는 유다이아에서 한걸음에 달려와 카시우스에게 유대인들은 그의 편이라고 강조했고, 유대인 중 과격 세력이 문제를 일으키지 않도록 단단히 단속하겠다고 했다. 유대인들은 자신들을 사랑했던 카이사르를 항상 선호했다. 카시우스는 유대인들을 그리 좋아하지 않았지만, 이 기묘하고 성미가 까다로운 민족을 최대한 이용하기로 작정했다.

돌라벨라를 위해 알렉산드리아의 4개 군단을 데려오라는 명령을 받은 아울루스 알리에누스가 이 군대와 함께 북진중이라는 소식을 듣자 안티파트로스는 즉시 안티오케이아의 카시우스에게 이를 전달했다. 카시우스는 남쪽으로 가서 안티파트로스를 만났고, 두 사람은 어렵지 않게 알리에누스를 설득해 그의 4개 군단을 받아냈다. 카시우스는 이제 경험 많은 12개 군단과 기병 4천 명을 얻게 되었고 이는 로마 세계 최고의 군대였다. 그에게 함선이 있었다면 그의 기쁨은 더없이 완벽했겠지만, 그에겐 함선이 단 한 척도 없었다. 적어도 그는 그렇게 생각했다.

그는 아직 모르고 있었지만, 젊은 렌툴루스 스핀테르는 제독 파티스쿠스, 섹스틸리우스 루푸스, 해방자 카시우스 파르멘시스와 힘을 모아 시리아로 이동중인 돌라벨라의 함대를 상대로 전쟁을 벌였었다. 한편 돌라벨라는 카파도키아를 통과해 육로로 이동중이었다. 아마노스 산맥을 넘어 시리아로 들어올 무렵, 그는 스핀테르와 파티스쿠스 같은 인물들이 그의 함대를 정신없이 박살내고 대부분의 함선을 카시우스가 쓸 수 있게 징발해갔다는 것을 전혀 몰랐다.

돌라벨라는 시리아의 모든 세력이 자신에게 적대적이라는 사실을 알고 충격에 빠졌다. 심지어 안티오케이아 주민들도 성문을 굳게 닫고 자기들이 시리아의 진정한 총독인 가이우스 카시우스의 편임을 선언했다. 돌라벨라는 이를 갈며 항구도시 라오디케이아로 가서 그곳의 원로들에게 제안을 했다. 라오디케이아가 돌라벨라에게 보호와 원조를 약속한다면 그가 카시우스에게 꼭 필요한 교훈을 가르쳐준 뒤 라오디케이아를 시리아의 수도로 만들어주겠다는 것이었다. 원로들은 기꺼이 그 제안을 받아들였다. 돌라벨라는 라오디케이아의 방어를 튼튼히 하는 동안 하수인들을 보내 카시우스의 병사들을 매수하려 했다. 하지만 그는 실패했다. 모든 병사들은 그들의 영웅 가이우스 카시우스에게 철저히 충성하고 있었다. 반면 돌라벨라는 어떤 사람이었던가? 로마 총독을 고문하고 참수한 전력이 있는 시끄러운 주정뱅이에 불과했다.

4월이 될 때까지도 카시우스는 스핀테르를 비롯한 인물들이 해전에서 승리를 거두고 있음을 전혀 몰랐다. 카시우스는 이제 곧 돌라벨라에게 수백 척의 함선이 생기리라 예상했다. 그는 클레오파트라 여왕에게 특사를 파견해 지금 당장 전함과 수송선으로 구성된 대규모 이집트 함대를 자신에게 보내라고 명령했다. 클레오파트라의 답변은 부정적이었다. 그녀의 설명에 따르면 이집트는 기근과 역병의 위협에 처해 있어 카시우스에게 도움을 줄 형편이 아니라고 했다. 키프로스에 있는 그녀의 섭정은 함선을 보내왔고, 페니키아의 티로스와 아라도스도 함선을 보내왔다. 하지만 카시우스는 그것으로 만족할 수 없었다. 그는 이집트를 침략해서 카이사르를 따랐던 그 여왕에게 해방자를 우습게 봤다간 큰일난다는 것을 보여주기로 작심했다.

돌라벨라는 자신의 함대가 곧 도착할 것이고 마르쿠스 안토니우스도 추가 병력을 보낼 것이라 확신하며 라오디케이아에 들어앉아 방어벽을 둘러쳤다. 그는 이제 안토니우스가 이탈리아 갈리아 총독 직을 박탈당하고 비우호 세력으로 선포됐다는 것을 전혀 몰랐다.

라오디케이아는 바다 쪽으로 뻗은 둥글납작한 땅에 위치했고, 그 땅은 폭이 불과 350미터밖에 안 되는 지협을 통해 시리아 본토와 연결돼 있었다. 따라서 이 도시를 포위하기란 지독히 어려웠다. 돌라벨라는 라오디케이아의 방벽 바깥에 진지를 마련했다. 방벽이 한번 무너졌다가 지협을 가로질러 다시 세워진 구간이었다. 5월 중순에 함선 몇 척이 나타나기 시작했고, 그 배의 선장들은 돌라벨라에게 더욱 많은 배들이 곧 도착한다고 말했다.

하지만 다른 사람들이 뭘 하고 있는지 정확히 아는 이는 아무도 없었다. 이 때문에 시리아에서의 전쟁은 지휘관의 뛰어난 역량 못지않게 운의 영향을 많이 받게 되었다. 스핀테르는 팜필리아의 도시 페르게로 가서 죽은 트레보니우스가 카시우스를 위해 숨겨둔 돈을 챙겼고, 그의 동료 파티스쿠스, 섹스틸리우스 루푸스, 카시우스 파르멘시스는 먼바다까지 돌라벨라의 함대를 추격했다. 돌라벨라나 카시우스가 이런 사실을 전혀 모르는 가운데, 카시우스는 자신의 병력 일부를 라오디케이아로 데려왔다. 그는 지협을 가로지르는 돌라벨라의 방벽 바로 맞은편에 그 방벽이 내려다보이는 아주 높은 벽을 쌓았다. 그 작업이 끝나자 벽 위에 대포를 설치하고 돌라벨라의 진지를 무자비하게 폭격했다.

그 무렵 카시우스는 마침내 자신이 모든 함선을 갖게 됐다는 소식을 들었다. 카시우스 파르멘시스는 5단 노선으로 구성된 소함대를 이끌고 나타나 라오디케이아 항구의 쇠사슬을 부수고 들어갔으며 돌라벨라의 배들을 전부 항구 안쪽 깊숙한 곳에 정박시켰다. 봉쇄는 이제 완전해졌다. 라오디케이아로는 그 어떤 보급품도 들어갈 수 없었다.

굶주림이 시작됐고 병이 돌았지만 라오디케이아는 율리우스 달 초반까지 버텼다. 바로 그 무렵, 낮시간 동안 돌라벨라의 방벽을 수비하던 지휘관이 문을 열고 카시우스의 병사들이 들어오도록 했다. 그들이 라오디케이아에 도착했을 때 푸블리우스 코르넬리우스 돌라벨라는 이미 자결한 뒤였다.

시리아는 이제 이집트와의 국경부터 에우프라테스 강까지 전부 카시우스의 손에 들어왔다. 에우프라테스 강 너머에 숨어 있는 파르티아인들은 정확히 어떤 상황인지를 몰랐고, 카시우스가 근처에 있는 동안엔 시리아를 침략할 마음이 없었다.

카시우스는 자신의 행운에 감탄하며—물론 그 자신은 그런 행운을 누릴 자격이 충분하다고 믿었다—로마 원로원과 브루투스에게 편지를 썼다. 그의 사기는 하늘을 찌를 듯했고 자신이 천하무적이 된 것만 같았다. 그는 카이사르보다 더 뛰어난 자였다.

하지만 카시우스는 이제 전쟁 자금을 마련해야 했다. 처음에는 위대한 폼페이우스의 메텔루스 스키피오에게, 그다음에는 보복 차원으로 카이사르에게 약탈당한 속주에서 자금을 모으기란 쉽지 않았다. 카시우스는 카이사르의 방식을 차용했다. 일찍이 카이사르는 각 도시나 지역이 폼페이우스에게 제공했던 것과 똑같은 금액을 요구한바 있었다. 물론 실제로 모이는 돈이 요구한 금액에 크게 못 미치리라는 건 잘 알고 있었다. 하지만 그가 더 적은 금액을 제시한다면 자비롭고 만만한 인물로 비칠 터였다.

카이사르에게 충성을 다했던 유대인들이 가장 큰 타격을 입었다. 카시우스는 금 700탈렌툼을 요구했지만 유다이아 주민들에겐 그런 돈이 없었다. 크라수스가 대사원에서 그들의 금을 훔쳐냈고 이후로 어떤 로마인도 그들에게 그보다 많은 돈을 모을 기회를 주지 않았다. 안티파트로스는 자신이 할 수 있는 일을 했다. 그는 아들 파사엘로스와 헤로데스, 그리고 말리코스라는 인물에게 금 모으는 일을 맡겼다. 말리코스는 사실 유다이아의 왕 히르카노스와 그의 이두메아인 아첨꾼 안티파트로스를 없애버리기로 작정한 파벌을 남몰래 지지하는 사람이었다.

세 명의 징수원 중에서 헤로데스가 가장 좋은 성과를 올렸다. 그는 다마스쿠스에 있던 카시우스에게 금 100탈렌툼을 가져왔고, 아주 겸손하면서도 매력적인 태도로 시리아 총독에게 자신을 소개했다. 카시우스는 젊은 시절 시리아에서 봤던 헤로데스를 기억했다. 헤로데스는 당시 아주 어렸지만 카시우스에게 깊은 인상을 심어주었고, 카시우스는 그 못생겼던 젊은이가 얼마나 성장했는지 보며 놀라워했다. 어머니가 유대인이 아니라서 절대 왕이 될 수 없는 운명을 타고난 이 약삭빠른 이두메아인에게 그는 호감을 느꼈다. 카시우스는 속으로 참 안타까운 일이라고 생각했다. 헤로데스는 로마가 동방을 통치해야 한다고 믿는 사람이었고, 유대인을 다스릴 기회만 주어진다면 그들을 충성스러운 동맹으로 만들어놓을 터였다. 적어도 로마는 유다이아와 닮아 있었기 때문이다. 그 대안이라 할 수 있을 파르티아 왕국의 통치를 받는 쪽이 훨씬 더 끔찍했다.

다른 두 사람은 금을 많이 모으지 못했다. 안티파트로스는 직접 금을 끌어모아 파사엘로스가 꽤 많은 양을 구한 것처럼 보이게 했다. 하지만 말리코스의 실적은 끔찍한 수준이었는데, 사실 그는 로마인들에게 아무것도 넘기지 않고 싶었기 때문이다. 카시우스는 자신이 진지하다는 것을 보여주기 위해 말리코스를 다마스쿠스로 소환해서 사형을 선고했다. 안티파트로스는 서둘러 100탈렌툼을 더 들고 나타나 사형 집행을 중단해달라고 카시우스에게 사정했다. 마음이 약해진 카시우스는 말리코스를 살려줬고, 안티파트로스는 말리코스를 다시 예루살 렘으로 데려갔다. 안티파트로스는 말리코스가 순교자가 되기를 바랐 다는 것을 모르고 있었다.

곰파, 라오디케이아, 엠마우스, 탐나 같은 도시들은 약탈당해 초토화 되었고, 그곳 주민들은 시돈과 안티오케이아의 노예 시장으로 팔려 갔다.

이 모든 일은 이제 카시우스에게 이집트 침략을 고려해볼 여유가 생 겼다는 뜻이었다. 이집트 여왕을 벌하기 위한 목적만은 아니었다. 이집 트는 아마도 파르티아 왕국을 제외한다면 지구상에서 가장 부유한 국 가일 거라는 소문 때문이기도 했다. 카시우스는 이집트에서 로마 통치 에 필요한 자금을 얻을 수 있으리라 생각했다. 그럼 브루투스는? 브루 투스는 카시우스의 관료 중 우두머리를 맡으면 되리라. 카시우스는 이 제 더는 공화파의 대의명분을 신뢰하지 않았고, 그 명분은 카이사르보 다 더 죽은 상태라 생각했다. 가이우스 카시우스 롱기누스는 로마의 왕 이 될 작정이었다.

그때 그에게 브루투스의 편지가 도착했다.

로마에서 끔찍한 소식이 도착했네, 카시우스. 자네가 이집트 침략 에 나서기 전에 받아볼 수 있기를 바라며 이 편지를 급히 보낼 걸세. 이집트 침략은 현재로선 불가능하네.

옥타비아누스와 퀸투스 페디우스가 집정관이 됐어. 옥타비아누스 는 로마로 진군했고 로마는 불평 한마디 없이 항복했네. 그들과 안 토니우스 사이에 내전이 벌어질 모양이던데, 안토니우스는 서방 속 주의 총독들과 연합을 맺었다네. 안토니우스와 레피두스 둘 다 반역자로 선포되었고, 해방자들은 옥타비아누스의 법정에 기소돼 신성모독 혐의로 유죄판결을 받았다네. 우리의 모든 재산은 압수되었어. 물론 아티쿠스는 내게 편지를 보내 세르빌리아, 테르툴라, 유닐라를 돌보겠다고 약속했어. 바티아 이사우리쿠스와 유니아는 그들과 절대 엮이지 않을 거라네. 데키무스 브루투스는 이탈리아 갈리아에서 패배하고 달아났는데 행방을 아는 사람이 아무도 없어.

로마를 우리 편으로 돌릴 절호의 기회일세. 안토니우스와 옥타비아누스가 이견을 좁혀 합의에 도달한다면(내가 보기에는 불가능한 일처럼 보이지만) 우린 남은 평생을 반역자로 살아야 하네. 그렇기 때문에 자네가 아직 이집트로 출발하지 않았다면 아예 출발하지 말아달라고 말하는 걸세. 우린 힘을 모아 이탈리아와 로마를 되찾아야 하네. 안토니우스는 우리가 훗날 회유할 수 있을지도 몰라. 하지만 옥타비아누스는? 절대 안 될 걸세. 카이사르의 상속자는 고집이 엄청나고, 모든 해방자들이 시민권을 잃고 가난에 시달려 죽는 꼴을 보려고 하네.

자네가 없는 동안 시리아를 방어하기에 충분한 병력만 남겨두고 최대한 빨리 내가 있는 곳으로 오게. 나는 베시족을 정복해 곡물과 기타 식량을 아주 많이 얻었으니 우리 연합군을 잘 먹일 수 있을 거야. 비티니아와 폰토스의 일부 지역에서도 곡물을 수확했다고 하는데 그것도 우리 몫이 될 걸세. 옥타비아누스가 로마를 진정시키는 데 쓰이는 게 아니라 말이지. 이탈리아와 서방 쪽에는 그리스, 아프리카, 마케도니아 전역만큼이나 심한 가뭄이 들었다고 하네. 우리는 지금 나서야만 하네, 카시우스. 우리에게 병사들을 먹일 식량과 군자금이 남아 있을 때 말이지.

포르키아가 죽었어. 내 어머니께서는 자살이라고 하시더군. 난 절
망에 빠져 있네.

카시우스는 곧바로 답장했다. 알겠네, 나는 카파도키아와 갈라티아
를 통과해 아시아 속주로 가겠네. 브루투스 자네의 계획은 우선 옥타비
아누스와 전쟁을 치른 뒤 가능하다면 안토니우스와 협상을 맺는 것
인가?

답변은 빨리 도착했다. 그렇네, 난 그렇게 되길 바라고 있네. 자네가
지금 당장 움직이면 우린 12월에 스미르나에서 만날 수 있을 거야. 내
게 최대한 많은 함선을 보내주게.

카시우스는 가장 뛰어난 2개 군단을 뽑아 1개 군단은 안티오케이아
에, 다른 1개 군단은 다마스쿠스에 주둔시켰다. 그런 다음 자신의 충복
이자 전직 백인대장인 파비우스에게 임시 총독 직을 맡겼다. 카시우스
의 경험에 따르면 귀족에게 통치를 맡겨봐야 문제만 생길 뿐이었다. 이
것은 죽은 카이사르도 진심으로 동의했을 법한 생각이었다.

북쪽으로 이동하기 위해 안티오케이아를 떠나기 직전에 카시우스는
헤로데스로부터 배은망덕한 말리코스가 자기 목숨을 구해준 안티파트
로스를 독살했으며, 자신이 한 짓을 떳떳이 여긴다는 소식을 들었다.

"그자를 잡아두었습니다." 헤로데스는 편지를 통해 전했다. "제가 어
떻게 해야 할까요?"

카시우스는 "자네의 복수를 하게."라고 답했다.

헤로데스는 그렇게 했다. 그는 미치광이 수준으로 유대교를 신봉하
는 말리코스를 티로스로 데려갔다. 그곳은 자주색 염색 산업의 본고장
이자 증오의 신 바알의 안식처였다. 그러므로 유대인에게는 종교적으

로 혐오를 유발하는 장소였다. 카시우스의 병사 두 명은 맨발에 벌거벗은 말리코스를 썩어가는 뿔고둥들이 산더미처럼 쌓인 곳으로 데려갔고, 헤로데스가 지켜보는 가운데 그를 아주 천천히 죽였다. 시신은 뿔고둥과 함께 썩도록 그곳에 버려졌다.

카시우스는 헤로데스가 말리코스에게 어떻게 복수했는지 전해 듣고 가볍게 웃었다. 오, 헤로데스, 자넨 정말 흥미로운 사람이야!

'시리아 관문'이라 불리는 아마노스 산맥의 고갯길에서, 비티니아와 폰토스의 총독이자 해방자인 틸리우스 킴베르가 폰토스 병사로 구성된 1개 군단을 데려와 합류했다. 이로써 총 병력은 11개 군단과 기병 3천 명으로 불어났다. 현실적인 카시우스가 판단하기에, 말 3천 마리는 갈라티아에서도 풀이 많은 이 지역이 감당할 수 있는 최대한의 숫자였다.

킴베르와 카시우스는 그들이 지나는 땅에서 최대한 많은 자금을 뽑아내기 위해 진군 속도를 늦춰야 한다는 데 동의했다.

그들은 타르소스에서 무려 1천500탈렌툼의 자금을 요구했고 자신들이 떠나기 전에 지불해야 한다고 고집했다. 겁에 질린 도시 의원들은 신전의 모든 귀한 물건을 녹였고, 그다음엔 노예도 아닌 타르소스 빈민을 노예 시장에 팔았다. 그럼에도 불구하고 돈이 한참 부족하자 그들은 점점 더 위쪽 계층의 타르소스인들까지 노예 시장에 내놓기 시작했다. 그들이 가까스로 500탈렌툼을 그러모으자, 카시우스와 킴베르는 그 정도면 충분하다고 말하고는 카파도키아로 통하는 시리아 관문 쪽으로 떠났다.

그들은 미리 기병대를 보내 아리오바르자네스에게도 자금을 요구했다. 하지만 그는 무덤덤히 가진 게 아무것도 없다고 말하며, 한때 금못이 박혀 있었지만 지금은 구멍만 남아 있는 출입문과 덧창을 가리켰다. 늙은 왕은 그 자리에서 살해되었다. 그의 궁전과 에우세베이아 마자카의 신전들은 약탈당했지만 돈이 될 만한 것은 거의 없었다. 갈라티아의 데이오타로스는 자기 몫의 보병과 기병을 기부했고, 그의 신전과 궁전이 약탈당하는 것을 한발 물러나 방관했다. 넌더리가 난 그는 브루투스와 카시우스가 대금업자가 된 게 분명하다고 생각했다. 돈말고 신성한 것은 아무것도 없었다.

12월 초, 카시우스와 킴베르와 군대는 프리기아의 아름답고 거친 산맥을 넘어 아시아 속주로 들어왔다. 그런 다음 헤르모스 강을 따라 에게 해 쪽으로 내려왔다. 이제 훌륭한 로마식 도로를 타고 조금만 더 가면 브루투스와 다시 만날 터였다. 그들이 가는 동안 마주친 사람들은 전부 가난하고 처참한 모습이었고 모든 신전과 공공건물은 낡고 방치된 상태였지만, 그들은 못 본 척하기로 했다. 미트리다테스 대왕은 그 어떤 로마인보다도 훨씬 더 아시아 속주를 엉망으로 만들어놓지 않았던가.

3 카이사르가 죽고 3개월이 지난 6월, 클레오파트라는 알렉산드리아에 도착했다. 그녀는 페르가몬의 미트리다테스가 돌봐준 덕분에 카이사리온이 무사한 것을 확인했고, 친척 아저씨의 품에 안겨 조금 울다가 자신의 왕국을 잘 보살펴줘서 고맙다고 다정하게 말했다. 그런 다음 금 1천 탈렌툼과 함께 그를 페르가몬으로 돌려보냈다. 미트리다테스는 브루투스가 공세를 요구했을 때 그 금을 아주 유용하게 사용했다. 그는 상대가 요구한 만큼의 금을 내놓았고, 자신의 비

밀 금고에 숨겨놓은 더 많은 금에 관해서는 입을 닫았다.

이제 세 살이 된 클레오파트라의 아들은 키가 컸고 금발머리에 파란 눈이었으며 나날이 카이사르를 닮은 모습으로 성장했다. 읽고 쓸 수 있었고 국정에 관해 어느 정도 토론이 가능했으며, 태생적으로 자신의 업이 될 일에 큰 관심을 보였다. 기분좋은 조짐이었다. 마침내 클레오파트라의 이복동생이자 남편인 프톨레마이오스 14세 필라델포스와 영원히 작별할 시간이 왔다. 열네 살배기 소년은 아폴로도로스의 손에 넘겨졌고, 아폴로도로스는 그를 교살한 뒤 알렉산드리아 시민들에게 그들의 왕이 가족 문제로 사망했다고 말했다. 따지고 보면 사실이었다. 카이사리온은 프톨레마이오스 15세 카이사르 필로파토르 필로마토르—아버지와 어머니를 사랑하는 프톨레마이오스 카이사르라는 이름으로 왕위에 올랐다. 그는 이집트 프타 신 대사제 카임에 의해 파라오가 되었으며, 두 여신의 주인이자 사초와 벌의 주인이 되었다. 또한 그에게는 개인 의사인 합데파네가 붙었다.

하지만 카이사리온은 클레오파트라와 결혼할 수 없었다. 모자 혹은 부녀간의 근친상간은 종교적으로 허용될 수 없었다. 오, 카이사르는 왜 나에게 딸을 만들어주지 않았는지! 분명 수수께끼 같은 신들의 섭리겠지만, 아무리 그래도 어째서? 왜, 왜? 나일의 화신인 클레오파트라는 심지어 그녀가 카이사르와 여러 차례 사랑을 나눴던 로마에서의 마지막 석 달 동안에도 결코 조바심 내지 않았다. 배가 오스티아 항을 막 빠져나오면서 생리혈이 흐르기 시작하자 그녀는 갑판에 주저앉아 울부짖고 비명을 지르며 머리카락과 가슴을 쥐어뜯었다. 분명 아이를 임신했다고 생각했는데 이미 너무 늦은 것이었다! 이제 절대로 카이사리온에게 부모가 같은 여동생 혹은 남동생을 만들어줄 순 없으리라.

이집트의 왕이 바뀌었다는 소식이 알렉산드리아에서 킬리키아까지 전해졌다가 다시 알렉산드리아로 돌아올 만큼의 시간이 흐른 뒤, 클레오파트라는 여동생 아르시노에의 편지를 받았다. 카이사르는 아르시노에가 에페소스의 아르테미스에게 봉사하며 평생을 살도록 했지만, 그녀는 카이사르가 암살됐다는 소식이 전해지자마자 탈출을 감행했다. 그녀는 신전 왕국 올바에 몸을 숨기고 있었다. 사람들은 그곳이 아직까지도 아이아스의 동생이자 궁수인 테우크로스의 후손들에 의해 통치되고 있다고들 했다. 클레오파트라가 아르시노에의 행방을 전해 듣고서 여동생을 제거할 단서를 찾기 위해 들춰본 일부 알렉산드리아 문서에는 그렇게 적혀 있었다. 그 문서에 따르면 그곳은 협곡과 하얀 급류가 흐르는 강과 다양한 빛깔의 삐죽삐죽한 산봉우리들이 뇌리에 박혀 잊히지 않을 만큼 아름답다고 했다. 그곳 주민들은 절벽 안쪽을 파내서 만든 겨울에는 따뜻하고 여름에는 시원한 집에 살았으며 정교한 레이스를 제작해 소득을 얻었다. 클레오파트라가 읽은 내용은 실망스러웠다. 아르시노에는 그곳에서 아무도 자신을 해하거나 건드릴 수 없다고 자신할 만큼 안전했다.

아르시노에는 편지를 통해 자신이 이집트로 돌아와 프톨레마이오스 가문의 공주로서 마땅히 누려야 할 자리를 차지하도록 허락해줄 수 있냐고 물었다. 그리고 자신은 절대 왕위를 찬탈할 마음이 없다고 했다! 그럴 필요도 없었다. 그녀는 자신이 집으로 돌아와 조카인 카이사리온과 결혼하게 해달라고 사정했던 것이다. 이는 10년이 조금 넘는 세월 만에 진정한 이집트 왕가 혈통의 자녀들이 태어나는 것을 의미했다.

클레오파트라의 답장은 단 한 마디였다. 안 돼!

이윽고 그녀는 자신의 모든 백성들에게 아르시노에 공주가 이집트로 들어오는 것을 금지한다는 내용의 칙령을 발표했다. 만약 아르시노에가 이집트로 들어온다면 즉시 참수당할 것이고 그녀의 머리는 파라오들에게 보내질 것이라고 했다. 나일 강의 백성들은 이 칙령을 환영했지만 알렉산드리아의 마케도니아인과 그리스인 백성들은 그렇지 않았다. 카이사르가 잘 길들여놓은 덕분에 그들이 반란을 일으킬 가능성은 전혀 없었지만, 어쨌든 그들은 카이사리온이 프톨레마이오스 혈통의 신부를 얻는 것이 좋다고 믿었다. 이러니저러니해도 그는 자신과 같은 피가 단 한 방울도 흐르지 않는 여자와 결혼할 수는 없었다!

율리우스 달의 이두스에 사제들은 누비아 국경의 엘레판티네 섬에서 처음으로 나일 강 수위계를 읽었다. 그 결과는 통 안에 봉인된 채 장대한 강을 따라 멤피스의 클레오파트라에게 전해졌고, 그녀는 무거운 마음으로 봉인을 뜯었다. 그녀는 그 내용을 이미 알고 있었다. 나일 강은 충분히 범람하지 않을 것이며 카이사르가 죽은 올해에는 죽음 수위를 기록할 터였다. 그녀의 예감은 적중했다. 나일 강은 죽음 수위 치고도 아주 낮은 3.5미터였다.

카이사르는 죽었고 나일 강은 범람하지 않았다. 오시리스는 스물세 조각으로 갈가리 찢긴 채 서쪽으로, 망자의 세계로 떠났다. 이시스는 그 조각들을 찾고 있지만 찾을 수가 없었다. 얼마 지나지 않아 그녀는 멀리 북쪽 지평선에 나타난 밝은 빛을 목격했다. 하지만 그때 로마에서 카이사르의 장례 경기대회가 펼쳐지고 있는 줄은 몰랐다. 그녀는 두 달이 더 지난 후에야 그 사실을 알게 됐지만 그때쯤에는 이미 그 현상의 영적인 의미가 빛바랜 뒤였다.

어쨌든 일은 계속 진행되어야 했고, 통치자의 일은 통치였다. 하지만 클레오파트라는 그해가 가는 동안 도무지 통치에 마음을 쏟을 수 없었다. 그녀의 유일한 기쁨은 카이사리온이었고 그녀는 삶에서 점점 더 많은 부분을 아들과 공유했다. 그녀에겐 새 남편과 그로부터 태어날 새 아이들이 절실했다. 하지만 누가 그녀와 결혼할 수 있단 말인가? 프톨레마이오스 혹은 율리우스 혈통이어야 했다. 그녀는 킴메리아의 사촌 아산드로스를 잠깐 떠올리기도 했지만 별 아쉬운 마음도 없이 그를 후보에서 제외했다. 이집트인이든 알렉산드리아인이든 간에 그녀의 모든 백성들은 미트리다테스 대왕의 손녀가 미트리다테스 대왕의 손자를 남편으로 맞는 것을 좋게 보지 않을 터였다. 너무 폰토스 색채가, 아리안족 색채가 짙었다. 프톨레마이오스의 혈통은 끊어졌다. 그러므로 그녀의 남편은 율리우스 혈통이어야 했으나 그건 거의 불가능했다! 그들은 법의 제약을 받는 로마인인 까닭이었다.

그녀가 할 수 있는 일은 하수인을 보내 아르시노에를 올바에서 끌어내는 것뿐이었다. 그녀는 금을 이용해 목적을 달성했다. 아르시노에는 먼저 배를 타고 키프로스로 옮겨졌고, 다시 배를 타고 에페소스의 아르테미스 성역으로 옮겨졌다. 클레오파트라는 아르시노에가 그곳에서 철저히 감시받도록 조치했다. 아르시노에를 죽이는 것은 불가능했다. 하지만 아르시노에가 살아 있는 한 알렉산드리아인들은 그녀가 클레오파트라보다 낫다고 생각할 터였다. 아르시노에는 왕과 결혼할 수 있지만 클레오파트라는 그럴 수 없었다. 클레오파트라가 왜 그렇게 아들과 아르시노에의 결혼에 반대하는지 모르겠다고 말하는 사람도 있었다. 하지만 대답은 간단했다. 아르시노에가 파라오의 아내가 되기만 하면 그녀로서는 언니를 제거하는 것이 너무 쉬웠기 때문이다. 독약, 어둠 속의 칼, 왕실의 코브라, 심지어 쿠데타까지도 가능했다. 카이사리 온에게 알렉산드리아와 이집트가 인정할 수 있는 아내가 생기는 즉시, 카이사리온의 어머니는 제거가 가능해졌다.

왕실 구역 내의 사람들 중 막상 기근이 찾아왔을 때 이렇게까지 심 각하리라 예상했던 사람은 아무도 없었다. 보통은 이집트가 아닌 다른 지역에서 곡물을 사올 수 있었기 때문이다. 하지만 올해는 지중해를 둘 러싼 모든 지역에 흉년이 들었고, 그러므로 거대한 기생충이나 다름없 는 알렉산드리아를 먹일 곡식이 없었다. 절박해진 클레오파트라는 흑 해로 배를 보내 킴메리아의 아산드로스에게 밀을 구입하려 했지만, 어 떤 의문의 인물이—아르시노에였을까?—클레오파트라는 아산드로스 가 왕좌를 나눠 가지기엔 부족한 사람이라고 생각한다는 말을 그의 귀 에 흘렸다. 그리하여 킴메리아의 곡물 공급은 중단되었다. 또 어디가 있을까, 또 어디가 있지? 다른 지역에 흉년이 들어도 곡식이 어느 정도 생산되는 편인 키레나이카로 배를 보냈지만, 배는 빈 채로 돌아왔다. 브루투스가 자신의 대군을 먹이려고 키레나이카의 곡식을 가져갔고, 이후 그의 공범자인 카시우스가 나타나 키레나이카인들이 자기네 몫 으로 남겨둔 곡식까지 털어갔다고 했다.

평소 같았으면 새로 추수한 곡식이 곡물 저장소를 가득 채웠을 3월, 나일 강 골짜기의 들쥐들은 주워 먹을 이삭도 없었고 주린 배를 채울 만한 밀이나 보리나 콩 같은 것도 없었다. 그래서 들쥐들은 들판을 버 리고 타셰를 둘러싼 지류와 누비아 사이에 위치한 상 이집트의 마을로 이동했다. 그 지역은 가장 허름한 가축우리부터 관리의 대저택까지 모두 흙벽돌로 만들어져 있었다. 들쥐들과 거기 딸린 벼룩들은 모든 집으로 침투해 뼈가 앙상하고 빈혈에 시달리는 숙주에 들러붙었고 침구, 바닥 깔개, 옷 속에까지 숨어들어 사람들의 피를 빨아먹었다.

상 이집트 시골 지역의 노동자들은 구역질부터 시작해 오한과 고열, 머리가 빠개질 듯한 두통, 심한 관절통, 은근하고도 괴로운 복통에 시달렸다. 썩어가는 가래를 잔뜩 뱉으며 사흘 만에 죽은 사람도 있었다. 어떤 사람은 가래를 뱉지 않는 대신 사타구니와 겨드랑이에 주먹만한 혹이 생겼는데 그 부분은 열이 나면서 보라색으로 변했다. 대부분은 이렇게 혹이 생기는 단계에서 사망했지만, 어떤 사람들은 혹이 터져 냄새가 지독한 고름이 잔뜩 나올 때까지 죽지 않았다. 그런 사람들은 대부분 건강을 회복했기 때문에 운이 좋은 경우에 속했다. 하지만 세크메트 신전의 사제 겸 의사를 비롯해 그 누구도 이 끔찍한 유행병의 전염 경로를 알 수 없었다.

누비아와 상 이집트 주민들은 수없이 죽어나갔고, 역병은 강을 따라 서서히 아래로 이동했다.

추수를 마친 얼마 안 되는 곡식은 항아리에 담겨 강변의 선창에 쌓여 있었다. 그것을 바지선에 실어 알렉산드리아와 삼각주 지역으로 보내자니 현지 주민들은 너무 쇠약해져 있었고, 살아남은 사람도 많지 않았다. 알렉산드리아와 삼각주 지역까지 역병이 퍼졌다는 소문이 돌자 강 하류로 내려가 화물을 운반하겠다고 자원하는 사람이 없었다.

클레오파트라는 끔찍한 딜레마에 직면해 있었다. 알렉산드리아 인근에는 300만 명이 있었고 삼각주 지역에는 100만 명이 더 있었다. 역병 탓에 강이 차단되어 이 배고픈 무리들에게 식량을 제공할 수 없었고, 보물 금고에 아무리 금이 많아도 외국에서 빵을 사올 수가 없었다.

남부 시리아의 아라비아인들에게 나일 강을 따라 내려가 곡물을 실어 오는 사람은 거대한 보상금을 받는다는 소문이 퍼졌지만, 끔찍한 역병 때문에 아라비아인들도 얼씬할 수 없었다. 사막은 이집트에서 벌어지는 일로부터 그들을 보호해주는 방패였다. 남부 시리아와 이집트 사이의 왕래는 점점 줄어들다가 나중엔 심지어 바닷길 교류조차 끊겼다. 클레오파트라는 곡물 저장소에 남아 있는 작년에 수확된 곡식으로 앞으로 수개월 동안 도시민 수백만 명을 먹일 수 있었다. 하지만 다음번에도 나일 강 수위계가 죽음 수위를 기록한다면 삼각주 지역의 시골 주민들은 살아남을지 몰라도 알렉산드리아 주민들은 굶어죽을 터였다.

그나마 위안이 됐던 것은 돌라벨라의 보좌관 아울루스 알리에누스가 갑자기 나타나 알렉산드리아에서 주둔 임무를 맡고 있던 4개 군단을 데려간 사건이었다. 반대에 직면하리라 예상했던 알리에누스는 여왕이 적극적으로 협조하자 어안이 벙벙했다. 네, 네, 데려가요! 내일 당장요! 그들이 사라지면 먹여야 할 입이 3만 개나 줄어드는 셈이었다.

그녀는 몇 가지 결정을 내렸다. 카이사르는 그녀에게 앞을 내다보고 생각하라며 잔소리했지만, 그녀는 태생적으로 그런 인간이 아니었다. 게다가 응석받이 군주를 비롯해 그 누구도 역병의 원리를 이해하지 못하고 있었다. 카임은 그녀에게 사제들이 역병을 잡을 것이고 프톨레마이스 북쪽까지 병이 퍼지지는 않을 것이라 했다. 모든 도로와 강이 그곳에서 끊기기 때문이었다. 하지만 들쥐들은 그곳에서 멈추지 않았다. 이동 속도가 조금 느려졌을 뿐이었다. 당연한 일이겠지만 카임은 사제단을 진두지휘하느라 너무 바쁜 나머지 알렉산드리아로 가서 파라오를 만날 시간이 없었다. 파라오 역시 카임을 만나러 남쪽으로 내려가지 않았다. 그녀는 주변에 조언해줄 사람이 없었고 뭘 어떻게 해야 할지 갈피를 잡을 수 없었다.

안 그래도 카이사르의 죽음으로 우울증에 시달리던 클레오파트라는 큰 결정을 내릴 때 필요한 객관성을 유지할 수 없었다. 일반적인 패턴을 봤을 때 나일 강은 내년에도 죽음 수위를 기록할 것임을 그녀는 알고 있었다. 그래서 도시 내에서 알렉산드리아 시민권을 가진 사람에게만 곡물 판매를 허용하겠다는 칙령을 발표했다. 삼각주 주민 중에서는 농업이나 제지 생산업에 종사하는 사람에게만 곡물 판매가 허용되었다. 제지 생산은 중단되어서는 안 될 왕가의 독점 사업이었다.

알렉산드리아에는 수백만 명의 유대인과 메토이코스인이 있었다. 카이사르는 그들에게 로마 시민권을 선물한 바 있었고, 클레오파트라는 그의 관대함에 보답이라도 하듯 그들에게 알렉산드리아 시민권을 선물했다. 하지만 카이사르가 배를 타고 떠난 뒤 알렉산드리아의 수많은 그리스인들은 유대인과 메토이코스인에게 주어진 시민권이 자기들에게도 주어져야 한다고 주장했다. 한때는 불과 30만 명의 마케도니아인들에게만 주어졌던 시민권이었지만, 이제 알렉산드리아 주민 중 혼혈 이집트인들만 빼고 모든 사람이 시민권을 얻게 되었다. 시민권이 현재 상태로 유지된다면 곡물 저장소는 매달 200만 메딤노스가 넘는 밀이나 보리를 내놔야 했다. 그 양을 매달 100만 메딤노스 정도로 줄일 수만 있다면 전망은 훨씬 밝았다.

그래서 클레오파트라는 자신의 약속을 번복했다. 유대인과 메토이코스인에게서 시민권을 박탈하는 한편, 그리스인은 시민권을 유지하도록 했다. 통치자로서 그녀의 사고는 후진적이었다. 그녀는 카이사르의 조언대로 빈민에게 무료 곡물을 배급한 적이 단 한 번도 없었다. 이제 그녀는 도시민 중 3분의 1에게서 시민권을 박탈해, 그녀가 생각하기에 태생적으로 알렉산드리아에 주거할 권리를 가장 많이 가진 민족을 살리려고 했다. 왕실의 그 누구도 이 칙령에 반대 목소리를 내지 않았다. 독재 체제에는 어쩔 수 없는 단점이 내재되어 있었다. 독재자들은 자기 말에 동의하는 사람들을 좋아했고, 자기 말에 동의하지 않는 사람은 카이사르급이 아닌 이상 좋아하지 않았다. 하지만 클레오파트라가 보기에 알렉산드리아에 카이사르급의 인물이 있기는 했을까?

그 칙령은 유대인과 메토이코스인에게 날벼락이었다. 그들은 늘 그들의 군주를 위해 봉사했고 소중한 목숨을 비롯해 모든 것을 바쳐왔는데, 군주는 그들을 굶겨 죽일 작정이었다. 이제 그들은 가진 것을 모두 판다 해도 생존에 필요한 식량을 살 수가 없었다. 식량은 알렉산드리아의 마케도니아인과 그리스인의 몫이었다. 기근이 들었을 때 도시민이 먹을 수 있는 게 또 뭐가 있을까? 고기? 가뭄 때는 가축도 사라졌다. 과일? 채소? 가뭄 때는 그런 것들이 시장에 전혀 나오지 않았다. 마레오티스 호수가 있긴 했지만 그 주변의 모래땅에서는 아무것도 자랄 수 없었다. 알렉산드리아는 이집트라는 나무에 인공적으로 접목된 가지와 같았고 자급자족이 불가능했다. 삼각주 주민들은 뭐라도 먹겠지만, 알렉산드리아 주민들은 그럴 처지가 아니었다.

특히 델타와 엡실론 지구를 중심으로 주민들이 떠나가기 시작했지만, 그것마저도 쉬운 일이 아니었다. 역병에 관한 소문이 지중해 전역의 항구로 퍼지자 알렉산드리아와 펠루시온에 정박하는 외국 선박들이 사라졌고, 알렉산드리아 상선들은 해외 항구에서 정박 허가를 받을수가 없었다. 세상의 한구석에 위치한 이집트는, 오랜 전통을 자랑하는 역병에 대한 두려움과 공포에 의해 철저히 격리되었다.

마케도니아와 그리스 출신의 알렉산드리아인들이 곡물 저장소 주변에 방어벽을 치고 곡물이 보관된 곳이라면 어디에나 수많은 경비를 배치하자, 폭동이 시작되었다. 델타와 엡실론 지구는 들끓었고 왕실 구역은 요새가 되었다.

설상가상으로 클레오파트라는 시리아도 걱정해야 했다. 카시우스가 전함과 수송선을 보내달라고 요청했을 때 클레오파트라는 거절할 수밖에 없었다. 그녀는 그때까지도 세상 어디에선가 곡식을 찾게 되리라는 희망을 품고 있었고, 곡식을 옮겨오려면 전함을 비롯해 모든 선박이 필요했다. 선박이 없으면 어떻게 물건을 실어나른단 말인가?

여름이 시작되면서 그녀는 카시우스가 이집트를 침략할 작정임을 알게 되었다. 그 소식에 잇따라 첫번째 나일 강 수위계 소식이 도착했다. 그녀가 예상했던 대로 나일 강은 또다시 죽음 수위를 기록했다. 나일 강 주변에 충분히 많은 사람이 살아남아 씨앗을 뿌린다 해도, 이번에도 수확은 없을 터였다. 씨앗 뿌릴 사람조차 부족할지도 몰랐다. 카임은 그녀에게 상 이집트 주민 60퍼센트가 사망했다는 통계를 보내왔다. 역병이 사제들이 설정한 방어선인 프톨레마이스의 골짜기를 넘어 번지고 있는 듯하지만, 멤피스에 도착하기 전에는 잡히기를 바란다고 했다. 이제 어떻게 해야 할까, 어떻게 해야 할까?

9월 말경 갑자기 상황이 조금 나아졌다. 카시우스와 그의 군대가 북쪽의 아나톨리아로 갔다는 소식에 클레오파트라는 긴장이 탁 풀렸다. 이집트 침략은 없을 터였다. 클레오파트라는 브루투스가 카시우스에게 보낸 편지에 관해 몰랐으므로, 카시우스가 끔찍한 역병 소식을 듣고 감염을 우려해 침략을 포기한 것이라 생각했다. 그리고 바로 그 무렵 파르티아 국왕의 특사가 도착해 이집트에 다량의 보리를 판매하겠다고 제안했다.

마음이 심란해 제정신이 아니었던 그녀는 보리를 수입하는 데 따르는 어려움에 대해서만 횡설수설했다. 시리아, 펠루시온, 알렉산드리아가 폐쇄되어 있으니 보리는 에우프라테스 강을 따라 페르시아 해로 옮겨진 뒤 아라비아를 둘러 홍해로 들어와야 했고, 이후 시나이 산과 이집트를 갈라놓은 만의 가장 윗부분까지 올라가야 했다. 나일 강 전역에 역병이 번지고 있으니 미오스 호르모스나 다른 홍해의 항구에 내릴 수도 없다고, 왜냐하면 육로를 이용해 강으로 옮길 수도 없기 때문이라고 그녀는 무표정한 특사들에게 주절주절 떠들었다.

"신성하신 파라오여," 클레오파트라가 마침내 끼어들 틈을 주자 파르티아 대표단의 우두머리는 이렇게 말했다. "그럴 필요는 없습니다. 시리아의 총독 대행은 파비우스라는 인물인데 충분히 매수될 수 있는 사람입니다. 그를 매수하십시오! 그러면 우리는 육로를 이용해 보리를 나일 강 삼각주로 보낼 수 있습니다."

많은 양의 금이 오갔다. 하지만 클레오파트라에게는 금이 넘치게 많았다. 파비우스는 자기 몫의 금을 챙겼고, 보리는 육로를 통해 삼각주로 옮겨졌다.

알렉산드리아는 버틸 식량을 조금 더 얻었다.

펠루시온과 알렉산드리아가 전반적으로 폐쇄되어 있었으므로 로마로부터의 소식은 아주 드문드문 전해졌다. 하지만 파르티아 대표단이 떠나고 얼마 지나지 않아(그들은 자기네 국왕에게 이집트 여왕이 무능한 멍청이라고 전할 터였다) 클레오파트라는 로마에 심어둔 하수인 암모니오스에게 편지를 받았다.

로마가 적어도 두 개의 전쟁을 앞두고 있다는 소식에 그녀는 숨이 턱 막혔다. 하나는 옥타비아누스와 마르쿠스 안토니우스 간의 전쟁이었고, 다른 하나는 해방들과 그들의 군대가 이탈리아에 도착했을 때 로마를 지휘하고 있을 세력 간의 전쟁이었다. 암모니오스는 무슨 일이 벌어질지 아무도 모른다고, 다만 카이사르의 상속자가 수석 집정관이 됐으며 나머지 사람들은 전부 반역자로 선포되었다고 전했다.

가이우스 옥타비우스! 아니지, 카이사르 옥타비아누스! 스무 살쯤 됐나? 로마의 수석 집정관이라고? 그것만으로도 형언할 수 없는 충격이었다! 그녀는 그를 잘 기억하고 있었다. 카이사르의 분위기가 희미하게 느껴지는 무척 예쁜 소년이었다. 회색 눈과 아주 침착하고 조용한 태도. 하지만 그녀는 그에게 숨겨진 어떤 힘을 감지할 수 있었다. 카이사르의 생질손, 그렇다면 카이사리온의 친척이기도 했다.

카이사리온의 친척!

클레오파트라는 들뜬 마음으로 책상 앞에 앉아서 종이를 꺼내고 갈대 펜을 집어들었다.

로마의 수석 집정관으로 당선되셨다니 축하드립니다, 카이사르. 카이사르의 피가 당신처럼 독보적인 인물의 몸속에 흐르고 있다는 건 얼마나 기쁜 일인지요! 난 당신을 기억하고 있어요. 당신 부모님과 함께 내 연회장을 찾아온 적이 있죠. 어머니와 아버지는 모두 건강하시겠죠? 그분들은 당신이 얼마나 자랑스러우실까요!

내가 어떤 소식을 전해주어야 당신에게 도움이 될 수 있을까요? 이집트는 기근에 시달리고 있는데, 내가 보기엔 온 세계가 다 그런 것 같더군요. 하지만 나는 파르티아 국왕으로부터 보리를 사올 수 있다는 기쁜 소식을 이제 막 들었어요. 상 이집트에는 끔찍한 역병까지 돌고 있지만, 이시스께서는 삼각주와 알렉산드리아가 있는 하이집트를 보호해주셨습니다. 난 지금 알렉산드리아에서 햇볕이 내리쬐고 훈훈한 바람이 부는 아름다운 날에 이 편지를 쓰고 있어요. 로마의 가을 공기도 이곳만큼이나 산뜻하기를 바랍니다.

당신이 이 편지를 받을 때쯤엔 가이우스 카시우스가 시리아를 떠나 아나톨리아 방향으로 갔다는 소식을 듣게 될 겁니다. 우리는 그가 공범인 마르쿠스 브루투스와 합류하기 위해 떠났다고 짐작하고 있습니다. 그 암살범들을 법의 심판대에 세우기 위해 우리가 도울 일이 있으면 뭐든 하겠습니다.

당신은 집정관 임기가 끝난 뒤에 어쩌면 속주 근무지로 시리아를 선택할지도 모르겠군요. 당신처럼 매력적인 이웃이 곁에 있다면 난 아주 기쁠 거예요. 이집트는 시리아에 아주 가까우니 한번 방문해볼 만하죠. 카이사르는 분명 당신에게 나일 강 여정이라든지 이집트에서만 볼 수 있는 경이로운 풍경에 관해 말해줬을 거예요. 친애하는 카이사르, 가까운 미래에 이집트 방문을 한번 고려해보세요! 이집트의 모든 것은 당신이 요청하기만 하면 전부 당신 거예요. 당신은 상상도 못해본 즐거움이 있답니다. 다시 한번 말하죠. 이집트의 모든 것은 당신이 요청하기만 하면 전부 당신 거예요.

이 편지는 같은 날 쾌속 3단 노선을 통해 곧바로 로마로 보내졌고, 아낌없는 비용이 지불되었다. 커다랗고 완벽한 분홍빛 바다 진주가 든 작은 상자도 함께 보내졌다.

친애하는 이시스여, 파라오는 가장 천한 백성이 그러듯 바닥에 몸을 잔뜩 굽히고 기도했다. 친애하는 이시스여, 이 새로운 카이사르를 제게 보내주소서! 이집트에 다시금 생명과 희망을 주소서! 파라오가 카이사르 혈통의 아들과 딸 들을 잉태하게 하소서! 제 왕좌를 지켜주소서! 제 왕조를 지켜주소서! 새로운 카이사르를 제게 보내시고, 당신과 아문-라와 이집트의 모든 신들을 파라오로서 섬겼던 수많은 여신들의 창의성과 지혜를 제게 주소서.

그녀는 두 달 안에 답장을 받을 터였다. 하지만 그전에 카임의 편지가 먼저 도착해, 역병이 멤피스까지 덮쳐 수천 명이 죽었다고 전했다. 이유는 정확히 알 수 없지만 프타 신전에 있던 사제들은 병에 걸리지 않았다고 했다. 세크메트가 관할하는 사제 겸 의사들만 병에 걸렸는데 그들은 도심으로 왕진을 다니기 때문이었다. 전염성이 강한 병이기 때문에 그들은 신전으로 돌아가지 못하고 현 위치에 머물러야 했다. 이 일은 카임에게 아주 큰 슬픔이었다. 하지만 조심하십시오, 하고 카임이 말했다. 이 병은 삼각주와 알렉산드리아로 이동중입니다. 왕실은 도심으로부터 철저히 봉쇄되어야 합니다.

"어쩌면," 합데파네는 클레오파트라가 가져온 카임의 편지를 보고 생각에 잠긴 채 말했다. "돌과 관련이 있을지도 모릅니다. 신전은 석조 구조물이고 바닥에는 판석이 깔려 있지요. 이 역병의 매개체가 뭔진 몰라도 그런 척박한 환경을 좋아하지 않는 것 같습니다. 그렇다면 이 석조 궁전은 이 자체로 보호처가 되겠죠. 또한, 만약 그렇다면 정원의 흙은 위험할 수 있습니다. 정원사들과 얘기해 화단에 쓴 쑥을 심어야겠군요."

옥타비아누스의 답장은 11월 말, 역병보다 한발 앞서 알렉산드리아에 도착했다.

당신의 호의에 감사드립니다, 이집트 여왕이여. 살아 있는 암살범의 숫자가 줄어들고 있다는 건 아마 당신에게도 기쁜 소식이겠죠. 저는 마지막 암살범이 다 죽을 때까지 멈추지 않을 겁니다.

신년의 제 임무는 브루투스와 카시우스를 처단하는 일이 될 것입니다.

제 의붓아버지 필리푸스는 조금씩 죽어가고 계십니다. 이번 달을 넘기기 힘들 것으로 예상하고 있습니다. 그분은 발가락이 썩었고 핏속에 독이 흐르고 있습니다. 루키우스 피소 역시 폐의 염증 때문에 죽어가고 있습니다.

저는 이탈리아 갈리아의 보노니아에서 이 편지를 쓰고 있습니다. 이곳의 가을 공기는 매우 차갑고 진눈깨비까지 날립니다. 이곳에 온 것은 마르쿠스 안토니우스를 만나기 위해서입니다. 전 여행을 그다지 좋아하지 않아서, 제가 여행객으로 이집트를 방문할 일은 절대 없을 겁니다. 당신의 친절한 제안은 대단히 고맙지만 거절할 수밖에 없군요.

진주가 참 아름답군요. 금줄을 달아서 카이사르의 포룸에 위치한 베누스 게네트릭스 신전 여신상의 목에 걸어놓겠습니다.

마르쿠스 안토니우스를 만난다고? 만나다니? 그게 정확히 무슨 뜻이지? 게다가 이런 답장이라니. 넌 퇴짜 맞은 거야, 클레오파트라. 옥타비아누스는 얼음 같은 남자고, 이집트의 문제는 물론 이집트 여자에게도 관심 없어.

그렇다면 카이사르의 상속자는 열외군. 그는 날 거절했어. 난 루키우스 카이사르도 좋아하지만, 그는 절대로 카이사르와 사랑을 나눴던 여자와 사랑을 나누진 않겠지. 율리우스 혈통을 가진 사람이 또 누가 있더라? 퀸투스 페디우스. 그의 두 아들. 루키우스 피나리우스. 안토니우스 가문의 삼 형제 마르쿠스, 가이우스, 루키우스. 총 일곱 명이다. 이들 중 이집트와 면한 지중해에 제일 먼저 나타나는 사람이면 되겠지. 내가 로마로 갈 순 없으니까. 일곱 남자. 그들이 전부 옥타비아누스만큼 쌀쌀맞진 않으리라. 내게 율리우스 가문의 남자를 보내달라고, 카이사리온의 여동생과 남동생 들을 보내달라고 이시스께 기도를 올려야겠어.

역병은 12월에 알렉산드리아에 도착했고 그곳의 주민 70퍼센트를 죽였다. 마케도니아인, 그리스인, 유대인, 메토이코스인, 혼혈 이집트인이 대략 비슷한 비율로 죽었다. 살아남은 사람들이 먹을 식량은 넉넉했다. 클레오파트라는 결국 이렇게 될 줄 모르고 괜히 수많은 사람들의 증오를 산 셈이었다.

"신은," 유대인 시메온이 말했다. "차별하지 않는다."

13장
군자금 마련

기원전 42년 1월부터
8월까지

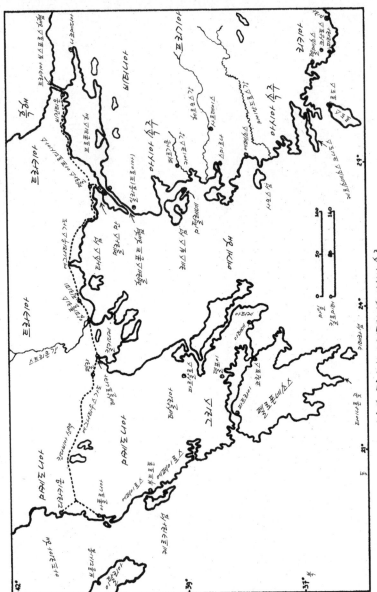

그리스, 트라키아, 미케네 시아와 아시아 소주

"훨씬 더 많은 돈이 없으면 이탈리아 침략은 꿈도 꿀 수 없습니다." 헤미킬루스는 브루투스와 카시우스에게 말했다.

"더 많은 돈?" 브루투스는 숨이 턱 막혔다. "하지만 돈을 더 구할 곳도 없단 말일세."

"어째서?" 카시우스는 인상을 찡그리며 말했다. "내가 시리아에서 짜낸 돈과, 킴베르와 내가 이곳으로 오면서 걷은 돈을 합치면 내겐 금 2천 탈렌툼에 달하는 돈이 있어." 그는 브루투스에게 고개를 돌리며 이를 드러냈다. "자네는 돈을 못 구했나, 브루투스?"

"그 정도까진 못 구했네." 브루투스는 카시우스의 말투에 분개하며 뻣뻣하게 말했다. "내가 가진 자금은 전부 주화 형태일세. 3분의 2는 은화고 3분의 1은 금화인데, 그럼 총금액이……?" 그는 답을 요구하는 것처럼 헤미킬루스를 쳐다봤다.

"2억 세스테르티우스입니다."

"그럼 우리에겐 총 4억 세스테르티우스가 있군." 카시우스가 말했다. "그 정도면 하데스를 정복하기 위한 원정도 치를 수 있겠어."

"잊고 계신 모양인데," 헤미킬루스가 참을성 있게 말했다. "이번 전쟁에는 전리품이 없을 겁니다. 내전에 늘 따르는 어려움이지요. 카이사르는 자신의 병사들에게 전리품 대신 현금을 지급했는데, 그가 당시 지급한 금액은 요즘 병사들이 원하는 금액에 비하면 새발의 피죠. 옥타비아누스는 자신의 사병에게는 일인당 2만, 최상급 백인대장에게는 10만, 하급 백인대장에게는 4만을 지급하겠다고 약속했습니다. 소문이 파다하게 퍼졌죠. 그러니 이제 병사들은 큰돈을 기대한단 말입니다."

브루투스는 자리에서 일어나 창문으로 가더니, 수백 척의 전함과 수송선으로 채워진 항구를 쳐다봤다.

그의 외모는 이전의 까무잡잡하고 음침한 생쥐를 예상했던 카시우스에게 충격을 안겨줬다. 이제 브루투스는 예전보다 빠릿빠릿했고 훨씬 군인다웠다. 베시족과의 전쟁에서 승리한 경험이 그에게 꼭 필요했던 자신감을 심어주었고 포르키아의 죽음이 그를 단단해지게 한 덕분이었다. 세르빌리아의 편지를 많이 받고 있던 카시우스는, 포르키아의 끔찍한 자살을 무덤덤하게 받아들이는 세르빌리아의 태도에 간담이 서늘해졌다. 하지만 브루투스와는 달리 그는 그것이 자살이라고 믿었다. 그가 사랑하는 세르빌리아는 브루투스가 자신의 기억이 시작될 때부터 두려워해왔던 여자와는 다른 사람이었다. 또한 브루투스 쪽에서도 세르빌리아가 끔찍이 아끼는 사위에게 그건 분명 살인이라는 말을 하지 않았다. 그 사위는 그럴 리가 없다고 단호히 부정할 것이 분명했다.

"로마가 대체 어떻게 된 건가?" 브루투스는 수많은 선박을 향해 묻듯이 말했다. "애국심은 어디로 간 거지? 충성심은?"

"아직 그대로 있네." 카시우스는 매몰차게 말했다. "유피테르 신이시여, 자넨 바보군, 브루투스. 일반 사병들이 지도자들 사이에서 벌어지는 파벌 싸움에 관해 뭘 알겠나? 그들이 누가 내놓은 애국심의 정의를 믿어야 하지? 자네, 아니면 삼두연합? 그들이 아는 거라곤 칼을 겨누었을 때 반대편에서 싸우는 상대가 같은 로마인이라는 사실뿐이야."

"그래, 물론 그렇겠지." 브루투스는 한숨을 쉬며 돌아섰다. 그리고 자리에 앉아 헤미킬루스를 쳐다봤다. "그렇다면 우린 어떻게 해야 하나, 가이우스?"

"돈을 더 구해야 합니다." 헤미킬루스가 간단히 말했다.

"어디서?"

"우선 로도스 섬에서부터 시작해야겠지." 카시우스가 말했다. "렌툴루스 스핀테르와 이야기를 나눴는데, 로도스인들에게 선박과 자금을 구하려고 여러 번 시도했지만 아무것도 얻지 못했다고 하더군. 나도 마찬가지였어. 로도스인들의 주장에 따르면 그들이 로마와 맺은 협정에는 내전 상황이 발생했을 때 특정한 편에 도움을 제공해야 한다는 내용이 포함되지 않았다고 했어."

"그리고," 헤미킬루스가 말했다. "소아시아의 다른 지역 중에서 로마가 한 번도 건드린 적 없는 땅이 있습니다. 바로 리키아죠. 아시아 속주 총독들은 너무 번거로워서 아예 시도조차 하지 않았어요."

"로도스 섬과 리키아." 브루투스가 말했다. "그들이 우리 작전을 돕도록 만들려면 아마 전쟁을 치르는 수밖에 없겠지?"

"로도스의 경우는 분명 그럴 걸세." 카시우스가 말했다. "하지만 크산토스, 파타라, 미라의 경우 그냥 요청만으로 충분할지도 모르지. 요청에 불응하면 침략당한다는 걸 그들이 안다면 말일세."

"리키아에 얼마를 요구해야 하지?" 브루투스는 헤미킬루스에게 물었다.

"2억 세스테르티우스입니다."

"로도스 섬은," 카시우스는 단호하게 말했다. "그 두 배를 제공하고도 남는 돈이 있을 거야."

"10억이면 우리가 이탈리아까지 가는 데 충분할 것 같나?" 브루투스가 물었다.

"우리 병력의 규모가 확정되면 그때 가서 계산을 해보겠습니다." 헤미킬루스가 말했다.

스미르나는 아주 건조하긴 했지만 겨울을 보내기에 편안한 곳이었다. 눈은 거의 안 내렸고 바람도 없었으며, 헤르모스 강의 널찍한 골짜기 덕분에 해방자들은 그들의 거대한 군대를 100킬로미터 넘게 늘어선 진지에 분리해 배치할 수 있었다. 그리고 각 진지마다 주변에 군인들을 위한 포도주, 매춘부, 유흥을 제공하는 지역사회가 형성되었다. 소농들은 채소, 오리, 거위, 닭, 계란 등을 가져와 팔았고 기름진 패스트리와 시럽이 발린 끈적끈적한 과자, 그 지역에서 나는 식용 달팽이, 심지어 늪에서 잡은 통통한 개구리까지 팔았다. 도시 지역의 대상인들은 주요 식량을 가지고 다니는 군대로부터 많은 수익을 올리지 못했지만, 상업에 관해 잘 모르면서도 진취적인 소농들은 늘 가난에만 시달리다가 이제야 번영의 가능성을 보기 시작했다.

스미르나 항구 인근의 총독 관저에 머물던 브루투스와 카시우스에게는 로마 소식을 빨리 접할 수 있다는 점이 이 겨울 숙영지의 최대 장점이었다. 삼두연합이 결성되었다는 소식에 그들은 경악을 금치 못했고, 옥타비아누스의 입장에서는 마르쿠스 안토니우스보다 해방자들이 로마에 더욱 위협적인 존재임을 이해하게 되었다. 삼두연합의 목적은 분명했다. 브루투스와 카시우스를 반드시 제거하는 것이었다. 전쟁 준비는 이탈리아와 이탈리아 갈리아 전역에서 대대적으로 진행되었으며, 삼두연합이 가진 40개 이상의 군단 중 단 1개 군단도 해산되지 않았다. 소문에 따르면 이제 레피두스와 플랑쿠스가 각각 수석 집정관과 차석 집정관 자리에 올랐고, 레피두스가 로마에 남아 통치를 맡는 동안 안토니우스와 옥타비아누스는 해방자들을 처단하러 나설 것이라고 했다. 가장 많이 언급되는 전쟁 개시 시점은 5월이었다.

이보다 더 무서운 소식은 카이사르가 공식적으로 신이 되었다는 것과 디부스 율리우스—신이 된 카이사르의 이름이었다—를 숭배하는 문화가 신전, 사제, 축제를 통해 이탈리아와 이탈리아 갈리아 전역으로 퍼지게 되리란 것이었다. 옥타비아누스는 이제 대놓고 자신을 디비 필리우스라 불렀으며 마르쿠스 안토니우스도 이의를 제기하지 않았다. 삼두연합 구성원 중 한 명이 신의 아들이라면 그들의 명분은 옳은 것임이 분명했다! 안토니우스는 그 끔찍한 집정관 임기 이래로 태도가 크게 바뀌었으며, 이제 옥타비아누스와 손을 잡고 디부스 율리우스의 모든 법과 명령을 따르도록 원로원을 압박하고 있었다. 또한 포룸 로마눔에서 카이사르의 시신이 불탄 자리에는 으리으리한 디부스 율리우스 신전이 세워지고 있었다. 로마 인민들은 카이사르 숭배를 허락받기 위한 싸움에서 이긴 것이다.

"안토니우스를 물리치고 로마를 얻는다 해도, 우린 영원히 디부스 율리우스에게 시달려야 할 걸세." 브루투스는 괴로워하며 말했다.

"그곳은 타락할 대로 타락했어." 카시우스는 도끼눈을 뜨고 말했다. "믿을 수 있겠나, 웬 망나니가 베스타 신녀를 강간했다는 걸?"

그 소식도 전해진 터였다. 로마에서 가장 존경받는 여성인 베스타 신녀들은 혼자 자유롭게 도심을 걸어다닐 수 있었지만, 최근 들어서는 경호원 역할의 릭토르를 대동해야 했다. 퀴리날리스 언덕의 파비아를 방문하려고 혼자 길을 나선 코르넬리아 메룰라가 난데없이 추행을 당하는 사건이 발생했기 때문이다. 물론 '강간'은 어디까지나 카시우스의 표현이었고 세르빌리아의 편지에 쓰인 말은 아니었다. 하지만 로마 역사를 통틀어 그때까지 새하얀 로브와 베일을 걸친 베스타 신녀들은 그 어떤 두려움도 없이 거리를 활보할 수 있었던 것이다.

"이건 아주 의미심장한 사건일세." 브루투스가 애석하다는 듯 말했다. "오래된 가치와 금기가 더는 존중받지 못한다는 뜻이지. 내가 다시 로마로 돌아가고 싶은지조차 모르겠네."

"이게 안토니우스나 옥타비우스와 관련 있는 일이라면, 자넨 로마로 돌아가지 않아도 되네. 하지만 내가 로마로 돌아가는 걸 막으려면 그들은 힘든 싸움을 해야 할 걸세." 카시우스가 말했다.

19개 군단, 기병 5천 명, 함선 700척을 가진 카시우스는 로도스 섬과 리키아의 도시들로부터 6억 세스테르티우스를 짜낼 방안을 구상했다. 브루투스도 현장에 있었지만, 그는 이후 몇 주간의 훈련을 통해 카시우스가 작전을 계획할 때면 존중하는 태도를 보이게 되었다. 카시우스가 보기에 브루투스는 트라키아에서 제대로 전쟁을 지휘했다기보다도 아주 운이 좋았을 뿐이었다.

"내가 로도스 섬을 맡겠네." 카시우스가 선언했다. "다시 말해, 적어도 처음에는 해전을 치르게 되겠지. 자네는 리키아를 침공해 지상전을 치르게. 다만 자네 병사들은 바닷길로 옮겨야 할 걸세. 양쪽 지역 모두 기병이 별로 쓸모없을 테니, 1천 명만 빼고 나머지는 전부 갈라티아로 보내 봄여름을 나도록 하는 게 좋겠네." 그는 활짝 웃었다. "데이오타로스더러 비용을 감당하게 하는 거지."

"그는 아주 너그럽고 협조적이었네." 브루투스는 소심하게 말했다.

"그렇다면 좀더 너그럽고 협조적으로 도와달라고 하면 되겠군." 카시우스가 응수했다.

"카리아에서 육로를 통해 진군하면 왜 안 되지?" 브루투스가 물었다.

"그것도 가능하겠지만, 왜 군이 그렇게 하려는 건가?"

"로마 보병들은 바닷길이라면 질색하기 때문일세."

"좋아, 마음대로 해도 좋지만 달팽이 같은 속도로 꾸물거려선 안 되네. 자네 앞에는 끔찍한 산들이 놓여 있을 테니까."

"알겠네." 브루투스가 참을성 있게 말했다.

"10개 군단과 정찰 임무를 맡을 기병 500명을 데려가게."

"끔찍한 산들이 앞에 놓여 있다면 물자 수송대는 데려갈 수 없겠군. 노새로 짐을 날라야 할 테니 6주 이상 진군할 순 없을 거야. 우리가 도착했을 때 크산토스에 우리를 먹일 식량이 충분하기를 바라는 수밖에 없겠어. 첫번째 목표로는 크산토스가 좋을 것 같은데, 자네 생각은 어떤가?"

카시우스는 다소 놀란 표정으로 눈을 깜빡거렸다. 이렇게 군사적으로 타당한 말이 브루투스의 입에서 나올 줄 누가 상상이나 했을까? "그래, 크산토스를 제일 먼저 노려야지." 그가 동의했다. "하지만 식량을 바닷길로 더 보내서 자네가 크산토스에 도착했을 때 이용할 수 있도록하는 것도 좋겠지."

"좋은 생각일세." 브루투스가 웃으며 말했다. "그럼 자네는?"

"말했다시피 나는 해전을 치르게 될 테지만, 그래도 4개 군단이 필요

할 걸세. 그 병사들은 좋든 싫든 간에 수송선에 올라 바다로 이동해야
하겠지." 카시우스가 말했다.

브루투스는 10개 군단과 기병 500명을 이끌고 3월에 출정
했다. 그는 훌륭한 로마식 도로를 이용해 남쪽의 마이안드
로스 강 골짜기를 통과하여 케라모스로 갔고, 그곳에서 해안선을 따라
최대한 멀리까지 이동했다. 작년에 거둬들인 얼마 안 되는 곡식들이 아
직 곡물 저장소에 남아 있었으므로 그는 진군중에 꽤 많은 식량을 압
수할 수 있었다. 그로 인해 야기될 현지 주민들의 배고픔은 신경쓰지
않았다. 다만 올해 새로 심을 씨앗은 충분히 남겨줘야 한다는 주민들의
애원을 새겨들을 만큼의 분별은 그에게도 있었다. 안타깝게도 아직까
지 봄비 소식이 없었는데, 이는 불길한 징조였다. 이제 강물을 손수 길
어다가 밭에 뿌려야 할 터였다. 하지만 굶주림에 지쳐 약해진 사람들이
어떻게 그런 일을 할 수 있단 말입니까? 농부들은 애처로운 질문을 던
졌다.

"계란과 닭이라도 먹게." 브루투스는 대답했다.

"그렇다면 당신 병사들이 우리 닭은 못 훔치도록 해주십시오!"

브루투스는 이 요구가 타당하다고 판단해 병사들이 농가의 가축을
함부로 약탈하지 못하도록 규제를 강화했다. 병사들은 그들의 사령관
이 보기보다 엄한 사람이라는 것을 깨닫기 시작했다.

리키아의 솔리마 산맥은 어마어마했다. 해발 2천500미터에 달하는
장벽이 물가에 우뚝 솟아 있었다. 솔리마 산맥 때문에 그 어떤 아시아
속주 총독도 리키아를 통치하거나 리키아에 공세를 부과하거나 보좌

관을 파견해 총독의 칙령을 집행하려고 시도하지 않았다. 오랫동안 해적의 은신처였던 리키아에는 좁은 강 골짜기들을 따라 마을이 형성되었고, 마을끼리는 바닷길로만 소통할 수 있었다. 『일리아스』의 영웅 사르페돈과 글라우코스의 땅은 텔메소스에서 시작되었고, 로마식 도로는 거기서 끊겼다. 텔메소스부터는 길다운 길이 없었다.

브루투스는 진군하면서 길을 새로 닦았다. 그는 병사들에게 돌아가며 먼저 앞으로 나가서 곡괭이와 삽으로 수풀을 제거하고 땅을 파도록 했다. 병사들은 이런 노동에 끙끙대고 앓는 소리를 냈지만, 백인대장들이 혹 달린 나무 회초리를 휘두르자 최선을 다해 일했다.

건조한 덕분에 아름다운 날씨가 이어졌다. 산사태의 위험도 없었고 노새의 속도를 떨어뜨릴 진흙도 없었지만, 진지 구축 따위는 옛말이 되어버렸다. 매일 밤 병사들은 도로를 만들려고 파헤쳐놓은 3미터 너비의 흙더미 옆에서 웅크리고 잤다. 그들은 별이 쏟아지는 밤하늘, 물살이 빠르고 좁은 강의 높은 폭포, 옆구리가 떨어져나간 부분마다 커다란 구멍이 형성된 소나무로 덮인 산봉우리, 새벽이면 짙은 녹색을 띤 나무 주변으로 피어오르는 진줏빛 안개에 무관심했다. 하지만 곡괭이질을 할 때마다 나오는 크고 반짝이고 칠흑같이 검은 덩어리에는 큰 관심을 가졌는데, 그것이 희귀한 보석일지도 모른다는 생각 때문이었다. 하지만 그것이 단지 쓸모없는 유리라는 소식을 접하자, 그들은 솔리마 산맥에 길을 내는 끔찍한 노동과 관련된 모든 것과 함께 그 검은 덩어리를 저주했다.

날마다 눈앞에 펼쳐지고 어두워진 뒤에도 신비한 형태로 이어지는 아름다움을 찬미할 만한 성품을, 혹은 여유를 가진 사람은 브루투스와 그의 세 철학자뿐이었다. 밤이 되면 숲속의 생명체들이 소리를 질러대고 박쥐가 휙휙 날아다녔으며, 은빛 달을 배경으로 밤새들의 실루엣이 보였다. 경치를 감상할 때를 제외하면 그들은 각자 좋아하는 일을 했다. 에페이로스의 스트라톤과 스타틸로스는 수학을 공부했고, 로마인인 볼룸니우스는 일기를 썼으며, 브루투스는 죽은 포르키아와 죽은 카토에게 편지를 썼다.

텔메소스에서 크산토스 강 골짜기까지는 불과 30킬로미터였지만, 총 30일이 걸린 230킬로미터의 여정 중 절반 이상의 시간이 그 30킬로미터를 이동하는 데 쓰였다. 리키아의 대도시인 크산토스와 파타라는 둘 다 크산토스 강변에 있었다. 파타라는 강어귀에, 크산토스는 25킬로미터 상류에 위치하고 있었다.

브루투스의 군대는 자체적으로 만든 도로를 벗어나 첫번째 목표인 크산토스보다는 파타라에 더 가까운 골짜기 쪽으로 이동했다. 브루투스에게는 불행하게도 떠돌이 양치기가 두 도시에 미리 경고를 했고, 그곳 주민들은 대처할 시간을 벌었다. 그들은 시골 지역을 쑥대밭으로 만들고 교외 지역 주민들을 대피시켰으며 성문을 걸어 잠갔다. 모든 곡물 저장소는 내부에 있었고 성안에는 깨끗한 물이 솟는 샘도 있었다. 크산토스의 성벽은 특히 더 거대해서 로마군을 막아내기 위한 요새로 충분했다.

브루투스의 두 주요 보좌관은 보잘것없는 피케눔 가문 출신의 실력파 군인 아울루스 알리에누스, 그리고 리비우스 집안에 입양된 클라우디우스 가문 출신 귀족 마르쿠스 리비우스 드루수스 네로였다. 드루수스 네로의 여동생 리비아는 티베리우스 클라우디우스 네로와 약혼한 사이였으나, 카이사르가 혐오했고 키케로가 사위로 삼고 싶어했던 그 끔찍한 멍청이와 당장 결혼하기에는 너무 어린 나이였다. 브루투스는 알리에누스와 드루수스 네로의 조언을 모두 받아들여 포위전을 준비했다. 불에 탄 땅은 그를 짜증나게 했는데, 그로 인해 병사들의 식단에 채소가 오르지 못하게 되었기 때문이다. 그는 크산토스 주민들을 서서히 굶겨 죽일 게 아니라 재빨리 도시를 손에 넣을 작정이었다.

동료들은 브루투스가 놀랍도록 박식하다고 생각했지만 사실 그는 철학, 수사학, 특정 문학 등 몇몇 분야에만 능통했다. 그는 지리학을 지겨워했고, 투키디데스 같은 거물의 저술 외에는 로마 바깥 지역의 역사도 지겨워했으므로 헤로도토스처럼 현실 세계에 밝은 사람들의 글은 읽은 적이 없었다. 그러므로 그는 호메로스의 글에 등장하는 왕 사르페돈에 의해 건설되었다는 사실 외에는 크산토스에 관해 아는 바가 없었다. 사르페돈은 크산토스의 주요 신으로 추앙받았고 크산토스에는 가장 큰 사르페돈 신전이 있었다. 하지만 크산토스는 브루투스가 미처 모르고 있던 다른 것으로도 유명했다. 그곳은 두 번의 포위전을 경험했던 것이다. 처음에는 메디아인 하르파고스라 불리는 페르시아 키루스 대왕의 장군에게, 그다음에는 알렉산드로스 대왕에게 포위되었다. 크산토스는 마침내 함락되고 말았지만 그 순간 모든 주민들이 자살했다. 양치기의 경고를 듣고 크산토스 주민들은 급히 여러 가지를 준비했는데, 그중에는 엄청난 양의 장작도 포함돼 있었다. 로마군이 포위전 준비에 박차를 가하는 동안 성안의 사람들은 빈터마다 장작더미를 쌓아올렸다.

공성탑 공사와 기초공사는 로마식으로 순조롭게 진행되었고 다양한 형태의 포가 배치되었다. 발리스타와 카타풀타에는 화염 덩어리를 제외한 모든 종류의 포탄이 장착되었다. 이 도시는 불타지 않은 상태로 함락되어야 했다. 세 개의 공성망치가 도착했는데, 새로 닦은 도로를 통해 들어온 마지막 장비였다. 공성망치는 늙은 떡갈나무로 만들어졌으며 재빨리 조립할 수 있는 이동식 틀에 튼튼하고도 유연한 줄로 연결되어 있었다. 공성망치에는 청동으로 만든 거대한 숫양의 머리 장식이 달려 있었다. 숫양은 구부러진 뿔부터 조롱하는 듯한 입술, 반쯤 감긴 위협적인 눈까지 아주 아름답게 묘사되어 있었다.

성벽에는 문이 세 개뿐이었다. 떡갈나무를 아주 묵직한 강철로 도금해서 만든 내리닫이 쇠창살문이었으므로 공성망치의 공격에도 안전했다. 공성망치로 이 쇠창살문을 때리면 용수철처럼 튀어나왔다. 브루투스는 좌절하지 않고 성벽 쪽을 공성망치로 공격했다. 성벽은 성문보다 인장강도가 약했으므로 서서히 무너지기 시작했다. 하지만 너무 두꺼웠기 때문에 아주 서서히 무너졌다.

크산토스 주민들이 절박해질 만큼 위협하는 데 성공했다고 알리에누스와 드루수스 네로가 판단할 즈음, 브루투스는 이제 지쳤다는 듯 병사들을 철수시켰다. 그는 파타라를 어떻게 처리해야 할지 고민하기 위해 물러나는 것처럼 보였다. 그러자 사면초가에 빠진 1천 명의 주민들이 포와 공성탑들을 태워버릴 작정으로 횃불로 무장한 채 성문 밖으로 몰려나왔다. 브루투스는 기다리고 있다가 공격을 감행했고, 크산토스 주민들은 달아났다. 하지만 신중한 문지기가 쇠창살문을 너무 빨리 내리는 바람에 주민들은 성안으로 들어가지 못했다. 급습을 펼친 1천 명 모두가 목숨을 잃었다.

다음날 정오 크산토스 주민들은 다시 공격을 시도했고, 이번에는 잊지 않고 성문을 열어두었다. 그들은 횃불을 던지자마자 성안으로 급히 달아났다. 하지만 이번에는 쇠창살문이 너무 늦게 닫혔다. 로마 병사들은 황급히 뒤따라가서 문지기가 성문 고정용 밧줄을 끊기 전에 성안으로 밀려들었다. 그러다 성문이 아래로 내려왔고 거기 깔린 병사들은 즉사했지만, 이미 2천 명의 병사들이 성안에 들어가는 데 성공한 뒤였다. 그들은 당황하지 않았다. 성안에서 귀갑 대형을 이뤄 중앙 광장으로 이동했고, 그곳의 사르페돈 신전에 숨어서 방어했다.

쇠창살문이 떨어지는 장면은 포위자들에게 엄청난 충격을 안겼다. 병사들의 전우애는 매우 강력했다. 크산토스 성내에 갇힌 2천 명의 전우를 떠올리며 브루투스의 병사들은 고통스러운 광기에 휩싸였다. 그것은 냉철하고도 분별 있는 광기였다.

"그들은 똘똘 뭉쳐 피난처를 찾을 걸세." 알리에누스는 모여 있던 선임 백인대장들에게 말했다. "그러니 우린 그들이 당분간은 안전하다고 가정해야겠지. 우리가 해야 할 일은 성안으로 침투해 그들을 구할 방법을 찾아내는 걸세."

"쇠창살문을 통해서는 안 됩니다." 최고참 백인대장 말레우스가 말했다. "공성망치는 소용이 없었고, 우리에겐 철판을 자를 도구가 없습니다."

"그렇긴 하지만, 우리가 쇠창살문을 뚫을 수 있다고 믿는 것처럼 보이게 할 수는 있겠지." 알리에누스가 말했다. "라니우스, 말해보게." 그는 눈썹을 치켜세웠다. "다른 아이디어는 없나?"

"사다리와 갈고리를 여기저기 설치하는 겁니다. 저들도 성벽 전체에 뜨거운 기름이 든 항아리와 인력을 배치할 순 없을 테고, 저들에겐 창이 충분하지 않습니다. 멍청한 인간들이죠. 우리가 약한 부분을 찾아내면 됩니다."

"그렇게 하게. 다른 의견은?"

"성밖에 사는 현지인을 찾아서…… 성내로 침투하는 다른 방법은 없는지 상냥하게 물어보는 겁니다." 선임 백인대장 칼룸이 말했다.

"이제야 제대로 된 의견이 나오는군!" 알리에누스가 활짝 웃으며 말했다.

얼마 지나지 않아 칼룸 일행이 근처의 작은 마을에 사는 두 남자를 데리고 나타났다. 인근 주민들에게 상냥하게 물어볼 필요조차 없었다. 그들은 크산토스 주민들이 자기네 채소밭과 과수원을 불태운 데 분개하고 있었기 때문이다.

"저기 보입니까?" 한 남자가 손짓을 하며 말했다.

크산토스의 성벽이 그토록 난공불락인 주된 이유는, 도시 둘레 중 뒤편 3분의 1이 험준한 바위 절벽으로 막혀 있기 때문이었다.

"보이긴 하지만 무슨 말을 하려는 건지는 모르겠네." 알리에누스가 말했다.

"저 절벽은 눈에 보이는 것만큼 험하지 않습니다. 절벽의 노두로 이어지는 뱀길을 열 개쯤은 보여드릴 수 있습니다. 물론 그 길을 이용해 성안으로 들어갈 순 없겠지만, 똑똑하신 여러분께는 좋은 출발선이 될 수는 있겠죠. 그곳에는 방어막이 설치되어 있겠지만 정찰병은 없을 겁니다." 과수원 주인이 화를 내며 말했다. "저것들은 비열한 놈들입니다. 이제 막 꽃이 달린 사과나무는 물론이거니와 양배추와 상추까지 다 태워버렸어요. 우리에게 남은 건 양파와 설탕당근뿐입니다."

"우리가 저곳을 손에 넣으면 저 안에서 제일 먼저 발견된 것들을 자네들 마을에 주겠네." 칼룸이 말했다. "그러니까 먹을 수 있는 것들 중에 말이지." 그는 거대한 심홍색 말총이 달린 투구 아래로 손그늘을 만들더니 들고 있던 회초리로 자기 허벅지를 툭 쳤다. "좋아, 몸이 굳지 않은 친구들은 모두 작업에 나서야 하네. 마크로, 폰티우스, 카포, 자네들 군단의 병사들은 젊으니 이 일을 맡게. 하지만 높은 곳을 무서워하는 멍청이를 투입시켜선 안 돼. 어서 서두르게!"

정오 무렵 절벽에는 수많은 병사들이 모였다. 그곳은 성벽 안쪽을 내려다볼 수 있을 만큼 충분히 높았다. 성벽 안쪽에는 뾰족한 못이 잔뜩 달린 방책 울타리가 수십 센티미터 너비로 놓여 있었다. 일부 병사들은 쇠못을 꺼내 바위에 박고 긴 줄에 연결해 절벽의 오목한 부분에 고정시켰다. 한 사람이 줄의 끝부분을 꽉 움켜쥐고 있으면 동료들이 아버지가 아이에게 그네를 태워주듯 그의 몸을 밀기 시작했다. 그렇게 하다 보면 탄력이 붙어서 무시무시한 방책 너머의 포장도로에 떨어질 수 있었다.

오후 내내 병사들은 조금씩 성벽 안으로 들어가 단단한 방진을 형성했다. 충분히 많은 병사들이 모이자 두 개의 방진으로 갈라져서 성밖에서 기다리는 로마 병사들이 들어오기 편한 두 개의 성문으로 이동했다. 그들은 톱, 도끼, 쐐기, 망치 등으로 쇠창살문을 내리쳤다. 다행히 성문의 안쪽 부분은 강철판으로 보강되어 있지 않았다. 그들은 성문을 정신없이 내리치며 떡갈나무 성문의 꼭대기와 양쪽 측면을 조직적으로 집중 공격했고, 마침내 바깥쪽 강철판이 모습을 드러냈다. 병사들이 긴 쇠지렛대를 이용해 강철판을 구부러뜨리자 내리닫이 쇠창살문이 바닥으로 떨어졌다. 병사들은 귀가 얼얼하도록 환호하며 안으로 밀려들었다.

하지만 크산토스 주민들은 불굴의 전통을 가지고 있었고, 이번에도 마찬가지였다. 거리는 물론이거니와 모든 인술라의 채광정과 모든 주택의 주랑정원에는 장작더미가 잔뜩 쌓여 있었다. 남자들은 아내와 자식들을 죽인 뒤 시신 위에 장작을 던져 불을 피웠고, 자신도 그 불속으로 뛰어들어 할복자살을 했다.

모든 크산토스 주민이 화염에 휩싸였고 모든 곳이 불에 타버렸다. 사르페돈 신전에 고립돼 있던 병사들은 챙길 수 있는 귀중품을 챙겨왔고 다른 곳의 병사들도 마찬가지였다. 하지만 브루투스는 포위전을 치르는 데 들어간 시간, 식량, 인명 피해에 비하면 훨씬 못 미치는 성과를 거두었다. 그는 리키아 전쟁의 시작을 철저한 불명예로 장식할 순 없다고 다짐하며, 불길이 잦아들 때까지 기다렸다가 병사들에게 잿더미를 샅샅이 뒤져 녹은 금과 은을 찾아내라고 명령했다.

파타라에서 그는 훨씬 좋은 성과를 냈다. 파타라 주민들은 로마인들의 포와 공성장비가 처음 등장할 때까지만 해도 저항했지만, 그들에겐 크산토스 주민들과 달리 자살 성향이 없었다. 그들은 장기간의 포위전을 치르는 고통 없이 항복했다. 파타라는 아주 부유한 도시였고 그곳의 남녀와 어린이 5만 명은 노예 시장에 팔렸다. 지역이나 민족에 따라 조금씩 제도가 다르긴 했지만 노예제 자체에 반대하는 민족은 전혀 없었다. 로마 가정의 노예들은 임금을 받았고 보통 10년에서 15년이 지나면 노예 신분에서 해방되었다. 반면 로마의 탄광이나 채석장에서 일하는 노예들은 일한 지 일 년 만에도 죽곤 했다. 노예들 사이에도 사회적 계급이 있었다. 재능을 갖춘 야심만만한 그리스인은 자발적으로 로마인 주인의 노예가 되어 많은 돈을 벌고 나중에는 로마 시민권까지 획득하기도 했다. 전쟁에서 패배한 뒤 생포된 건장한 게르만족이나 그 밖의 야만인은 광산이나 채석장의 노예로 팔려가 곧 죽음을 맞았다. 하지만 가장 규모가 큰 노예 시장은 지중해 세계와 갈리아를 합친 것보다 더 큰 왕국인 파르티아였다. 오로데스 왕은 브루투스가 판매하는 노예들을 죄다 사들이려고 했다. 리키아인은 교육 수준이 높고 그리스화되었으며 다재다능하고 미모가 뛰어나 특히 성인 여자와 어린 소녀 들이 큰 인기였다. 국왕 폐하는 중개인들을 통해 현금으로 노예 값을 지불했는데, 이런 중개인들은 야만인 약탈자 무리를 뒤따르는 독수리떼처럼 자신들만의 함대를 이끌고 로마군을 뒤쫓아다녔다.

파타라와 다음 목적지인 미라 사이에는, 로마군이 지금까지 지나온 것과 똑같은 아름답지만 끔찍한 땅이 75킬로미터나 이어져 있었다. 이번에는 새로운 도로를 만드는 게 답이 될 수 없었다. 브루투스는 카시우스가 바닷길을 주장했던 이유를 그제야 이해했다. 그는 파타라 항구의 모든 배는 물론 밀레토스에서 식량을 실어 보냈던 수송선도 전부 징발했다. 그리하여 브루투스는 카타락테스 강 하구에 위치한 미라를 향한 뱃길을 떠났다.

뱃길은 편리한 것 외에도 장점이 있었다. 리키아 해안은 팜필리아와 킬리키아 트라케이아만큼이나 해적이 많기로 유명했는데, 거대한 산맥 구석구석 작은 시내가 흐르는 만이 있었고 이런 곳은 이상적인 해적 소굴이었기 때문이다. 브루투스는 해적 소굴이 보일 때마다 병력을 보내 엄청난 전리품을 거둬들였다. 그 양이 얼마나 어마어마했던지, 그는 미라까지 가지도 않고 함대를 돌려 서쪽으로 돌아갔다.

브루투스는 리키아 전쟁을 통해 3억 세스테르티우스의 군자금을 챙겼고, 그중 대부분은 해적에게서 얻은 것이었다. 그는 군대와 함께 6월에 헤르모스 강의 골짜기로 돌아왔다. 이번에 그와 그의 보좌관들은 내륙으로 60킬로미터쯤 들어가 있으며 스미르나보다는 금욕적인 느낌의 사랑스러운 도시 사르데이스에 머물렀다.

아시아 속주의 해안은 단순히 바위만 많은 것이 아니었다. 에게 해 방향으로 수많은 만들이 뻗어 있어서, 해안선 가까운 곳을 항해하는 상선들은 지겹도록 많은 바위 돌출부를 돌아가야 했다. 로도스 섬으로 가는 길에 놓인 마지막 반도는 케르소네소스 크니도스였고 그 끄트머리에 크니도스 항구가 있었다. 손가락처럼 아주 길고 가느다랗게 생긴 이 땅은 도시의 이름을 빌려 그냥 '크니도스'라고 불렸다.

크니도스는 카시우스에게 편리한 환경을 제공했다. 그는 헤르모스 강의 골짜기에서 4개 군단을 데려와 크니도스에 배치하는 한편, 민도스에 있던 함대를 화려한 도시 할리카르나소스 서쪽에 붙어 있는 만으로 옮겼다. 그는 5단 노선부터 3단 노선에 이르는 크고 느린 갤리선들을 많이 사용했고 그보다 작은 배는 쓰지 않았다. 해상전의 능수인 로도스인들이 이런 덩치 큰 배를 쉬운 먹잇감으로 여긴다는 것을 그는 알고 있었다. 그의 제독들은 돌라벨라의 병사들을 묵사발로 만들어놓았던 믿음직한 파스티쿠스, 두 해방자 카시우스 파르멘시스와 데키무스 투룰리우스, 그리고 섹스틸리우스 루푸스였다. 보병 지휘권은 가이우스 판니우스 카이피오와 렌툴루스 스핀테르에게 나눠주었다.

로도스인들은 이 모든 움직임을 알고 있었고, 평범해 보이는 거룻배를 띄워 카시우스를 염탐하기도 했다. 거룻배 선원들이 카시우스가 거대한 배를 사용한다는 소식을 전하자 로도스의 제독들은 한바탕 실컷 웃었다. 그들은 날쌔고 매끈한 3단 노선이나 2단 노선을 선호했는데, 그 배들은 보통 갑판이 없고 현외 장치에 2단의 노가 연결되어 있었으며 적선을 때리기에 아주 효율적인 모양의 충각이 달려 있었다. 로도스인들은 해병이나 보병을 적선으로 보내지 않았고, 움직임이 둔한 적군의 전함 주변으로 재빠르게 원을 그리며 거함들이 서로 좌충우돌하도록 했다. 혹은 전속력으로 돌진해 충돌함으로써 적선 옆구리에 구멍을 뚫어놓곤 했다. 그들은 적선 옆으로 쫓아가 노를 잘라버리는 데도 선수였다.

"카시우스가 그 코끼리 같은 배로 공격에 나설 만큼 멍청하다면," 전시 최고 정무관인 알렉산드로스가 전시 제독인 므나세아스에게 말했다. "그는 폴리오르케테스나 일명 '대왕'이라 불리는 저 미트리다테스 왕처럼 될 거요, 하하하. 굴욕적인 패배가 되겠지! 나는 카르타고인들의 오랜 격언에 동의하오. 해양 민족과 바다에서 싸워 승리한 로마인은 단 한 명도 없다는 것 말이지."

"그렇습니다. 하지만 결국에는 로마가 카르타고를 격파했습니다." 수사학자 아르켈라오스가 말했다. 평화로운 시골에서 지내던 그는, 카시우스가 포룸 로마눔에서 젊은 시절을 보낼 당시 그에게 수사학을 가르친 적이 있다는 이유 때문에 로도스로 끌려왔다.

"오, 물론 그렇소!" 므나세아스는 코웃음을 치며 말했다. "하지만 150년 동안 세 번의 전쟁을 치른 후에야 이길 수 있었소! 게다가 지상전에서 승리한 거였고 말이오!"

"꼭 그렇지도 않습니다." 아르켈라오스가 고집스럽게 말했다. "로마인들이 적선에 연결하는 건널판자를 개발하고 많은 보병을 배에 태운 뒤로는 카르타고 함대가 힘을 쓰지 못했으니까요."

두 전시 지휘관들은 늙은 잔소리꾼을 노려보며, 그가 그냥 시골에서 빈둥대도록 내버려두지 않은 것을 후회했다.

"가이우스 카시우스에게 대표단을 보내십시오." 아르켈라오스가 청

원했다.

그리하여 로도스인들은 카시우스가 있는 민도스로 대표단을 보냈다. 어떤 성과를 기대해서가 아니라 아르켈라오스의 입을 다물게 하기 위해서였다. 카시우스는 거만하게 대표단을 맞았고, 자기가 그들을 전부 쓸어버리겠다고 도도하게 말했다.

"그러니 집으로 돌아가면," 그는 말했다. "당신들을 보낸 사람들에게 평화협정 조건에 대해 논의하는 게 좋을 거라고 전하시오."

그들은 알렉산드로스와 므나세아스에게 돌아가 카시우스가 참으로 자신감 넘치는 모습이었다고 전했다! 그렇다면 협상이 최선 아닐까? 알렉산드로스와 므나세아스는 가소롭다는 듯 폭소를 터뜨렸다.

"로도스인들이 바다에서 패배할 리 없습니다." 므나세아스는 말했다. 그는 혐오감을 드러내며 입술을 씰룩거리고 생각에 잠긴 표정을 지었다. "그 점을 증명해 보이죠. 카시우스는 매일 자기 함선들을 훈련시키고 있던데 왜 우리 로도스인들의 능력을 보여주지 않는 겁니까? 그가 로마식 훈련만으로 로도스인들의 기술을 앞설 수 있다고 꿈꾸며 변소에 앉아 있을 때 그를 덮치는 겁니다."

"시인이 따로 없으시군요." 성가시기 그지없는 아르켈라오스가 대꾸했다.

"당신이 민도스로 가서 카시우스를 직접 만나보면 어떻겠소?" 알렉산드로스가 제안했다.

"좋습니다, 그렇게 하지요." 아르켈라오스가 말했다.

그는 거룻배를 타고 민도스로 가서 옛 제자를 만났다. 그는 자신이 가진 마법 같은 수사학 기교를 총동원했지만 성과를 거두지 못했다. 카시우스는 아무 감흥 없다는 듯 가만히 듣고만 있었다.

아르켈라오스가 들은 대답은 "돌아가서 그 멍청이들에게 곧 끝장날 운명이라고 전해주십시오."라는 것뿐이었다.

"카시우스는 당신들이 곧 끝장날 운명이라고 했습니다." 그는 두 전시 지도자들에게 이 말을 전했고, 불명예 속에 자신의 시골 빌라로 보내졌다.

로도스인들은 그렇게 생각하지 않았겠지만, 카시우스에게는 철저한 계획이 있었다. 그는 인정사정없이 연습과 훈련을 반복했다. 직접 훈련을 감독했고 함선들이 기대치에 못 미치면 가혹한 벌을 내렸다. 또한 훈련을 감독하는 중간에 민도스와 크니도스 사이를 오가느라 많은 시간을 할애했다. 지상군도 완벽히 전투 준비가 되어 있어야 했고, 그는 개인적인 접촉이 중요하다고 믿었기 때문이다.

4월 초에 로도스인들은 최고의 함선 35척을 선발해 기습 공격을 감행했다. 그들의 사냥감인 카시우스는 덩치 큰 5단 노선으로 구성된 함대를 정신없이 훈련시키고 있었다. 처음에는 로도스인들이 쉽게 이길 것처럼 보였지만, 거룻배 위에 서서 각 함선의 선장들에게 깃발로 명령을 내리던 카시우스는 전혀 당황하지 않았다. 그의 선장들도 당황하지 않았고 서로 좌충우돌하거나 적군에게 약점을 보이지도 않았다. 그러던 중 로도스인들은 로마 함선들이 자기네를 점점 더 좁은 곳으로 몰아넣고 있음을 깨달았고, 마침내 배를 돌리거나 적선을 공격하거나 그들의 빼어난 항해 기술을 뽐낼 수 없는 지경에 이르렀다. 어둠이 내린 덕분에 로도스인들은 그물에서 벗어나 본부로 돌아갈 수 있었다. 하지만 로도스 함선 중 2척은 침몰했고 3척은 나포당하고 말았다.

로도스 섬은 에게 해의 동쪽 하단 구석이라는 이상적인 위치에 있었다. 길이 12킬로미터의 언덕 많은 마름모꼴 섬은 토지가 비옥해 자급자족이 가능한 것은 물론 킬리키아, 시리아, 키프로스 등 동쪽의 모든 지역으로 통하는 해상 관문 역할을 했다. 로도스인들은 바다로 진출함으로써 이런 지리적 이점을 십분 활용했고, 그들의 뛰어난 항해 기술을 이용해 로도스 섬을 방어했다.

카시우스의 지상군은 5월 칼렌다이에 수송선 100여 척을 타고 항해를 시작했다. 카시우스 자신은 해병들이 탑승한 전투용 갤리선 80척을 이끌었다. 그는 모든 준비를 마친 상태였다.

이처럼 거대한 함대가 접근하는 것을 보고 로도스의 모든 전함들이 바다로 나왔지만, 그들은 카시우스가 민도스 연안에서 사용했던 것과 똑같은 작전에 항복하고 말았다. 해전이 펼쳐지는 동안 수송선들은 무사히 그 옆을 지나갔다. 덕분에 판니우스 카이피오와 렌툴루스 스핀테르는 로마군 4개 군단을 로도스 시의 서쪽 해안에 상륙시킬 수 있었다. 쇠사슬 갑옷 차림의 완전무장을 갖춘 병사 2만 명이 열을 맞춰 줄을 섰을 뿐 아니라, 기중기와 건널판자를 이용해 어마어마하게 많은 포와 공성장비까지 내리고 있었다! 오, 오, 오! 겁에 질린 로도스인들에게는 지상군이 없었다. 그들은 어떻게 포위전을 견뎌야 하는지 전혀 몰랐다.

알렉산드로스와 로도스 전시 내각은 카시우스에게 급히 항복하겠다는 전갈을 보냈다. 하지만 그러는 동안 로도스의 평범한 주민들은 진작에 모든 성문을 활짝 열고 로마군을 받아들이느라 바빴다.

로마군 사상자는 실족해서 팔이 부러진 병사 한 명이었다.

그러므로 로도스 시는 약탈을 면했고, 로도스 섬은 피해를 거의 입지 않았다.

카시우스는 광장에 재판소를 설치했다. 그는 짧게 깎은 연갈색 머리에 승리의 월계관을 쓰고 자주색 단을 댄 토가를 입은 채 재판소에 올라섰다. 그의 곁에는 진홍색 튜닉을 입고 도끼가 들어간 파스케스를 든 릭토르 열두 명과 머리가 희끗희끗한 최고참 백인대장 두 명이 서 있었다. 백인대장들은 금빛 미늘 갑옷과 각종 훈장을 걸쳤고 그중 한 명은 의식용 창을 들고 있었다. 카시우스가 신호를 보내자 백인대장은 창으로 재판소 바닥을 쿵 내리쳤다. 이로써 로도스는 로마와의 전쟁에서 포로가 되었다는 의미였다.

카시우스는 목소리가 우렁차기로 유명한 다른 백인대장에게 쉰 명의 이름이 적힌 명단을 읽게 했다. 므나세아스와 알렉산드로스도 포함되어 있었는데, 그들은 모두 재판소 앞으로 끌려나와 즉시 처형당했다. 백인대장은 추가로 스물다섯 명의 이름이 적힌 명단을 발표했다. 그들은 추방형에 그쳤으나 앞서 발표된 쉰 명과 마찬가지로 모든 재산을 몰수당했다. 이후 카시우스의 임시 포고관은 모든 보석과 주화, 금, 은, 청동, 구리, 주석 덩어리, 신전의 보물, 귀한 가구나 원단을 광장으로 가져와야 한다고 엉성한 그리스어로 발표했다. 이 명령에 순순히 정직하게 따르는 사람은 괴롭힘을 당하지 않을 것이지만, 도주나 소지품 은닉을 시도하는 사람은 처형당할 것이라고 했다. 자유인, 해방노예, 노예 등 모두에게 정보 제공에 대한 보상이 주어질 터였다.

이러한 공포 분위기 조성은 카시우스의 목표 달성에 즉각적으로 기여했다. 광장에 너무 많은 물건들이 모이는 바람에 병사들은 그것들을 제때 정리하기도 힘들었다. 카시우스는 로도스인들이 그들의 가장 소중한 예술품인 태양의 전차를 가질 수 있도록 너그럽게 허락했지만, 나머지는 아무것도 허락하지 않았다. 보좌관은 로도스 도심의 모든 주거지를 찾아가 남아 있는 귀중품이 없는지 확인했고, 카시우스는 3개 군단을 이끌고 시골로 가서 썩은 고기를 먹는 새가 시체를 뜯어먹듯이 철저하게 모든 것을 빼앗았다. 수사학자 아르켈라오스는 아주 논리적인 이유에서 아무것도 잃지 않았다. 그에게는 애초에 아무것도 없었던 것이다.

로도스는 무려 금 8천 탈렌툼을 내놓았다. 카시우스는 이것을 6억 세스테르티우스의 주화로 바꿔놓았다.

민도스로 돌아오는 길에, 카시우스는 아시아 속주의 모든 마을과 지역은 10년치의 공세 혹은 세금을 선납해야 한다는 칙령을 발표했다. 또한 이는 지금까지 면세 혜택을 누렸던 모든 지역에도 해당하는 사항이라고 덧붙였다. 그 돈은 사르데이스에서 카시우스 자신에게 납부하면 된다고 했다.

하지만 그는 사르데이스로 곧장 떠나지 않았다. 이집트 여왕이 임명한 키프로스 섭정 세라피온은 잔뜩 겁을 먹고 소식을 전했다. 여왕이 삼두연합을 위해 전함과 수송선으로 구성된 대규모 함대를 파견했으며 파르티아로부터 사들인 귀한 보리 일부도 함께 보냈다는 내용이었다. 기근이나 역병도 여왕의 이런 결정을 막지는 못했다고 세라피온은 전했다. 그는 아르시노에가 왕좌에 앉기를 바라는 사람 중 하나였다.

카시우스는 해방자 루키우스 스타이우스 무르쿠스와 대형 갤리선 60척을 보내 펠로폰네소스 반도 끝자락의 타이나론 곳에 잠복하고 있다가 이집트 함대를 기습하라고 명령했다. 유능한 스타이우스 무르쿠스는 재빨리 명령을 따랐지만, 아무리 기다려도 적이 나타나지 않았다.

그는 마침내 이집트 함대가 카타바트모스 연안에서 심한 폭우를 만나는 바람에 알렉산드리아로 돌아갔다는 소식을 듣게 되었다.

하지만 스타이우스 무르쿠스는 카시우스에게 편지를 보내, 자신은 지중해 동쪽 끝으로 돌아가도 할 일이 없을 것 같으니 갤리선 60척을 이끌고 아드리아 해의 브룬디시움으로 가겠다고 전했다. 그는 그곳에 서라면 서부 마케도니아로 병력을 수송중인 삼두연합을 다양한 방식으로 골탕 먹일 수 있으리라 생각했다.

 고대 왕국 리디아의 수도였던 사르데이스는 너무도 부유해서, 500년 전 그곳의 왕이었던 크로이소스는 아직까지도 부자의 기준으로 여겨졌다. 리디아는 페르시아에 함락되었고 그다음에는 페르가몬의 아탈로스 왕조에 넘어갔다. 그러다가 마지막 아탈로스 왕의 유언에 따라 로마령이 되었는데, 당시 로마가 소유하던 땅은 대부분 유증을 통해 물려받은 것이었다.

크로이소스 왕의 도시를 해방자들의 원대한 작전 본부로 삼는다는 점이 브루투스에겐 은근히 만족스러웠다. 그와 카시우스의 병사들은 이곳에서부터 서쪽으로 긴 행군을 시작할 터였다. 하지만 때마침 도착한 카시우스에게는 귀찮고 짜증나는 일일 뿐이었다.

"왜 바다에서 시작하지 않는 건가?" 그는 여행용 가죽 판갑과 킬트를 벗자마자 추궁했다.

"배를 보거나 생선 냄새를 맡는 데는 신물이 났단 말일세!" 허를 찔린 브루투스가 딱딱거리며 말했다.

"그 덕분에 나는 내 함대를 찾아갈 때마다 왕복 150킬로미터씩 말을 달리고 있지. 단지 자네 후각의 평화를 위해서!"

"그게 불만이면 그냥 자네의 망할 함대가 있는 곳에 가서 살든가!"

해방자들의 원대한 작전의 시작치고는 좋지 않았다.

하지만 가이우스 플라비우스 헤미킬루스는 아주 기분이 좋았다. "우리 자금으로 충분할 겁니다." 그는 수많은 직원들과 며칠 동안 주판을 놓은 끝에 선언했다.

"렌툴루스 스핀테르가 리키아에서 추가 자금을 보낼 걸세." 브루투스가 말했다. "그의 편지에는 그가 미라를 태워버리기 전에 그 도시에서 많은 보물을 내놓았다고 쓰여 있었어. 왜 미라를 태웠는지는 나도 잘 모르겠네. 정말 안타까워. 참 예쁜 곳이었는데."

이것이 카시우스에겐 브루투스가 짜증나는 또다른 이유였다. 미라가 예쁜 것이 대체 무슨 상관이란 말인가?

"스핀테르는 자네보다 훨씬 유능한 것 같더군." 카시우스는 공격적으로 말했다. "리키아인들은 10년 치 공세를 자네에게는 상납하지 않았으니 말일세."

"리키아인들이 한 번도 낸 적 없는 돈을 내가 어떻게 요구할 수 있었겠나? 그래야 한다는 생각조차 떠오르지 않았어." 브루투스는 푸념하듯 말했다.

"그런 생각을 진작 했어야지. 스핀테르는 그 생각을 했잖아."

"스핀테르는," 브루투스는 도도하게 말했다. "인정머리 없는 멍청일세."

오, 이 인간은 대체 뭐가 문제란 말인가? 카시우스는 속으로 생각했다. 이 인간은 베스타 신녀만큼이나 전쟁을 치르는 방법에 무지해. 한 번만 더 키케로의 죽음을 아쉬워하는 소리를 한다면 이 인간을 목 졸라 죽일 거야! 키케로가 죽기 전 몇 달 동안은 그에 대해 좋은 소리를 한마디도 안 하다가, 이제 와서 키케로의 죽음이 소포클레스가 쓴 최고의 작품을 능가하는 비극인 것처럼 굴다니. 브루투스가 자기 세계에 빠져 있는 동안 내가 온갖 실질적인 일을 다 맡아야 한단 말이지.

하지만 브루투스만 카시우스를 짜증나게 하는 건 아니었다. 카시우스도 똑같이 브루투스를 짜증나게 했는데, 그가 이집트를 놓고 불평에 불평을 거듭하고 있었기 때문이다.

"내가 작정했을 때 진작 남쪽의 이집트를 침략했어야 했네." 카시우스는 우거지상으로 말하곤 했다. "그런데 자네는 나를 로도스 섬에 처박았어. 그곳에선 고작 금 8천 탈렌툼을 얻었지만, 이집트로 갔다면 훨씬 많은 금을 얻었겠지! '안 돼, 이집트를 침략하지 마! 북쪽으로 와서 나와 합류해주게.' 자네는 마치 안토니우스가 당장 이번주 아시아 속주에 나타날 것처럼 편지에 썼어. 난 자네 말을 믿었단 말일세!"

"난 그리 말한 적 없어. 그저 지금이 로마를 침략하기 좋은 때라고 했을 뿐이야! 게다가 우린 어쨌든 로도스와 리키아에서 충분한 자금을 모았어." 브루투스는 뻣뻣하게 대꾸했다.

이런 대화가 오가는 중에 어느 쪽도 상대방을 이해하려 하지 않았다. 앞으로의 일에 대한 우려 탓이기도 하고 타고난 성격이 극명히 다른 탓이기도 했다. 브루투스는 신중하고 검소하고 비현실적인 반면 카시우스는 과감하고 화려하고 실용적이었다. 그들은 처남매부지간이었지만 같은 집에서 보낸 시간은 며칠밖에 되지 않았고 자주 한자리에 모이지도 않았다. 게다가 걸핏하면 싸우는 두 사람을 진정시키려고 늘 세르빌리아와 테르툴라가 옆에서 대기했다.

불쌍한 헤미킬루스는 자신이 상황을 악화시킨다는 사실조차 모른 채 상황을 악화시켰다. 그는 항상 병사들이 상여금으로 얼마를 원하는

지에 관한 최신 소문을 듣고 나타났고, 이제 비용 계산을 처음부터 다시 해야 한다며 안달복달했다.

그러다 율리우스 달이 끝날 무렵, 마르쿠스 파보니우스가 해방자들의 작전에 동참하겠다며 사르데이스에 나타났다. 그는 공권박탈 조치를 피해 아테네로 갔고 뭘 해야 할지 고민하며 그곳에서 몇 달을 보냈다. 그러다 가진 돈이 다 떨어지자 그가 할 수 있는 일은 카토의 공화정 재건을 위한 전쟁에 동참하는 것밖에 없다고 결론지었다. 그가 사랑했던 카토가 죽은 지 4년이 흘렀고 그에게는 이렇다 할 가족이 없었으며, 카토의 아들과 사위는 둘 다 전쟁을 준비하고 있었다.

브루투스는 그를 다시 만나 아주 기뻤고, 카시우스는 그보단 훨씬 덜 기뻤다. 그의 등장 덕에 두 해방자들은 성격 차이로 인한 다툼을 줄이려고 노력하게 됐지만, 그러던 중 파보니우스는 아주 끔찍한 싸움의 현장을 목격하게 됐다.

"자네의 하급 보좌관 몇몇이 사르데이스인들에게 충격적인 만행을 일삼고 있네." 브루투스는 화를 내며 말했다. "변명의 여지가 없어, 카시우스. 변명의 여지가 없다고! 길에서 사르데이스인들을 밀치다니 자기들이 뭐라고 생각하는 건가? 술집에서 값비싼 포도주를 마구 마셔놓고 돈을 안 내는 건 또 뭔가? 자넨 그들을 처벌해야 해!"

"난 처벌할 생각이 없네." 카시우스는 이를 드러내며 으르렁거렸다. "사르데이스인들은 교훈을 얻어야 해. 거만하고 고마워할 줄 모르는 인간들이니까."

"내 보좌관이나 군관이 그런 식으로 행동하면 난 그들을 벌한단 말일세. 자네도 그렇게 해야 하네." 브루투스는 거듭 주장했다.

"자네 똥구멍이나 벌하게!" 카시우스가 말했다.

브루투스는 기가 찼다. "자네, 자네는 아주 전형적인 카시우스 집안 사람이야! 카시우스라는 이름을 가진 사람은 죄다 미련퉁이인데 자넨 그중에서도 가장 심각한 미련퉁이야!"

아무도 눈치채지 못한 사이 문 앞에 와 있던 파보니우스는 이제 싸움을 말릴 때라고 판단했다. 하지만 그가 다가가는 도중에 이미 카시우스가 브루투스에게 주먹을 휘둘렀다. 브루투스는 몸을 피했다.

"제발 이러지 말게, 부탁이야! 제발, 제발, 제발!" 파보니우스는 꽥꽥거렸다. 카시우스가 살기 띤 얼굴로 겁먹은 브루투스를 쫓아가는 동안 그는 정신없이 양팔을 파닥거렸다. 어떻게든 카시우스를 말리려고 두 남자 사이에 선 파보니우스는 자기도 모르는 사이 겁에 질린 닭처럼 행동하고 있었다.

적어도 화가 금방 풀리는 카시우스의 눈에는 파보니우스가 그렇게 보였다. 카시우스는 난데없이 한바탕 웃음을 터뜨렸고, 공포에 질린 브루투스는 책상 뒤로 몸을 피했다.

"모든 사람들이 자네들 싸움을 듣고 있네!" 파보니우스가 소리쳤다. "자기감정도 다스리지 못하면서 어떻게 군대를 통솔하겠다는 건가?"

"당신 말이 맞습니다, 파보니우스." 카시우스가 웃어대느라 흘린 눈물을 닦으며 말했다.

"자넨 견딜 수 없는 인간이야!" 아직 감정이 누그러지지 않은 브루투스가 카시우스에게 말했다.

"견딜 수 있든 없든 간에, 브루투스, 자넨 날 견뎌야만 할 거야. 내가 자넬 견뎌야만 하듯이. 개인적으로 난 자네가 배짱도 없는 개자식이라고 생각해. 자넨 항상 구멍을 제공하지! 그 구멍에 뭔가를 찔러넣는 사람은 나니까, 그런 의미에서 내가 남자라고 할 수 있겠지."

그에 대한 대답으로 브루투스는 방을 나가버렸다.

파보니우스는 속절없이 카시우스를 쳐다봤다.

"기운 내요, 파보니우스. 브루투스의 뚱한 기분도 곧 풀어질 겁니다."

카시우스는 활기차게 파보니우스의 등을 두드리며 말했다.

"그렇게 돼야만 할 걸세, 카시우스. 안 그러면 자네들의 작전은 중단되고 말 테니까. 사르데이스인들이 죄다 자네들의 다툼에 관해 떠들고 있네."

"오랜 친구여, 다행스럽게도 사르데이스인들은 곧 다른 이야기를 나누게 될 겁니다. 모든 신들의 도움에 힘입어 우리는 진군 준비를 마쳤거든요."

해방자들의 원대한 작전은 8월 둘째 날 시작되었다. 군대는 헬레스폰트 해협을 향해 육로로 이동했고, 함대는 사모트라케 섬으로 항해했다. 렌툴루스 스핀테르는 헬레스폰트 해협의 아비도스에서 그들을 만나겠다고 했고, 트라키아의 라스쿠폴리스는 협곡에서 불과 하루면 갈 수 있는 멜라스 만 근처에 대규모 진지를 세우기 딱 좋은 땅을 발견했다고 전했다.

브루투스와 카시우스는 카이사르만큼 움직임이 빠르지 않았으므로, 그들이 보병을 이끌고 북동쪽으로 이동해 사르데이스에서 불과 300킬로미터 떨어진 멜라스 만까지 도착하는 데는 한 달이 걸렸다. 병사들을 배에 태워 헬레스폰트 해협을 건너는 데는 꼬박 한 주가 걸렸다. 그들은 거기서부터 케르소네소스 트라키아의 가파른 땅에 균열처럼 놓여 있는 해수면 높이의 고갯길을 지났고, 마침내 놀랍도록 비옥하고 꿈결

같은 멜라스 강 골짜기에 도착했다. 그들은 그곳에 좀더 영구적인 형태의 진지를 세웠다. 카시우스의 제독들은 잠시 기함을 버려두고 두 최고 사령관들이 멜라스 강가의 아프로디시아스라는 작은 마을에서 개최하는 회의에 참석했다.

이곳에서 헤미킬루스는 마지막 계산을 마쳤다. 해방자들은 바로 이곳에서 그들의 보병과 해병에게 상여금을 지급할 작정이었기 때문이다.

브루투스와 카시우스의 군단별 정원은 평균 4천500명 정도였다. 정원이 다 채워진 군단은 하나도 없었지만, 그들에겐 19개 군단에 소속된 로마인 보병 9만 명이 있었다. 또한 로마의 독수리 기 아래 모인 외국인 보병도 1만 명이었다. 기병대는 아주 전력이 탄탄했는데 갈리아족과 게르만족의 말을 모는 로마인 기병이 8천 명, 데이오타로스 왕이 보낸 갈라티아 기병이 5천 명, 새로운 왕 아리아라테스가 보낸 카파도키아 기병이 5천 명, 에우프라테스 강 유역의 소왕국과 태수령에서 보낸 궁기병이 4천 명이었다. 이로써 총 전력은 보병 10만 명과 기병 2만 4천 명에 달했다. 해군 전력의 경우 전함 500척과 수송선 600척이 사모트라케 섬에 정박해 있었고, 60척으로 구성된 무르쿠스의 함대와 80척으로 구성된 나이우스 아헤노바르부스의 함대는 브룬디시움 인근 아드리아 해를 배회하고 있었다. 무르쿠스와 아헤노바르부스는 그들의 병사들을 대신해 이번 회의에 참석한 터였다.

카이사르 시절에는 정원을 채운 1개 군단에 모든 장비를 마련해주는 데 2천만 세스테르티우스가 들었다. 여기에는 의복, 개인용 무기와 갑옷, 포, 노새, 수레, 황소, 마구, 연장, 기능공을 위한 도구, 목재, 강철, 내화 벽돌, 거푸집, 시멘트, 1개 군단이 진군이나 포위전 도중 장비를 만드는 데 필요한 기타 모든 것이 포함돼 있었다. 또한 풍년이 들어 곡식 가격이 안정적인 한 해의 12개월 동안 1개 군단을 유지하려면 추가로 1천200만 세스테르티우스가 들었다. 이 돈은 식량, 의복 교체, 수리 작업, 일반적인 마모 사항의 보수 작업, 병사들의 급여 지급에 사용되었다. 기병대는 훨씬 돈이 덜 들었는데, 기병은 외국의 왕이나 족장이 내놓은 선물이었고 그들이 무장 비용이나 유지 관리비를 제공했기 때문이다. 하지만 카이사르의 경우 아이두이족 기병을 해산하고 게르만족 기병을 쓰기 시작하면서 꼭 그렇지만도 않았다. 게르만족 기병은 카이사르가 직접 비용을 내야 했던 것이다.

브루투스와 카시우스는 병력 중 절반의 무장 비용을 감당해야 했고 추가로 로마인 기병 8천 명과 궁기병 4천 명의 무장 비용도 감당해야 했다. 그러므로 로도스와 리키아 전쟁 이전에 그들이 가지고 있던 돈은 전부 무장 비용으로 쓰였다. 로도스와 리키아 전쟁을 통해 얻은 돈은 멜라스 강가에서 병사들에게 제공될 예정이었다. 브루투스가 떠난 이후 렌툴루스 스핀테르가 리키아에서 짜낸 돈과 동방의 도시와 각 지역이 힘들게 긁어모은 돈을 모두 합치면, 해방자들의 군자금은 총 15억 세스테르티우스였다.

하지만 군단병과 기병뿐 아니라 비전투원에게도 급여를 지불해야 했다. 또한 함대의 구성원들에게도 급여를 지불해야 했는데 여기에는 노잡이, 선원, 해병, 선장, 항해 전문가, 기능공, 비전투원 등이 포함되었다. 이런 식으로 해군에 소속된 사람들이 대략 5만 명이었고, 육군 비전투원은 2만 명이었다.

섹스투스 폼페이우스가 서방에서 도움을 제공하는 비용을 청구하지 않은 것은 사실이었다. 그는 곡물이 나는 속주와 이탈리아를 연결하는 항로를 실질적으로 지배하고 있었다. 하지만 그는 자신이 해방자들에게 제공하는 곡물에 1모디우스당 10세스테르티우스를 부과했다(삼두연합에게는 1모디우스당 15세스테르티우스를 받았다). 병사 한 명을 한 달간 먹이려면 5모디우스가 필요했다. 로마의 수송선에서 약탈한 곡물을 로마에 되팔고 해방자들에게도 판매함으로써 섹스투스 폼페이우스는 엄청난 부자가 되었다.

"계산을 마쳤습니다." 헤미킬루스는 멜라스 강변의 아프로디시아스에 모인 회의 참석자들에게 말했다. "우리는 로마인 사병들에게 일인당 6천 세스테르티우스를, 최고참 백인대장에게는 5만 세스테르티우스를 제공할 수 있습니다. 백인대장의 등급에 따라 급여가 달라질 텐데, 일반 백인대장은 2만 세스테르티우스를 받게 될 것이고 각 군단에는 그런 백인대장이 60명씩 있습니다. 그러므로 사병들에게 6억, 백인대장들에게 1억 1천400만, 기병들에게 7천200만, 함대 구성원들에게 2억 5천만 세스테르티우스를 지급하면 됩니다. 그러면 식량과 경비용 군자금으로 4억이 안 되는 돈이 남습니다."

"사병들에게 지급할 돈이 6억이라는 결론은 어떻게 나온 건가?" 브루투스는 암산해보더니 눈살을 찌푸리며 물었다.

"비전투원에게도 일인당 1천 세스테르티우스를 지급해야 하고, 비로마인 보병도 1만 명이나 됩니다. 진군중 병사들에게 물도 제공해야 하고, 그들의 요구를 충족시켜줘야 합니다. 비전투원들이 자기 의무를 게을리하기를 바라시는 건 아니겠죠, 마르쿠스 브루투스? 그들도 자유로운 로마 시민임을 잊지 마십시오. 로마 군단은 노예를 전혀 쓰지 않습니다." 헤미킬루스는 살짝 언짢은 듯이 말했다. "저는 계산을 꼼꼼히 마쳤고, 지금 설명드린 것보다 훨씬 많은 요소들을 고려했다고 자신 있게 말할 수 있습니다. 제 계산은 정확합니다."

"트집잡지 말게, 브루투스." 카시우스는 피곤하다는 듯이 말했다. "어쨌든 로마를 상으로 받게 될 테니까."

"국고는 텅 비어 있을 걸세." 브루투스가 낙담하며 말했다.

"하지만 우리가 속주들을 다시 제대로 굴리기만 하면 국고는 금세 차오를 겁니다." 헤미킬루스가 말했다. 그는 회의 참석자 중에 섹스투스 폼페이우스를 대변하는 인물이 있는지 주변을 슬쩍 확인하더니 고상하게 헛기침을 했다. "여러분이 안토니우스와 옥타비아누스를 물리치고 나면 섹스투스 폼페이우스가 활개치는 바다를 쓸어버려야 한다는 사실을 알고 계셨으면 합니다. 그는 애국자를 자처하지만, 하는 행동을 보면 일개 해적이나 다름없습니다. 진짜 애국자들에게 돈을 받고 곡식을 팔다니 말이죠!"

"안토니우스와 옥타비아누스만 이기면 그들의 군자금을 손에 넣을 수 있을 걸세." 카시우스가 느긋하게 말했다.

"무슨 군자금 말인가?" 비참해지기로 작정한 브루투스의 입에서 나온 말이었다. "그 돈을 찾으려면 적군 병사들의 소지품 가방을 죄다 뒤져야 할 걸세. 우리의 군자금도 곧 우리 병사들의 소지품 가방 속으로 들어가게 되겠지."

"실은 말이죠, 그 얘기를 하려던 참입니다." 포기할 줄 모르는 헤미킬루스가 다시 한번 가볍게 기침하며 말했다. "제가 권해드리고 싶은 방법은, 육군과 해군에 급여를 지불한 다음 카이사르가 그랬던 것처럼 10퍼센트 단리 조건으로 다시 병사들의 돈을 빌리는 겁니다. 그렇게 하면 제가 그 돈을 확실한 회사에 투자해 불릴 수 있습니다. 급여를 그냥 줘

버리면 병사들의 소지품 가방 안에 머물며 아무런 수익도 내지 못할 텐데, 그건 비극이죠."

"경제 상황이 이렇게 안 좋은데 누가 그 돈을 빌리려 하겠나?" 브루투스가 침울하게 말했다.

"데이오타로스도 빌리려 할 테고, 아리아라테스도 빌리려 할 겁니다. 유다이아의 히르카노스도 마찬가지고, 동방의 작은 태수령에서도 수십 명이 대출을 원할 겁니다. 유동자산을 찾고 있는 로마 회사도 몇 군데 압니다. 설사 우리가 대출 이자로 15퍼센트를 요구한다 한들, 우리 말고 누가 그걸 알겠습니까?" 헤미킬루스는 낄낄거렸다. "이러니저러니해도 우리가 대출금을 회수하는 데 어려움을 겪진 않겠죠, 안 그런가요? 우리의 육군과 해군이 채권자로 있는 한 말이죠. 파르티아의 오로데스 왕이 자금난에 시달린다는 소문도 들었어요. 작년에 그는 백성들이 기근에 시달리고 있음에도 불구하고 이집트에 많은 양의 보리를 팔았습니다. 제 생각에 그는 돈을 빌려줘도 될 만큼 신용이 좋기도 하고요."

브루투스는 이런 이야기를 들으니 아주 기운이 났다. "헤미킬루스, 아주 훌륭해! 그렇다면 육군과 해군 대표들에게 이런 뜻을 전하고 의견을 들어봐야겠네." 그는 한숨을 쉬었다. "전쟁을 치르는 데 이렇게까지 돈이 많이 들 거라고는 상상도 못 했어! 이러니 장군들이 전리품에 환장하는 건 놀랄 일도 아니지."

그 일이 끝나자 카시우스는 전력 배치를 시작했다. "함대의 주 작전 기지는 타소스 섬이 될 걸세." 그는 활기차게 말했다. "칼키디케에서 가깝기도 하고 한꺼번에 많은 배가 접근할 수 있는 곳이지."

"제 정찰병에 따르면," 아울루스 알리에누스가 거침없이 말했다. 그는 브루투스가 자신을 피케눔 출신 벼락출세자로 여기지만 카시우스는 자신을 존중한다는 걸 알았다. "안토니우스는 몇 개 안 되는 군단을 이끌고 에그나티우스 가도를 따라 동진하고 있답니다. 지원 병력이 도착하기 전까지 그는 전투를 개시할 형편이 안 됩니다."

"그리고 지원 병력은," 나이우스 아헤노바르부스가 의기양양하게 말했다. "금방 도착하기 힘들 겁니다. 무르쿠스와 저는 그의 나머지 병력을 브룬디시움에 가둬놓은 상태니까요."

"계속 힘써주게." 카시우스는 윙크를 하며 말했다. "타소스 섬 주변에 위치한 우리 함대의 경우, 조만간 우리의 보급로를 끊고 식량 약탈을 시도하는 삼두연합 함대를 만나게 되겠지. 작년엔 가뭄이 심각했는데, 올해도 그리스나 마케도니아에서는 곡물 수확이 거의 없을 거야. 그렇기 때문에 나는 전투가 아예 안 벌어지길 바란다네. 지연전술을 이용한다면 우린 안토니우스와 그의 졸개들을 굶겨 죽일 수 있을 걸세."

14장
필리피 회전: 절반의 지휘권

기원전 42년 6월부터
12월까지

가이우스 율리우스 카이사르 옥타비아누스

마르쿠스 빕사니우스 아그리파

마르쿠스 안토니우스와 옥타비아누스에게는 43개 군단이 있었고, 그중 28개 군단은 이탈리아 내에 있었다. 15개 군단은 삼두연합이 통치하는 다양한 속주에 흩어져 있었다. 다만 아프리카에는 아직 군대를 파견할 수 없었다. 그곳은 너무 멀리 떨어져 있었고 전쟁이 벌어지는 중이었기 때문이다.

"먼 히스파니아에 3개 군단, 가까운 히스파니아에 2개 군단." 안토니우스는 6월 칼렌다이에 모인 전시 내각 구성원들에게 말했다. "나르보 갈리아에 2개 군단, 먼 갈리아에 3개 군단, 이탈리아 갈리아에 3개 군단, 일리리쿰에 2개 군단. 그 정도면 우리 속주를 게르만족과 다키족으로부터 지켜주는 안전망 역할을 충분히 하고 섹스투스 폼페이우스의 히스파니아 침략도 막아줄 거요. 또한, 기회가 생긴다면 레피두스 당신에게는 아프리카로 파견할 군대가 생길 거요." 그는 푸념하듯 말했다. "물론 우리의 자금 사정을 가장 압박하는 골칫거리는 식량이오. 이 모든 병사들과 이탈리아 내의 300만 명을 먹여야 할 테니 말이오. 하지만 우리가 없는 동안 당신이 잘해줘야 하오, 레피두스. 브루투스와 카시우스만 잡으면 우리의 자금 상황은 훨씬 나아질 거요."

옥타비아누스는 안토니우스가 자신의 계획을 아주 상세하게 설명하는 동안 조용히 듣고 있었다. 그는 이 세 사람의 독재 체제가 시작된 후 첫 6개월이 꽤나 만족스러웠다. 공권박탈 조치를 통해 국고에 거의 2만 탈렌툼의 은이 쌓였고, 로마는 아주 조용했다. 다들 각자의 상처를 핥느라 바쁜 나머지 원로원 내의 가장 비협조적인 세력조차 문제를 일으킬 겨를이 없었다. 원로원 의원을 꿈꾸는 사람들에게 의원용 흑적색 가죽 신발을 판매함으로써, 원로원 의원의 숫자는 카이사르가 정한 정원인 1천 명으로 다시 늘어났다. 새롭게 의원이 된 사람들 중에는 속주 출신도 있었다. 그래선 안 될 이유가 어디 있으랴?

"시칠리아의 상황은 어떻소?" 레피두스가 물었다.

안토니우스는 심술궂게 웃고 옥타비아누스에게 눈썹을 꿈틀거리며 말했다. "시칠리아는 자네 속주네, 옥타비아누스. 우리가 없는 동안 그곳을 어떻게 해야 할 것 같나?"

"상식대로 해야겠죠, 마르쿠스 안토니우스." 옥타비아누스는 평온하게 말했다. 그는 군이 안토니우스에게 자신을 카이사르라고 불러달라고 요청하지 않았다. 안토니우스는 들은 체도 안 하리라.

"상식?" 푸피우스 칼레누스는 눈을 껌뻑이며 물었다.

"물론입니다. 지금 당장은 섹스투스 폼페이우스가 시칠리아를 자신의 개인 봉토쯤으로 여기도록 두고 마치 그가 합법적인 곡물상인 것처럼 그에게서 곡물을 구입해야 합니다. 그가 거둬들이고 있는 막대한 수익은 얼마 지나지 않아 로마 국고로 환원될 겁니다. 다시 말해 우리에게 그를 처리할 여유가 생긴다면 말이죠. 그땐 코끼리가 생쥐를 처리하듯 납작하게 으스러뜨려야죠! 그러기 전까지 우린 그가 불법으로 벌어들인 돈을 이탈리아에 투자하도록 격려해야 합니다. 심지어 로마 내에도 투자하게 해야죠. 그로 인해 그 자신도 언젠가 로마로 돌아와 자기 아버지의 옛 지위를 누리게 될 것이라 믿는다면, 그야말로 잘된 일이죠."

안토니우스의 눈이 이글거렸다. "난 그자에게 돈을 내기 싫어!" 그는 딱딱거리며 말했다.

"저도 그래요, 안토니우스, 저도 그렇다고요. 하지만 로마가 시칠리아의 곡물을 소유한 건 아니기 때문에 누구에게든 돈을 지불해야 합니다. 로마가 이제껏 시칠리아에 요구한 건 십분의일세뿐인데 지금은 그것조차 요구할 수 없어요. 올해는 큰 흉년이 들었고, 그는 1모디우스당 15세스테르티우스를 요구하고 있습니다. 터무니없이 비싼 가격이라는데 저도 동의하고요." 다정하고 매력적인 웃음이 그의 얼굴에 떠올랐다. 옥타비아누스는 얌전해 보였다. "브루투스와 카시우스도 1모디우스당 10세스테르티우스를 지불하고 있어요. 할인된 금액이긴 하지만 결코 공짜는 아니죠. 섹스투스 폼페이우스는 다른 몇몇과 마찬가지로 일단은 그냥 둬야 할 겁니다."

"저 아이 말이 맞소." 레피두스가 말했다

이것 역시 옥타비아누스에겐 신경이 거슬리는 말이었다. '저 아이'라고 했겠다! 당신도 일단은 그냥 두겠어, 이 오만하고 보잘것없는 인간. 언젠가 당신들은 모두 내게 정당하게 주어진 이름으로 날 부르게 될거야. 어디까지나 내가 당신들을 살려둔다면 말이지.

루키우스 데키디우스 삭사와 가이우스 노르바누스 플라쿠스는 이미 28개 군단 중 8개 군단을 이끌고 아드리아 해 너머 아폴로니아로 출발한 뒤였다. 그들은 에그나티우스 가도를 따라 동진하다가 난공불락의 은신처를 발견하면 진지를 세우고 나머지 병력이 도착할 때까지 대기하라는 명령을 받았다. 마르쿠스 안토니우스로서는 훌륭한 전략이었다. 브루투스와 카시우스가 같은 도로를 따라 서쪽으로 진군할 때면 아드리아 해에서 훨씬 동쪽으로 떨어진 곳에 멈춰야 할 터였다. 단단히 자리잡은 8개 군단 규모의 적군이라면, 상대편에게 얼마나 대단한 병력이 있든 간에 우선 멈추고 봐야 할 것이 분명했다.

아시아 속주에서 전해지는 소식은 뜨문뜨문했고 당최 믿을 수가 없었다. 어떤 소식통은 해방자들이 침략에 나서려면 몇 달 더 걸릴 것이라 했고, 다른 소식통은 언제든 진군을 시작할 수 있다고 했다. 브루투스와 카시우스는 둘 다 사르데이스에 있었고 그들이 벌인 봄철 전쟁은 눈부신 성공을 거두었다. 그렇다면 그들의 발목을 잡는 건 무엇이란 말인가? 전쟁을 치르는 사람에게 시간은 돈이었다.

"우리는 남은 20개 군단도 배에 태워 마케도니아로 보내야 하오." 안토니우스가 계속 말했다. "배가 부족해 한 번에 태울 수 없으니 두 번에 걸쳐 나눠서 보내야겠지. 나는 28개 군단을 전부 공격군으로 쓸 마음이 없소. 서부 마케도니아와 그리스 본토에 주둔군을 배치해 그곳의 식량을 확보해야 할 테니까."

"그래봐야 아주 적은 양일 겁니다." 푸블리우스 벤티디우스가 툴툴거렸다.

"나는 내 7개 군단과 함께 아피우스 가도를 따라 당장 브룬디시움으로 가겠소." 안토니우스는 벤티디우스의 지적을 무시하고 말했다. "옥타비아누스, 자네는 자네의 13개 군단을 이끌고 포필리우스 가도를 따라 이탈리아 서부로 이동하게. 우리가 가지고 있는 모든 전함도 그쪽으로 이동해야 하네. 우리가 병사들을 수송하는 동안 섹스투스 폼페이우스가 브룬디시움 근처에 얼씬거리게 해서는 안 돼. 그러니 자네 역할은 그가 티레니아 해를 벗어나지 못하게 막는 걸세. 그가 시칠리아 동쪽에서 벌어지는 일엔 큰 관심이 없다고 생각하지만, 어쨌든 딴마음을 품지 못하게 해야겠지. 그는 삼두연합의 로마보단 해방자들의 로마에서 자기 입지를 새로 다지기가 쉬우리라고 생각할 테니까."

"해군 지휘관으로는 누가 괜찮을까요?" 옥타비아누스가 물었다.

"자네가 사령관이니 자네가 고르게."

"그렇다면 살비디에누스로 하겠습니다."

"좋은 선택일세." 안토니우스는 찬성 의견을 드러내며 칼레누스, 벤티디우스, 카리나스, 바티니우스, 폴리오 같은 고참들에게 능글맞은 웃음을 보냈다.

그는 집으로 돌아가 회의 진행 과정을 아주 만족스럽게 풀비아에게 들려줬다. "그 예쁜이 녀석은 찍소리도 못하더군." 그는 그녀의 가슴에 머리를 기댄 채 긴 의자에 누워 말했다. 그들은 단둘이 저녁식사중이었는데, 그것은 기분좋은 변화였다.

"그는 이상치게 차분해요." 그녀는 그의 입에 새우를 한 마리 넣어주며 말했다.

"나도 그렇게 생각했지만 이제 생각이 바뀌었소, 부인. 그는 내게 20년을 양보할 수 있고 그렇게 하기로 마음먹은 듯했소. 오, 그는 분명 교활하고 음흉하오. 하지만 한 번의 도박에 모든 것을 걸었던 카이사르 같은 사람은 아니지. 옥타비아누스는 폼페이우스 같은 사람이오. 승산이 있을 때 움직이는 걸 좋아하니까 말이오."

"그는 참을성이 있어요." 그녀는 곰곰이 생각하며 말했다.

"하지만 내게 맞설 입장은 절대 아니지."

"그럴 생각을 품은 적이 단 한 번도 없었을까요?" 그녀는 후루룩 소리를 내며 물었다. "오, 이 굴 정말 맛있어요! 한번 먹어봐요."

"그가 로마로 진군해 수석 집정관이 됐을 때 말이오?" 안토니우스는 소리내어 웃더니 굴을 후룩 마셨다. "당신 말대로군. 완벽해! 오, 물론 우리 예쁜이 녀석은 그때 자기가 날 눌렀다고 생각했겠지."

"난 잘 모르겠어요." 풀비아가 느릿느릿 말했다. "옥타비아누스는 이 상한 방식으로 움직이고 있어요."

"나는 절대로 안토니우스에게 맞설 상황이 아니지." 옥타비아누스는 거의 비슷한 순간에 아그리파에게 이렇게 말하고 있었다.

그들도 저녁식사중이었지만, 작은 탁자를 가운데 두고 각자 딱딱한 의자에 앉아 있었다. 탁자 위에는 껍질이 딱딱한 빵, 기름이 담긴 그릇, 간단히 구운 소시지가 놓여 있었다.

"언제 그에게 맞설 계획인가?" 아그리파가 물었다. 그의 턱은 소시지 기름으로 번들거렸다. 그는 온종일 스타틸리우스 타우루스와 공을 가지고 운동하느라 몹시 허기진 상태였다. 그의 입맛에는 소박한 음식이 맞았다. 하지만 그는 카이사르처럼 지체 높은 귀족도 자신처럼 소박한 음식을 즐긴다는 사실에 매번 놀라지 않을 수 없었다.

"그와 내가 군대나 인민들이 보기에 동등한 입장에서 로마로 돌아오기 전까지는 그에게 절대 싫은 소리를 안 할 거야. 나의 가장 큰 장애물은 안토니우스의 탐욕이지. 그는 우리가 브루투스와 카시우스를 물리친 후 승리의 영광을 독차지하려고 할 거야. 오, 우리가 그들을 물리치리란 건 확신해! 하지만 양군이 교전할 때 내 병사들은 반드시 안토니우스의 병사들만큼이나 승리에 기여해야 하네. 또한 내가 그들을 지휘해야 하고." 옥타비아누스는 숨을 몰아쉬며 말했다.

아그리파는 한숨이 나오려는 것을 참았다. 이 끔찍한 날씨 때문에, 바람과 함께 날려드는 모래와 먼지 때문에 피해가 상당했다. 카이사르는 몸 상태가 좋지 않았고, 한바탕 비가 쏟아지고 풀이 자라기 전까지는 나아지지 않을 터였다. 하지만 아그리파는 굳이 불편한 호흡에 관해 지적할 만큼 어리석지 않았다. 그가 할 수 있는 일은 카이사르의 옆에 있어주는 것뿐이었다.

"은퇴했던 나이우스 도미티우스 칼비누스가 복귀했다고 들었네." 아그리파가 말했다. 그는 갈색으로 바삭하게 구워진 소시지 끝부분을 뜯어내 마지막에 먹으려고 남겨두었다. 검소한 집안에서 자란 인물답게 그는 특별히 맛있는 부분을 아껴두곤 했다.

옥타비아누스는 좀더 허리를 바로 세우고 앉았다. "그랬단 말이야? 그가 누구와 협력하기로 했나, 아그리파?"

"안토니우스."

"아쉽게 됐군."

"나도 그렇게 생각해."

옥타비아누스는 어깨를 으쓱하더니 코를 찡그렸다.

"뭐, 그들은 오랜 전우니까."

"칼비누스는 브룬디시움에서 병사들을 승선시키는 임무를 맡을 거야. 모든 수송선이 마케도니아에서 무사히 돌아와 있네. 하지만 얼마 지나지 않아 적군 함대가 우리를 봉쇄하려고 하겠지."

나이우스 도미티우스 아헤노바르부스는 안토니우스가 7개 군단과 함께 카푸아를 떠날 무렵 브룬디시움에 도착해 그곳을 봉쇄했고, 안토니우스가 목적지에 도착하기도 전에 스타이우스 무르쿠스까지 합류했다. 거의 150척에 달하는 갤리선이 연안을 배회하고 있었고, 삼두연합의 함대는 옥타비아누스와 그의 군대와 함께 이탈리아 서부 연안을 따라 내려가고 있었다. 그러므로 안토니우스는 가만히 앉아 봉쇄에서 벗어날 기회를 노리는 수밖에 없었다. 그에게 필요한 것은 강력한 서남풍이었다. 무르쿠스와 아헤노바르부스가 평소처럼 남쪽 연안을 봉쇄하고 있는 상황이라면 서남풍을 타고 갤리선의 추격을 따돌릴 가능성이 있었다. 하지만 서남풍은 불지 않았다.

옥타비아누스는 카이사르의 상속자가 빠른 움직임에 있어서는 신성한 아버지를 본보기 삼아야 마땅하다고 생각했다. 그는 13개 군단을 이끌고 서둘러 이동했고, 6월 중순에 포필리우스 가도의 끝부분에 위치한 브루티움에 도착했다. 해안에서 1.5킬로미터 떨어진 바다에서는 살비디에누스의 함대가 그를 그림자처럼 따라오고 있었다. 섹스투스 폼페이우스의 날렵한 3단 노선 몇 척이 나타났지만, 살비디에누스는 비보와 레기움 사이에서 벌어진 소규모 접전에서 아주 뛰어난 실력을 보여주었다. 육지에 있는 사람들에게는 이번 진군이 힘겨웠다. 장화 모양의 이탈리아에서 발끝 부분인 해안 지역을 빙 둘러 타렌툼까지 가는 길은 아피우스 가도를 타고 브룬디시움으로 가는 길보다 세 배나 되기 때문이다.

메사나 해협 너머로 시칠리아 섬이 보일 무렵 안토니우스의 퉁명스러운 편지가 도착했다. 아헤노바르부스와 무르쿠스가 그를 가로막고 있어 단 한 명의 군단병도, 단 한 마리의 노새도 아드리아 해를 건널 수 없다는 내용이었다. 그러므로 옥타비아누스는 섹스투스 폼페이우스를 잡아두는 임무는 잊고 한시바삐 함대를 브룬디시움으로 보내야 한다고 했다.

이 명령을 따르는 데 있어 유일한 문제는 섹스투스 폼페이우스였다. 폼페이우스의 주요 함대는, 옥타비아누스가 살비디에누스에게 노와 돛을 이용해 브룬디시움 방향으로 이동하라는 깃발 명령을 내린 직후에 메사나 해협의 남쪽 출구를 막아섰다. 불운한 살비디에누스는 새로운 명령과 적선들의 출현이 야기한 혼란에 발이 묶여 그의 함선들로 재빨리 전투대형을 구성하지 못했다. 그는 섹스투스 폼페이우스의 가장 빠른 갤리선들이 자신의 함선들과 섞여 있는 것을 발견하고 뒤쪽의 함선들에게 명령을 내릴 수밖에 없었다. 그리하여 교전 초반에는 모든 일이 젊은 폼페이우스의 뜻대로 풀리는 듯했으나, 그가 바랐던 것만큼 결정적인 승리는 아니었다. 피케눔 출신의 젊은 군인은 바다에서도 굼뜨지 않았다.

"나라면 더 잘했을 거야." 아그리파가 나직하게 중얼거렸다.

"뭐?" 옥타비아누스가 물었다. 그는 조바심 때문에 제정신이 아니었다.

"이건 멀리서 보고 있으니 할 수 있는 말일지도 모르네, 카이사르. 하지만 살비디에누스가 했어야 하는데 안 한 일이 무엇인지 내 눈에는 훤히 보여. 우선 그는 리부르니족 함대를 후방이 아니라 전방에 배치했어야 했네. 그들은 섹스투스 폼페이우스가 가진 그 어떤 함대보다도 빠르고 날렵하니까." 아그리파가 말했다.

"그러면 다음에는 자네가 함대를 맡게. 오, 이렇게 재수가 나쁘다니! 퀸투스 살비디에누스, 어서 그곳에서 벗어나게! 자네의 함대는 바다 밑바닥이 아니라 브룬디시움에 있어야 한단 말이야!" 옥타비아누스가 소리쳤다. 그는 주먹을 꽉 쥐고 양팔을 뻣뻣하게 몸 옆에 붙이고 있었다.

그 자신의 의지력으로 살비디에누스를 저 상황에서 구하려는 거군! 하고 아그리파는 생각했다.

난데없이 북서쪽에서 바람이 불었다. 그 바람은 살비디에누스의 무거운 배들을 밀어 섹스투스 폼페이우스의 함대 사이로 지나가게 해주고, 가벼운 배들은 그 뒤를 따라갈 수 있게 해주었다. 삼두연합 함대는 남쪽으로 이동했고 구멍이 난 3단 노선 2척은 레기움 항구로 향했다. 그 외에는 몇몇 갤리선이 사소한 피해를 입는 것으로 그쳤다.

"스타틸리우스," 옥타비아누스는 가이우스 스타틸리우스 타우루스에게 소리쳤다. "거룻배를 타고 살비디에누스에게 가보게. 그에게 한시바삐 브룬디시움으로 가야 한다고 전하고 내게 돌아와. 지상군은 최대한 빨리 그쪽으로 따라갈 걸세. 헬레노스. 헬레노스 어디 있지?" 그가 찾는 사람은 가장 아끼는 해방노예 가이우스 율리우스 헬레노스였다.

"여기 있습니다, 카이사르."

"이 편지를 받아 적게.

이건 정말 어리석은 짓 같소, 섹스투스 폼페이우스. 나는 가이우스 율리우스 카이사르 디비 필리우스요. 함대와 보조를 맞춰 포필리우스 가도를 따라 남진중이라고 당신의 선장들이 보고했을 바로 그 군대의 사령관이오. 해상 교전에서는 당신이 더 뛰어나다는 사실을 기꺼이 인정하겠소. 그런데 우리가 직접 만나 협상을 해보는 건 어떻겠소? 우리둘만 만나서 말이오. 바다 위나 내가 바닷길을 이용해 가야만 하는 장소는 아니었으면 좋겠소. 당신이 8일 뒤 카울로니아에서 나와 만나주기를 기대하며 이 편지와 함께 인질 네 명을 보내겠소."

가이우스 코르넬리우스 갈루스, 코케이우스 형제, 가이우스 소시우스가 인질로 보내졌다. 코르넬리우스 갈루스는 파트리키 귀족인 코르넬리우스 가문 출신이 아니라 리구리아 갈리아 출신이었다. 그는 옥타비아누스의 가까운 측근으로 아주 잘 알려져 있어, 섹스투스 폼페이우스처럼 망명 생활을 하는 사람도 옥타비아누스에게 그가 얼마나 중요한 존재인지 알 터였다. 편지와 갈루스를 비롯한 인질들은 두번째 거룻배에 올랐다. 작은 배는 끔찍한 괴물인 스킬라와 카리브디스가 숨어 있는, 평온해 보이지만 절대 그렇지 않은 바다를 지나갔다.

군대는 장화 모양의 이탈리아에서 발바닥에 해당하는 카울로니아까지 8일 만에 이동해야 했다. 고작 12킬로미터 떨어진 곳이었지만, 길이 얼마나 험할지 누가 안단 말인가? 그 길은 평소 로마 군단이 이용하던 길이 아니었고, 아펜니누스 산맥이 높고 험준한 시골 지역을 지나 시칠리아 해로 연결되어 있었다. 황소가 끄는 마차와 포는 나머지 물건들과 함께 앙코나에서 배로 운반될 예정이었기에, 오직 사람과 노새만 행군에 나섰다.

하지만 알고 보니 행군은 수월했다. 도로 상태는 군데군데 작은 산사태로 인해 유실된 것만 빼면 괜찮았다. 군대는 사흘 만에 카울로니아에 도착했다. 옥타비아누스는 역시 갈루스라고 불리는 루키우스 카니니우스 갈루스에게 군대 지휘권을 맡겨 계속 진군하도록 했다. 그가 처음에 지휘관으로 선택한 인물은 아그리파였다. 하지만 그의 유능한 친구는 이렇게 말하며 제안을 거절했다.

"자네를 하인들과 멍청이들에게 맡겨놓고 갈 순 없네. 폼페이우스 마그누스의 아들이 정직한 사람인지 어떻게 안단 말인가? 난 자네 곁에 남을 거야. 타우루스와 마르스 군단의 1개 대대도 함께 남을 걸세."

섹스투스 폼페이우스는 여덟째 날 일출 직후 카울로니아에 도착했다. 그를 맞아준 사람들은 그가 인근에 배를 정박시켜두고 밤을 보냈으리라 짐작했다. 그의 매끈한 2단 노선은 그와 함께 나타난 유일한 배였으며, 항구 노릇을 하는 그 장소에 정박된 어떤 배보다도 더 빨랐다. 그는 노잡이들과 함께 작은 배를 타고 해안으로 왔다. 노잡이들은 배를 자갈밭 해변으로 끌어올리더니 아침을 먹으러 갔다.

옥타비아누스는 환하게 웃으며 섹스투스에게 다가가 오른손을 내밀었다.

"소문의 의미를 이제 알겠소." 섹스투스가 악수를 나누며 말했다.

"소문?" 옥타비아누스가 물었다. 그는 손님을 두움비르의 저택으로 안내했고, 아그리파가 그들의 뒤를 따라갔다.

"당신이 아주 젊고 아주 예쁘다는 소문 말이오."

"세월이 흐르면 그 두 가지는 달라질 거요."

"맞는 말이오."

"당신은 당신 아버지의 조각상을 많이 닮았소. 다만 조금 더 까무잡잡하군요."

"그분을 뵌 적이 있소, 카이사르?"

날 인정해주는군! 진작부터 섹스투스가 마음에 들었던 옥타비아누스는 그를 더 좋아하게 됐다. "어릴 때 멀리서 뵌 적이 있소. 하지만 그분은 필리푸스 같은 쾌락주의자들과 어울리지 않으셨소."

"그렇소, 그런 사람들과는 안 어울리셨지."

그들은 저택으로 들어갔다. 깜짝 놀란 두움비르가 자신의 응접실로 그들을 안내했다.

"우리는 나이 차가 많지 않소, 카이사르." 섹스투스는 자리에 앉으며 말했다. "난 스물다섯이오. 당신은 몇 살이오?"

"9월이면 스물한 살이 되오."

헬레노스는 시중을 들기 위해 대기해 있었고, 마르쿠스 아그리파는 경계를 게을리하지 않고 문 안쪽에 서 있었다. 칼집에 든 칼을 찬 그는 굳은 표정이었다.

"아그리파가 꼭 여기 있어야 하는 거요?" 섹스투스가 신선한 빵을 열심히 찢으며 물었다.

"아니요, 하지만 그는 자기가 그래야만 한다고 생각하오." 옥타비아누스는 평온하게 말했다. "그는 입이 무겁소. 우리가 무슨 말을 하더라도 밖으로 누설되는 일은 없을 거요."

"아, 나흘 동안 바다에서 지낸 후에 먹는 신선한 빵만한 게 없지!" 섹스투스가 맛있게 빵을 씹어 삼키며 말했다. "당신은 바다를 안 좋아하는 모양이오?"

"끔찍이 싫어하오." 옥타비아누스는 몸서리를 치며 솔직하게 말했다.

"어떤 사람들은 바다라면 질색한다는 걸 알고 있소. 나는 정반대라서 바다에 나가 있을 때 가장 행복하다오."

"데운 포도주를 좀 드시겠소?"

"좋소. 하지만 아주 조금만 주시오." 섹스투스는 경계하며 말했다.

"아주 뜨겁게 데운 포도주라서 마시고 취할 일은 없을 거요, 섹스투스 폼페이우스. 나는 아침에 일어나자마자 따뜻한 음료를 마시는 걸 좋아하는데, 아버지께서 즐겨 드시던 뜨거운 식촛물보단 데운 포도주를 훨씬 선호하오."

그들은 식사를 하는 동안 전혀 도발적이지 않고 유쾌한 대화를 나눴다. 그러다 섹스투스 폼페이우스는 무릎 사이에서 양손을 깍지 끼고 눈을 치켜뜨며 옥타비아누스를 쳐다봤다.

"왜 나에게 협상을 제안한 거요, 카이사르?"

"당신도 알다시피 내가 마침 여기 와 있고, 당신과 다시 대화를 나눌 기회가 생기려면 몇 년이 더 걸릴지 모르기 때문이오." 옥타비아누스는 거리낌 없는 얼굴로 말했다. "내 군대와 함대를 이끌고 이 길로 이동하는 이유는 당신을 티레니아 해에 묶어두기 위해서요. 당연한 말이겠지만, 우리는 병사들을 아드리아 해 너머로 옮긴 다음 해방자들이 마케도니아 본토에 진입하기 전에 그들을 막을 거요. 그리고 마르쿠스 안토니우스는 당신이 삼두연합의 로마보다는 해방자들의 로마를 선택할 것이라 믿고 있소. 그러므로 그는 당신이 브룬디시움이나 해방자들의 함대 근처에 얼씬거리는 걸 원치 않소."

"당신은 마치," 섹스투스는 활짝 웃으며 말했다. "내가 해방자들의 지지세력인지 아닌지 모르겠다는 투로 말하는군."

"나는 판단을 유보하고 있소, 섹스투스 폼페이우스. 어쩌면 당신도 마찬가지일지 모른다는 생각이 들었소. 그래서 당신이 당연히 해방자들의 지지세력일 거라고는 생각지 않소. 내 느낌에 당신은 그저 섹스투스 폼페이우스 자신의 지지세력 같소. 그래서 나와 당신처럼 열린 마음을 가진 두 젊은이가 단둘이 협상하면 좋겠다고 생각했소. 전장과 포룸 로마눔에서 많은 경험을 쌓았고 나이 많은 전사들이 우리의 젊음과 순진함을 상기시켜주지 않는 자리에서 말이오." 옥타비아누스는 환하게 웃었다. "우리 둘의 속주들은 대부분 일치하오. 원래는 내가 곡물 공급을 책임져야 하는데, 실제로 그 일을 하고 있는 사람은 당신이오."

"맞는 말이오! 계속 얘기해보시오. 무척 관심이 생기는군요."

"해방자 파벌은 사람이 많고 귀한 가문 출신들이 흔하죠." 옥타비아누스는 섹스투스와 눈을 맞추며 말했다. "너무 사람이 많고 귀한 가문 출신들이 흔해서 제아무리 섹스투스 폼페이우스라 해도 유니우스, 카시우스, 파트리키 귀족인 클라우디우스와 코르넬리우스, 칼푸르니우스, 아이밀리우스, 도미티우스 집안사람들 밑에 깔리고 말 거요. 또 어떤 집안사람들이 있는지 듣고 싶소?"

"아니요." 섹스투스 폼페이우스는 이를 악물고 말했다.

"물론 당신은 해방자들에게 넘겨줄 수 있는 거대하고 유능한 함대를 가졌소. 하지만 그것과 곡물 외에는 그들에게 제공할 수 있는 게 없소. 그리고 내 정보원들의 말에 따르면 그들은 곡물이 부족하지 않다더군요. 트라키아 내륙과 아나톨리아 전역을 약탈했고 킴메리아의 아산드로스 왕과 괜찮은 조약까지 체결했기 때문이오. 그러므로 당신이 할 수 있는 최선의 선택은 해방자들과 연합하지 않고 로마가 해방자들의 로마가 되지 않기를 바라는 거요. 그들은 나만큼 당신을 절실히 필요로 하지 않으니까."

"카이사르 당신은 그럴 거요. 하지만 마르쿠스 안토니우스와 마르쿠스 레피두스는 어떨 것 같소?"

"그들은 전장과 포룸 로마눔에서 많은 경험을 쌓은 나이든 전사들이오. 로마와 이탈리아 사람들이 굶지 않고 우리 병사들의 식량을 구할 수만 있다면, 그들은 내가 무엇을 하고 누구랑 어울리든 크게 신경쓰지 않을 거요. 섹스투스 폼페이우스. 질문 하나 해도 되겠소?"

"해보시오."

"당신이 원하는 건 뭡니까?"

"시칠리아." 섹스투스가 말했다. "난 시칠리아를 원하오. 싸움 없이 말이오."

금발머리가 현자처럼 고개를 끄덕거렸다. "곡물 수송로를 장악하고 있는 사람이 가질 법한 현실적인 야망이오. 충분히 실현 가능하기도 하고."

"반쯤은 목표를 달성했소." 섹스투스가 말했다. "나는 연안 지역을 장악했고 폼페이우스 비티니쿠스를 압박해서…… 음, 그러니까 날 공동 총독으로 인정하도록 했소."

"같은 폼페이우스 가문이니 당연한 일이오." 옥타비아누스는 부드럽게 말했다.

올리브빛 피부가 붉게 달아올랐다. "그는 우리 집안사람이 아니오!" 섹스투스는 딱 잘라 말했다.

"알고 있소. 그는 유니우스 융쿠스가 아시아 속주 총독이고 내 아버지께서 비티니아를 로마령으로 만드셨을 당시 융쿠스의 재무관이 낳은 아들이라는 걸. 융쿠스와 재무관은 거래를 했소. 융쿠스는 약탈품을 가지고 그는 이름을 갖기로 말이오. 그 첫번째 폼페이우스 비티니쿠스도 대단한 사람은 아니었지."

"그건 내가 시칠리아 민병대 지휘권을 손에 넣고 폼페이우스 비티니쿠스 필리우스를 몰아내면 나를 시칠리아 총독으로 승인해주겠다는 뜻이오, 카이사르?"

"오, 물론이오." 옥타비아누스는 부드럽게 말했다. "시칠리아의 곡물을 로마의 삼두연합에 1모디우스당 10세스테르티우스에 판매한다는 조건하에 말이오. 당신이 라티푼디움과 수송선을 모두 장악하게 된다면 중간상을 완전히 없앨 수 있을 거요. 그게 당신 목표 아니오?"

"오, 물론이오. 나는 곡물과 수송선을 모두 장악할 생각이오."

"그렇다면…… 간접비가 거의 들어가지 않을 거요, 섹스투스 폼페이우스. 그러니 잡다한 사람들에게 1모디우스당 15세스테르티우스를 받고 파는 것보다 로마 국고위원회에 1모디우스당 10세스테르티우스를 받고 판매하는 것이 더 이익일 거요."

"맞는 말이오."

"하나 더, 아주 중요한 질문이 있소. 올해 시칠리아에는 추수할 곡식이 있소?" 옥타비아누스가 물었다.

"그렇소. 아주 많은 양은 아니지만 그래도 추수할 곡식이 있긴 있소."

"그렇다면 이제 골치 아픈 아프리카 문제만 남았군요. 신 아프리카의 섹스티우스가 구 아프리카의 코르니피키우스를 꺾고 아프리카의 곡물이 다시 이탈리아로 들어온다면 당신은 당연히 그 곡물을 중간에서 가로채겠지요. 그렇다면 그 곡물도 1모디우스당 10세스테르티우스에 내게 판매하지 않겠소?"

"시칠리아에서 내가 활동하는 걸 방해하지 않고, 비보와 레기움 주변의 퇴역병 거류지들을 없앤다는 조건하에 그리하겠소." 섹스투스 폼페이우스가 말했다. "비보와 레기움에는 공유지가 필요하오."

옥타비아누스가 한 손을 내밀었다. "그렇게 합시다!"

섹스투스 폼페이우스가 그 손을 잡았다. "그렇게 합시다!"

"당장 마르쿠스 레피두스에게 편지를 써서 퇴역병 거류지를 메타폰툼의 브라다누스 강과 헤라클레이아의 아키리스 강 주변으로 옮기도록 조치하겠소." 옥타비아누스는 아주 기뻐하며 말했다. "우리는 로마 내의 이 땅들을 자주 까먹는 경향이 있소. 발등 부분의 지역들은 아주 외지니까 말이오. 하지만 그곳 주민들은 그리스인 후손이고 정치적인 영향력이 없소."

두 젊은이는 아주 기분좋게 헤어졌다. 그들은 이 우호 조약이 아주 오래 유지되지는 않을 것임을 알고 있었다. 여건이 갖춰지면 삼두연합은(혹은 해방자들은) 섹스투스 폼페이우스에게서 시칠리아를 박탈하고 그를 바다로 몰아내리라. 하지만 당장은 이것만으로 충분할 터였다. 로마와 이탈리아는 예전 가격으로 곡물을 구할 수 있게 되었고 충분한 곡물을 지속적으로 공급받을 것이다. 이렇게 끔찍한 가뭄이 든 해에 옥타비아누스가 예상했던 것보다 훨씬 나은 거래였다. 그는 아울루스 폼페이우스 비티니쿠스의 운명 따위는 안중에도 없었다. 그 사람의 아버지는 디부스 율리우스의 심기를 건드린바 있었다. 옥타비아누스는 아프리카 문제도 발 빠르게 처리했다. 그는 누미디아의 개인 봉지에 있는 푸블리우스 시티우스와 그 가족에게 편지를 보내 디부스 율리우스를 봐서라도 시티우스가 섹스투스를 도와야 한다고 사정했다. 그 대가로 시티우스의 형제는 공권박탈자 명단에서 이름이 빠지고 압수된 재산을 모두 돌려받을 예정이었다. 칼레스는 성문을 열 수 있을 터였다.

섹스투스 폼페이우스는 인질 네 명을 풀어준 뒤 배를 타고 떠났다.

"그를 어떻게 생각하나?" 옥타비아누스는 아그리파에게 물었다.

"위인에게 걸맞은 아들 같네. 장점은 물론, 몰락의 씨앗도 갖고 있더군. 그는 삼두연합 구성원이나 암살자들 중에 바다에서 자신과 맞먹을 만한 사람이 나타난다 해도 결코 권력을 나누려 들지 않을 걸세."

"저 사람을 나의 충성스러운 추종자로 만들지 못해 아쉽군."

"그건 힘들 거야." 아그리파가 단호히 말했다.

"아헤노바르부스가 사라졌는데, 어디로 갔고 얼마나 있다가 돌아올지는 모르겠소." 브룬디시움에 도착한 옥타비아누스에게 칼비누스가 말했다. "그래서 이제 무르쿠스의 함선 60척만 우릴 봉쇄하고 있소. 그 함선들은 아주 훌륭하고 무르쿠스도 마찬가지요. 하지만 살비디에누스가 아직 안 보이긴 해도 거의 다 온 걸로 알고 있소. 우리에겐 무르쿠스가 그 사실을 모른다고 믿을 근거가 있소. 내가 생각하기엔 말이오, 옥타비아누스, 우린 모든 수송선에 병사들을 최대한 많이 태운 다음 재빨리 움직일 준비를 해야 하오. 이건 안토니우스도 동의한 얘기요."

"그렇게 하시죠." 옥타비아누스가 말했다. 그는 지금은 자신이 섹스투스와 맺은 훌륭한 협상 결과를 자랑할 때가 아니라고 판단했다. 그는 로마의 레피두스에게도 편지를 보내 그 민달팽이에게 소식을 전했다.

브룬디시움 항은 수많은 부속 항만과 연결된 훌륭한 항구였고 부두가 끝없이 이어져 있었다. 그곳에서 병사들은 끙끙거리고 투덜대며 준비된 수송선 400척에 이틀 만에 탑승했다. 백인대장들은 욕을 내뱉으며 총 20개 중 18개 군단의 병사들을 수송선에 꽉꽉 밀어넣었다. 사람과 노새가 너무 빽빽하게 탑승하는 바람에, 개중 바다에 적합하지 않은 배들은 돌풍만 한번 불어도 침몰할 만큼 깊게 가라앉아 있었다.

아헤노바르부스가 자리를 비운 동안 스타이우스 무르쿠스의 전략은 항구의 좁은 입구 근처에 있는 섬 뒤에 숨어 있다가 밖으로 나오는 배들을 기습하는 것이었다. 연중 이맘때쯤에는 그에게 유리한 바람이 불곤 했다. 삼두연합에게 유리한 바람은 서풍뿐이었는데, 지금은 제피로스의 계절이 아니라 에테시아이의 계절이었기 때문이다.

8월 칼렌다이에 수송선들은 말 그대로 수백 대씩 움직이기 시작했고, 노가 서로 닿지 않을 정도의 간격만 유지하며 항구를 물밀듯이 빠져나왔다. 대규모 탈출이 시작되던 순간 살비디에누스가 북동쪽에서 강한 바람을 타고 나타나 무르쿠스가 숨어 있던 섬을 반쯤 둘러싸며 그를 포위했다. 물론 무르쿠스는 포위에서 벗어날 수 있었지만, 그러려면 해전을 치러야 했다. 그는 해전을 치르라고 브룬디시움에 파견된 것이 아니었다. 그의 임무는 적군 수송선들을 침몰시키는 것이었다. 오, 아헤노바르부스는 어째서 이집트 함대가 다시 이동중이라는 소문만 듣고 그렇게 빨리 이곳을 비운 것일까?

무르쿠스는 수송선 400척이 하루종일 밤늦게까지 브룬디시움을 빠져나가는 모습을 무력하게 지켜봤다. 안토니우스가 애초에 공격용 무기를 설치하기 위해 세웠던 탑 위쪽의 모닥불이 길을 밝혀주었다. 그 탑은 공격용으로 사용되진 못했으나 이번에 유용하게 쓰였다. 서부 마케도니아는 뱃길로 불과 120킬로미터 거리였다. 수송선 중 절반은 아폴로니아로, 나머지 절반은 디라키온으로 향했다. 운이 좋다면 앙코나에서 미리 보내놓은 기병대, 중장비, 포, 물자 수송대가 그들을 기다리고 있을 터였다.

이탈리아에도 가뭄이 들었지만 그리스와 마케도니아는 훨씬 심각했다. 강우량이 많기로 유명한 에페이로스 해안도 마찬가지였다. 파울루스부터 카이사르까지 다른 장군들을 지독히 괴롭히던 비는 내리지 않았고, 계속 내리지 않을 터였다. 게다가 안토니우스의 기병용 말과 황소와 예비용 노새들이 마른 풀을 밟아 아주 가벼운 먼지로 만들었고, 그것이 에테시아이를 타고 이탈리아 방향으로 날아왔다.

수송선이 항구를 벗어나기도 전에 옥타비아누스는 시끄럽게 기침을 시작했다. 그것은 당장에라도 침몰할 듯한 배와 함께하는 그 위험한 여정을 이루는 소음 중 하나가 되었다. 곁에 있던 아그리파는 옥타비아누스가 뱃멀미 때문에 아픈 게 아니라고 판단했다. 물살은 아주 잔잔했고 아주 많은 짐이 실린 배는 코르크처럼 가만히 떠 있었다. 북동쪽으로 이동하기 위해 노를 젓기 시작한 후에도 거의 흔들림이 없었다. 옥타비아누스가 힘들어하는 건 전부 천식 탓이었다.

두 젊은이는 일반 사병들이 많이 탄 수송선 안에서 지나치게 배타적인 모습을 보이고 싶지 않았다. 그들의 거처는 돛대 뒤편에 위치한 갑판의 작은 공간으로 정해졌다. 키잡이와 선장의 시야를 가리지 않는 곳이었지만, 주변은 온통 사람들로 둘러싸여 있었다. 아그리파는 옥타비아누스를 특이하게 생긴 침대에 눕혀야 한다고 주장했다. 한쪽 끝이 위쪽으로 가파르게 기울어진 침대였다. 딱딱한 나무 침대에는 쿠션 역할을 해줄 담요가 몇 장 깔려 있었지만 매트리스는 없었다. 아그리파는 그가 모르는 군단병들이 겁먹은 얼굴로 지켜보는 가운데(마르스 군단은 브룬디시움에 남겨졌던 2개 군단 중 하나였다) 옥타비아누스가 숨을 잘 쉴 수 있도록 앉은 자세를 취하게 했다. 한 시간 뒤 배는 아드리아 해를 지나고 있었고, 옥타비아누스는 아그리파의 팔에 안겨 폐 쪽으로 충분한 공기를 보내려 애썼다. 그의 손이 아그리파의 손을 너무 꽉 쥔 바람에 아그리파는 손에 감각이 돌아오기까지 이틀이 걸렸다. 발작적인 기침이 이어지다 구역질이 났고, 차라리 구역질을 할 때면 잠깐 숨을 돌리는 듯했다. 하지만 그의 얼굴은 달아오른 듯하면서도 잿빛이었고, 그의 눈은 주변 상황을 인식하지 못하는 듯했다.

"왜 이러시는 겁니까, 마르쿠스 아그리파?" 하급 백인대장이 물었다.

이들이 내 이름을 아는 걸 보니 이분이 누구인지도 알고 있겠구나. "로마 군단의 마르스로부터 얻은 병이네." 아그리파는 재빨리 머리를 굴려 말했다. "이분은 율리우스 신의 아들이고, 너희들 대신 질병의 고통을 겪는 능력은 이분이 물려받은 유산이기도 하지."

"그래서 우리가 뱃멀미를 하지 않는 것입니까?" 사병 한 명이 경외심에 휩싸인 표정으로 말했다.

"물론이네." 아그리파는 거짓말을 했다.

"우리가 이분을 위해 마르스와 디부스 율리우스에게 제물을 바치겠다고 약속하면 어떨까요?"

"그러면 도움이 될 걸세." 아그리파는 근엄하게 말했다. "또한, 바람을 막아줄 방패 같은 것도 도움이 되리라고 생각하네."

"하지만 바람이 전혀 없는데요." 하급 백인대장이 반박했다.

"공기중에 먼지가 너무 많아." 아그리파가 또 임기응변으로 대처했다. "이 담요 두 개를 이용하게." 그는 자신과 제정신이 아닌 옥타비아누스 밑에 깔려 있던 담요들을 꺼냈다. "이걸 들어서 우리 주변을 가려주게. 그러면 먼지가 들어오는 걸 막을 수 있을 거야. 디부스 율리우스는 늘 말씀하시곤 했지. 먼지는 병사의 적이라고 말일세."

이 정도면 해가 되진 않겠지, 하고 아그리파는 생각했다. 중요한 것은 이 친구들이 자기네 사령관의 병을 꼴사납게 보지 않도록 하는 거야. 그를 신뢰하도록 하고 약골이라며 무시하지 않도록 해야 해. 더러운 먼지에 대한 합데파네의 조언이 옳다면 카이사르는 이 전쟁이 진행되는 내내 건강이 많이 나아질 수 없겠지. 그렇다면 나는 그가 디부스 율리우스의 아들이라는 점을 강조해야겠어. 그가 군대에게 승리를 안겨주기 위해 자신을 제물로 바쳤다고 말이지. 디부스 율리우스는 로마 인민의 신일 뿐 아니라 로마 군대의 신이기도 하니까.

여정이 끝나갈 무렵, 아무것도 안 보이는 거대한 바다에서 긴 밤을 보낸 뒤 옥타비아누스는 조금 나아지기 시작했다. 그는 무아지경 상태에서 벗어나 자신을 둘러싼 얼굴들을 쳐다봤다. 그러더니 미소를 짓고 하급 백인대장에게 오른손을 내밀었다.

"거의 다 왔군." 그는 쌕쌕거렸다. "우린 안전해."

병사는 그 손을 잡고 부드럽게 힘을 주었다. "카이사르 사령관님 덕분에 우리가 무사할 수 있었습니다. 우리 대신에 아픔을 견디시다니 참으로 용감하십니다."

깜짝 놀란 회색 눈동자가 아그리파를 향했다. 그의 깊은 녹색 눈동자에 담긴 엄중한 경고를 확인하고, 옥타비아누스는 다시 웃음을 지었다. "내 군대를 돕기 위해서라면," 그는 말했다. "무슨 일이든 다 해야지. 다른 배들도 모두 무사한가?"

"우리 주변의 모든 배가 무사합니다." 하급 백인대장은 답했다.

사흘 뒤, 소문에 따르면 카이사르 디비 필리우스가 자신을 제물로 바친 덕분에 모든 군단은 무사히 상륙했다. 삼두연합의 두 구성원은 브룬디시움과의 연락이 완전히 끊겼다는 소식을 들었다.

"어쩌면 영영 소식을 듣기 힘들 걸세." 안토니우스는 페트라 진지의 언덕 꼭대기에 위치한 옥타비아누스의 거처를 방문해 말했다. "아헤노바르부스의 함대가 돌아온 모양이니 이제 그곳에서 작은 배 한 척도 빠져나올 수 없을 거야. 다시 말해, 우린 앙코나를 거쳐 이탈리아 소식을 들어야 하겠지." 그는 옥타비아누스에게 봉인된 편지를 던져주었다. "칼비누스와 레피두스의 편지와 함께 그 경로를 통해 도착한 편지일세. 자네가 섹스투스 폼페이우스와 곡물 공급을 보장해주는 거래를 맺었다고 들었네. 정말 똑똑하군!" 그는 짜증스럽다는 듯 씩씩거렸다. "가장 끔찍한 건, 브룬디시움의 어느 멍청한 보좌관이 마르스 군단과 병력 보강중인 10개 대대를 끝까지 그곳에 잡아둬서 우리가 그 병력을 이용하지 못하는 거라네."

"안타까운 일입니다." 옥타비아누스는 편지를 움켜쥐며 말했다. 그는 쿠션을 받쳐놓은 긴 의자에 반쯤 누워 있었고 몹시 쇠약해 보였다. 아직도 쌕쌕거림이 남아 있었지만, 페트라 진지의 거처는 높은 지대에 위치하여 먼지가 덜 날렸다. 그렇지만 그는 한눈에 봐도 살이 빠졌고 피로에 지친 두 눈은 퀭하게 꺼져 있었다. "제겐 마르스 군단이 필요했는데 말이죠."

"별로 놀라운 말도 아니군. 그들은 자네를 위해 반란까지 일으켰으니까."

"그건 이미 지난 일입니다, 안토니우스. 우리는 이제 같은 편입니다." 옥타비아누스가 말했다. "브룬디시움에 남겨두고 온 건 잊고 에그나티우스 가도를 따라 동진해야겠죠?"

"당연하지. 노르바누스와 삭사는 필리피에서 동쪽으로 멀지 않은 곳에 있네. 브루투스와 카시우스는 사르데이스에서 헬레스폰트 해협으로 진군중인 게 분명하지만, 그들이 노르바누스와 삭사를 만나려면 시간이 좀 걸릴 거야. 우리가 먼저 그곳에 도착해야 하네. 아니면 적어도 나는 먼저 도착하겠지." 적갈색 눈동자가 옥타비아누스를 재빨리 살폈다. "조언을 하나 하자면, 로마 군단의 부적과도 같은 자네는 여기 남는 게 좋겠네. 너무 아파서 진군에 나서기엔 역부족 같네."

"저는 제 군대와 함께할 겁니다." 옥타비아누스는 고집스러운 어조로 말했다.

안토니우스는 눈살을 찌푸리며 손가락으로 허벅지를 가볍게 두드렸다. "우린 이곳과 아폴로니아에 18개 군단이 있어. 가장 경험이 부족한 5개 군단은 서부 마케도니아에서 주둔군 임무를 맡게 될 걸세. 3개 군단은 아폴로니아에, 2개 군단은 이곳에 남을 거야. 그러니까 내 말은, 자네가 여기 남는다 해도 지휘할 군대가 있다는 걸세."

"제 군단들이 이곳에 남아야 한다는 말처럼 들리는군요."

"자네 군단들이 가장 경험이 적다면 당연히 그래야지!" 안토니우스는 딱딱거리며 말했다.

"진군에 나서는 13개 군단은 당신의 군단 8개와 저의 군단 5개로 구성돼야 합니다. 그리고 노르바누스가 먼저 데려간 4개 군단은 제 병사들입니다." 옥타비아누스는 말했다. "그래도 당신의 군단이 더 많습니다."

안토니우스는 짧은 웃음을 내뱉었다. "전쟁의 역사가 시작된 이래 가장 이상한 전쟁이 되겠군! 지휘권을 반씩 나눠 가진 두 사람이 지휘권을 반씩 나눠 가진 두 사람과 싸우는 꼴이지. 브루투스와 카시우스도 나와 자네만큼이나 서로 부딪힌다고 들었네."

"동등한 공동 지휘권이란 보통 그렇습니다, 안토니우스. 반으로 나눴다지만 보통 한쪽이 더 큰 경우가 많으니까요. 언제 진군을 시작할 겁니까?"

"8일 안에 나의 8개 군단을 이끌고 출발할 걸세. 자네는 6일 뒤에 나를 뒤따라오게."

"식량 공급 상황은 어떻습니까? 곡식은요?"

"충분하지만 오랜 전쟁 동안 버틸 정도는 아니라네. 게다가 여긴 추수할 곡식도 없다고 하니 그리스나 마케도니아로부터 곡물을 공급받을 수도 없는 노릇이지. 현지 주민들은 올겨울 배를 주리게 될 걸세."

"그렇다면," 옥타비아누스는 곰곰이 생각하며 말했다. "브루투스와 카시우스는 지연전술을 쓰겠군요, 안 그래요? 무슨 수를 써서든 결전을 피하고 우리가 굶어죽기만 기다리겠죠."

"당연히 그러겠지. 그러니 우린 어떻게든 결전을 벌여 승리해야 하고, 해방자들의 식량을 먹어치워야 하네." 안토니우스는 퉁명스럽게 고개를 끄덕이더니 자리를 떠났다.

옥타비아누스는 편지를 뒤집어 그 위에 찍힌 인장을 살펴봤다. 작은 마르켈루스의 인장이었다. 참 이상한 일이었다. 매형이 왜 내게 편지를 보낸단 말인가? 갑자기 불안감이 엄습했다. 옥타비아는 둘째 출산을 앞두고 있었다. 안 돼, 설마 옥타비아 누나가!
하지만 그것은 옥타비아에게서 온 편지였다.

사랑하는 동생아, 내가 아주 예쁘고 건강한 사내아이를 낳았다는 소식을 들으면 넌 무척 기뻐하겠지. 진통도 그다지 심하지 않았고 난 지금 건강하단다.
오, 가이우스, 내 남편은 나보다 널 덜 사랑하는 누군가가 먼저 소식을 전해주기 전에 내가 나서야 한다고 하더구나. 편지를 써야 할 사람은 엄마라는 걸 알지만, 엄마는 편지를 쓰지 않으실 거야. 이 일을 너무 큰 불명예라 생각하고 계신단다. 이건 불명예보단 불운에 가깝고, 난 엄마를 예전과 똑같이 사랑하지만 말이야.
엄마가 필리푸스와 재혼한 이후로 줄곧 우리의 의붓형제 루키우스가 엄마를 사랑해왔다는 건 우리 둘 다 알고 있지. 엄마는 그걸 모른 척해왔거나 진짜 몰랐거나 둘 중 하나일 거야. 어쨌든 엄마는 필리푸스와의 결혼생활 내내 책잡힐 짓은 하나도 안 하셨어. 하지만 필리푸스가 죽은 후 엄마는 지독한 외로움에 시달렸고, 루키우스는 늘 곁에 있었지. 너는 너무 바쁘거나 아예 로마에 없었고, 나는 어린 마르켈라를 돌보며 둘째 출산을 준비하느라 정신없었어. 그래서 솔직히 말하면 난 충분히 주의를 기울이지 못했지. 그러니 미처 신경을 쓰지 못한 나도 이번 사건에 책임이 있어. 내 탓이란다. 그래, 내 탓이야.

엄마는 루키우스의 아이를 임신했고, 두 사람은 결혼했어.

옥타비아누스는 편지를 떨어뜨렸다. 턱이 마비된 것처럼 얼얼하고 끔찍한 느낌이 들었고, 얼굴은 역겨움으로 일그러져 입술이 말려올라가고 치아가 드러났다. 수치, 분노, 고뇌의 표정이었다. 카이사르의 조카딸이 매춘부보다 하등 나을 것이 없다니. 카이사르의 조카딸이! 카이사르 디비 필리우스의 어머니가.

나머지도 다 읽어버리자, 카이사르. 편지를 끝까지 읽고 어머니와도 끝내버려.

사랑하는 동생아, 엄마는 마흔다섯 살이나 되셨으니 처음엔 눈치를 못 채셨어. 결국 추문을 피하기엔 너무 늦은 시기에 임신 사실을 알게 되었지. 루키우스는 당연히 엄마와 결혼하고 싶어했어. 엄마가 필리푸스를 애도하는 기간이 끝나기만 하면 두 사람은 어차피 결혼할 계획이었어. 결혼식은 어제 아주 조용히 치러졌단다. 친애하는 루키우스 카이사르는 그들에게 아주 친절하셨지. 친구들 사이에서 그분의 존엄은 훼손되지 않았지만, 그분이 '로마를 굴러가게 하는' 여자들의 입까지 단속할 수는 없었던 모양이야. 악의적이고 끔찍한 험담이 돌기 시작했는데, 내 남편 말에 따르면 격상된 너의 지위 때문에 험담이 더 심해졌다고 하더구나.

엄마와 루키우스는 미세눔의 빌라로 떠났고 로마로는 안 돌아올 거야. 이런 일이 벌어지기도 한다는 것을, 그리고 이것이 타락을 의미하지는 않는다는 것을 너도 나처럼 이해해주기를 바라며 이 편지를 쓰고 있단다. 엄마는 어머니로서 내게 모든 것을 바쳤는데, 그리고 로마 귀부인으로서 완벽한 삶을 살아오셨는데 어떻게 내가 엄마를 사랑하지 않을 수 있겠니?

가이우스, 네가 편지를 써서 엄마에게 사랑한다고, 엄마를 이해한다고 직접 말씀드리지 않겠니?

얼마간 시간이 흘러 아그리파가 들어왔을 때 옥타비아누스는 베개를 받친 긴 의자에 누워 있었다. 그의 얼굴은 눈물로 젖어 있었고 천식은 더 심해져 있었다.

"카이사르! 무슨 일인가?"

"옥타비아 누나에게 편지가 왔어. 내 어머니는 죽었어."

브루투스와 카시우스는 9월에 멜라스 만에서 서쪽으로 이동했다. 그들은 마케도니아 본토에, 그러니까 테살로니카와 펠라 사이의 어딘가에 도착하기 전까지는 삼두연합 군대를 만나지 않으리라 예상했다. 카시우스는 적군이 이렇게 끔찍한 해에 테살로니카 동쪽으로까지 진군하지는 않을 것이라고 철석같이 믿었다. 해방자 군대가 바다를 장악하고 있는 마당에 그렇게 멀리 진군하면 적군의 보급선이 지나치게 길어질 위험이 있었기 때문이다.

두 해방자가 아이노스의 헤브로스 강을 건넌 직후 라스쿠폴리스 왕이 그의 귀족 무리를 이끌고 나타났다. 그는 티로스 자줏빛 옷을 입고 아름다운 말을 타고 있었다.

"당신에게 경고하러 왔소." 그는 말했다. "8개 군단 규모의 로마군이 필리피 동쪽 구릉 지대를 가로지르는 두 고갯길 사이에 버티고 있소." 그는 침을 삼키며 비통한 표정을 지었다. "내 형 라스쿠스는 그들과 함께 지내며 그들에게 조언을 해주고 있소."

"가장 가까운 항구가 어디요?" 카시우스가 물었다. 그는 이미 벌어진 일을 두고 동요하지 않았다.

"네아폴리스. 두 고갯길 사이의 도로를 통해 에그나티우스 가도와 연결되어 있소."

"네아폴리스는 타소스 섬에서 멉니까?"

"아니요, 가이우스 카시우스."

"안토니우스의 전략을 알겠소." 카시우스는 잠깐 생각을 한 다음 말했다. "우리가 마케도니아로 진입하지 못하게 하려고 8개 군단을 보낸 거요. 전투를 치르기 위해서가 아니라 우리의 진군을 저지하기 위해서요. 안토니우스가 교전을 원한다고 생각진 않소. 그건 그의 이익에도 부합하지 않고, 8개 군단만으로는 힘들다는 걸 그도 알고 있소. 이 전진 부대의 지휘관이 누구요?"

"데키디우스 삭사와 가이우스 노르바누스라는 사람들이오. 아주 좋은 위치에 진지를 세웠으니 몰아내긴 쉽지 않을 거요." 라스쿠폴리스가 말했다.

해방자 함대는 타소스 섬은 물론 네아폴리스 항을 장악하라는 명령을 받았다. 해방자 군대가 그곳에 도착했을 때 재빨리 물자를 전달해주기 위해서였다.

"서둘러야만 하네." 카시우스는 보좌관, 제독, 조용한 브루투스가 모인 자리에서 말했다. 이유는 알 수 없지만 브루투스는 또 우울한 상태였다. "무르쿠스와 아헤노바르부스는 아드리아 해를 장악하고 브룬디시움을 봉쇄하고 있어. 그러니 파티스쿠스, 파르멘시스, 투룰리우스가 네아폴리스 인근 해역을 책임져야겠군. 그곳에 삼두연합 함대가 나타날 위험이 있나?"

"그럴 일은 절대 없습니다." 투룰리우스가 단호하게 말했다. "그들의 유일한 함대는—규모가 크긴 하지만 충분히 크진 않죠—삼두연합 군대가 브룬디시움을 빠져나가도록 도왔습니다. 하지만 이후 아헤노바르부스가 돌아왔고 그 함대는 타렌툼으로 후퇴할 수밖에 없었죠. 그들의 군대는 에게 해에서 비통함 외에는 그 무엇도 보급받지 못할 것이라 확신합니다."

"안토니우스는 자신의 본대를 테살로니카 동쪽으로 데려오지 않을 것이라는 내 가설을 증명해주는 얘기로군."

"자네는 삼두연합이 교전을 원치 않는다고 어떻게 그렇게까지 확신하나?" 브루투스는 나중에 카시우스와 단둘이 있는 자리에서 물었다.

"나라도 교전을 원치 않을 것 같아서라네." 카시우스는 조심스러운 인내심이 담긴 목소리로 말했다. "그건 그들의 이익에 부합하지 않아."

"난 이유를 모르겠네, 카시우스."

"그렇다면 내가 시키는 대로 하게. 잠이나 자둬, 브루투스. 우린 내일 서쪽으로 진군할 테니까."

에그나티우스 가도는 수 평방킬로미터 넓이의 염습지와 높고 험한 산맥 탓에 강가 강의 평지를 따라 15킬로미터나 내륙으로 쑥 들어가 있었다. 강가 강변의 평평한 바위 언덕 위에는 오래된 도시 필리피가 위치하고 있었다. 근처의 팡가이오스 산에서 알렉산드로스 대왕의 아버지 필리포스는 그리스와 마케도니아를 통합할 자금을 마련했다. 팡가이오스 산에는 금광이 아주 많아 오래전부터 금이 채굴되곤 했다. 필리피가 아직까지 유지될 수 있었던 것은 홍수가 잦긴 하지만 비옥한 주변 지역 덕분이었다. 다만 해방자 군대와 삼두연합의 군대가 카이사르가 사망하고 2년 6개월 뒤 그곳에서 만날 당시, 필리피의 인구는 1천 명 이하로 줄어 있었다.

삭사는 4개 군단과 함께 두 고갯길 중 동쪽에 위치한 코르필로이 고갯길을 차지했고, 노르바누스는 나머지 4개 군단과 함께 사파이오이 고갯길을 차지했다.

브루투스는 카시우스, 라스쿠폴리스, 보좌관들과 함께 말을 타고 삭사의 진지가 어떻게 생겼는지 보러 갔다. 브루투스는 삭사의 진지에서는 바다 쪽을 확인할 수 없다는 것을 알아차렸다. 반면 서쪽의 사파이오이 고갯길을 장악한 노르바누스에게는 바다에서 일어나는 일을 관찰할 수 있는 감시탑이 두 개 있었다.

"삭사를 코르필로이 고갯길 밖으로 꾀어내는 건 어떨까?" 브루투스는 카시우스에게 소심하게 말했다. "우리의 1개 군단을 수송선에 태우고 병사들을 내륙 쪽 길을 따라 줄 세워서, 우리 병력 절반이 배를 타고 네아폴리스로 이동해 그들을 앞지르려는 것처럼 속이는 걸세."

카시우스는 예상치 못했던 뛰어난 군사적 감각의 증거에 충격받아 눈만 껌뻑거렸다. "저 둘 중 하나가 카이사르급의 지휘관이라면 통하지 않을 걸세. 저들 사이에 주저앉는 것으로는 둘 중 아무도 밖으로 끌어낼 수 없을 테니까. 하지만 저들이 카이사르급이 아니라면 잔뜩 겁을 먹을지도 몰라. 한번 해봐야겠군. 훌륭해, 브루투스."

병사들을 가득 태운 거대한 함대가 네아폴리스를 향해 이동하는 모습이 노르바누스의 감시탑에서 관측되자, 노르바누스는 삭사에게 서둘러 철수하라는 신호를 보냈다. 삭사는 노르바누스가 시키는 대로 했다.

해방자 군대는 코르필로이 고갯길을 통과했고, 이는 그들이 곧장 네아폴리스로 갈 수 있다는 뜻이었다. 하지만 그들은 도중에 멈췄다. 사파이오이 고갯길에서 뭉친 삭사와 노르바누스는 방비를 철저히 마친 터라 그들을 물리치기란 어려울 듯했다.

"저들은 분명 카이사르급이 아니지만, 우리가 암피폴리스 너머가 아니고서야 저들의 서쪽에 군대를 상륙시킬 순 없단 걸 알고 있어. 우린 여전히 꼼짝 못하는 상황일세." 카시우스가 말했다.

"그냥 저들을 앞질러 우리 병력을 암피폴리스에 상륙시키면 안 될까?" 브루투스는 앞서 훌륭한 아이디어를 내놨던 것에 용기를 얻어 말했다.

"그러다 적의 협공 작전에 꼼짝없이 당하자는 소린가? 안토니우스는 우리의 꼬리를 공격해줄 8개 군단이 있다는 걸 알면 전속력으로 테살로니카 동쪽으로 진군할 걸세." 카시우스는 화를 눌러 참는 듯한 목소리로 말했다.

"아."

"음, 내가 하나 알려주고 싶소, 가이우스 카시우스. 사파이오이 고갯길의 고지대에는 염소들이 다니는 길이 있소." 라스쿠폴리스가 말했다.

이후 사흘 동안 누구도 이 발언에 관심을 기울이지 않았다. 두 사령관은 학교 역사 수업에서 테르모필라이 협곡에 관해 배웠던 것을 까맣게 잊고 있었는데, 레오니다스와 스파르타인들은 그곳에서 아노파이아라는 염소길 탓에 패배한 바 있었다. 그러다 브루투스가 그것을 기억해냈다. 감찰관 카토도 똑같은 협곡에서 똑같은 방식으로 수비군의 허를 찌른 적이 있었기 때문이다.

"말 그대로 염소길이오." 라스쿠폴리스가 설명했다. "그러니 군대가 지나가려면 길을 확장해야 하오. 불가능한 일은 아니지만, 아주 조용히 땅을 파야 하고 작업자들은 각자 마실 물을 들고 가야 하오. 염소길이 끝나는 개울이 나오기 전까진 맹세코 물이 전혀 없소."

"작업은 얼마나 걸릴 것 같소?" 카시우스가 물었다. 그는 트라키아 귀족들이 육체노동 전문가가 아니라는 점을 미처 깨닫지 못했다.

"사흘이오." 라스쿠폴리스는 대충 짐작해서 말했다. "나도 도로 건설자들을 따라가서 내 말이 거짓이 아님을 증명하겠소."

카시우스는 젊은 루키우스 비불루스에게 이 일을 일임했다. 그는 경험 많은 공병들과 함께 각자 사흘간 마실 물을 챙겨 떠났다. 삭사와 노르바누스가 자리잡은 협곡 바로 위에서 작업해야 했으므로 아주 위험천만했다. 게다가 루키우스 비불루스는 일단 작업을 시작하자 전혀 돌아갈 마음이 없어졌다. 이건 그가 빛날 수 있는 기회였다! 사흘 뒤 식수가 동났지만 개울은 전혀 보이지 않았다. 젊은 루키우스 비불루스는 목이 타고 겁에 질린 작업자들을 잘 구슬리고 달래야 했지만, 그러기엔 자신의 죽은 아버지를 너무 닮아 있었다. 젊은 비불루스는 작업자들을 채찍질로 위협해가며 일하게 했다. 그들은 불만을 터뜨리며 불쌍한 라스쿠폴리스에게 돌을 던지기 시작했다. 멀리서 물 흐르는 소리가 들리지 않았다면 다들 제정신을 되찾지 못했을 것이다. 공병들은 서둘러 목을 축인 다음 도로 건설을 마치고 해방자 진지로 돌아갔다.

"왜 물을 더 가져오라고 사람을 보내지 않았나?" 루키우스 비불루스의 멍청함에 놀란 카시우스가 물었다.

"당신이 거기 개울이 있다고 하셨잖아요."라는 답이 돌아왔다.

"다음번에는 내가 자네의 지능에 적합한 일을 맡길 수 있도록 미리 알려주게!" 카시우스는 으르렁거렸다. "신들이시여, 귀족 돌대가리들로부터 저를 구원하소서!"

브루투스와 카시우스 양쪽 다 전투를 원치 않았으므로, 그들의 군대는 새로 다듬어진 높은 길을 따라 최대한 시끄럽게 진군했다. 따라서 삭사와 노르바누스는 질서정연하게 진지를 비우고 필리피에서 서쪽으로 75킬로미터 떨어진 거대한 목재무역항 암피폴리스로 후퇴했다. 그들은 그곳에 편안하게 자리를 잡은 뒤―염소길에 관해 미리 알려주지 않은 라스쿠스 왕자를 저주하면서―마르쿠스 안토니우스에게 편지를 보냈다. 그는 빠르게 다가오는 중이었다.

그리하여 9월 말 브루투스와 카시우스는 고갯길 두 개를 모두 장악하고 강가 강의 평원으로 이동해 거대한 진지를 세울 수 있게 되었다. 그해에는 홍수 위험도 없었다.

"이곳 필리피는 유리한 위치야." 카시우스가 말했다. "우리는 에게 해와 아드리아 해를 장악했고 시칠리아와 인근 해역은 우리의 우호동맹 섹스투스 폼페이우스가 꽉 잡고 있네. 많은 지역이 가뭄을 겪고 있으니 삼두연합은 어디서도 식량을 찾지 못할 걸세. 우린 당분간 이곳에서 지내며 안토니우스가 자신의 패배를 깨닫고 이탈리아로 돌아갈 때까지 기다릴 걸세. 그런 다음 이탈리아를 침략하는 거야. 그때쯤이면 그의 군대는 너무 굶주린 상태일 것이고 이탈리아는 삼두연합의 통치에 질릴 대로 질려 있겠지. 그러면 우린 피 흘리지 않고 승리를 거둘 수 있어."

그들은 철저하게 방비된 진지를 만들어 둘로 나누었다. 카시우스는 에그나티우스 가도 남쪽 언덕의 진지를 차지했다. 진지의 노출된 옆면은 수 킬로미터의 염습지로 보호받았다. 염습지 뒤편에는 바다가 있었다. 브루투스는 에그나티우스 가도 북쪽 언덕의 진지를 차지했고, 진지의 노출된 옆면은 절벽과 사람이 지나다닐 수 없는 산길로 보호받았다. 두 사령관은 에그나티우스 가도의 정문을 함께 이용했지만, 정문만 지나면 두 개의 분리된 방벽으로 이루어진 두 개의 진지가 나타났다. 그 두 진지 사이를 드나들 수 있는 길은 어디에도 없었고, 이는 다시 말해 병사들이 도로의 남쪽과 북쪽을 오갈 수 없다는 뜻이었다.

카시우스의 언덕 정상과 브루투스의 언덕 정상은 거의 1.5킬로미터쯤 떨어져 있었다. 그래서 그들은 두 언덕의 서쪽을 따라 아주 튼튼한 방벽을 세웠다. 방벽은 일직선이 아니었고, 정문이 위치한 도로 부근에서 안으로 쑥 들어간 형상이 거대한 활을 닮아 있었다. 방벽 안에는 두 개의 진지 주위로 각각 내부 방벽이 세워졌다. 내부 방벽은 에그나티우스 가도 양옆을 따라 사파이오이 고갯길 초입까지 이어졌다.

"우리 군대는 너무 커서 하나의 진지에 다 넣을 수 없네." 카시우스는 회의에서 그와 브루투스의 보좌관들에게 설명했다. "두 개의 분리된 진지를 마련해놓으면 적이 한쪽 진지를 침입한다 한들 다른 쪽 진지까지 들어오진 못할 걸세. 그렇다면 우리는 상황에 대처할 시간을 벌 수 있겠지. 네아폴리스로 통하는 옆길 덕에 보급품도 쉽게 전달받을 수 있을 테고, 파티스쿠스가 책임지고 우리에게 보급품을 전달해줄 걸세. 그래, 모든 것을 고려해볼 때, 그럴 가능성은 아주 낮지만 설사 우리가 공격을 받더라도 지금 이 배치라면 아무 문제도 없을 거야."

회의에 참석한 이들 중 이의를 제기하는 사람은 없었다. 마르쿠스 안토니우스가 추가로 8개 군단과 수천 명의 기병을 이끌고 암피폴리스에 도착했다는 소식이 모든 회의 참석자들의 머릿속에서 떠나지 않았다. 더군다나 옥타비아누스가 테살로니카에 당도했으며 너무 아파서 가마를 타고 다니면서도 진군을 멈추지 않는다는 소식까지 들렸다.

카시우스는 가장 좋은 것은 전부 브루투스에게 넘겼다. 가장 훌륭한 기병, 카이사르 밑에서 싸웠던 가장 뛰어난 군단, 가장 성능 좋은 포까지. 그는 이 위대한 전쟁에서 우유부단하고 소심하고 싸움과는 거리가 먼 동업자에게 힘을 실어줄 다른 방법을 몰랐다. 브루투스가 종종 뛰어난 전략을 내놓기는 했지만, 딱 거기까지였다. 카시우스는 브루투스가 이 전쟁의 시작점으로 사르데이스를 선택한 것을 통해 그가 전쟁에 따르는 실질적 고려사항보다 추상적인 부분에 더 신경쓴다는 점을 알아차렸다. 브루투스가 겁쟁이라서는 아니었다. 그보단 전쟁이 그를 경악케 했으며 그가 전쟁과 관련된 그 어떤 것에도 관심이 생기지 않아서였다. 그는 지도를 들여다보고 병사들을 찾아다니며 사기를 북돋아줘야 할 시간에 자신의 고분고분한 세 철학자들과 이런저런 토론을 하거나 죽은 아내에게 섬뜩한 편지나 쓰고 있었다. 하지만 그는 만성적인 우울감에 빠져 자기 기분에 휘둘리면서도 그 사실을 부인했다! 그는 키케로의 죽음에 관해 떠들면서 키케로가 삼두연합을 법의 심판대에 세웠어야 한다고 말했다. 키케로가 그 일을 하기에 얼마나 부적합한 사람인지는 고려하지도 않았다. 그는 자신이 정의라고 규정한 정의를 맹목적으로 믿었고, 안토니우스와 옥타비아누스처럼 사악한 인간들이 이길 가능성은 전혀 없다고 믿었다. 그는 옛 공화정의 복구와 로마 귀족의 자유를 원했고 이는 절대 패배할 리 없는 대의명분이었다. 브루투스와 완전히 다른 카시우스는 그저 어깨를 으쓱하고, 브루투스를 그의 약점으로부터 보호해주기 위해 취할 수 있는 모든 조치를 취했다. 브루투스에게 가장 좋은 것을 모두 주고, 의심과 실망의 신 베디오비스에게 제물을 바치자. 그것으로 충분하리라.

브루투스는 카시우스가 그렇게 했다는 것조차 전혀 깨닫지 못했다.

안토니우스는 9월 마지막날 강가 강 유역에 도착했고, 해방자 군대 진지 서쪽의 활 모양 방벽에서 불과 1.5킬로미터 떨어진 곳에 진지를 세웠다.

그는 자신의 입장이 얼마나 난처한지 잘 알고 있었다. 그에게는 태울 연료가 없었고 밤 날씨는 시리도록 추웠다. 더 나은 식량을 운반중인 물자 수송대는 며칠 뒤에나 도착할 터였고, 식수를 찾으려고 판 우물에서는 강물만큼이나 냄새 고약하고 염분 섞인 물이 나왔다. 해방자들이 그들 뒤에 놓인 바위산에서 깨끗한 샘물을 얻는 걸로 판단한 그는 부하들에게 팡가이오스 산을 탐사하도록 지시했다. 그곳에서 깨끗한 물을 찾긴 했지만, 공병들이 병사들을 인부 삼아 임시 수도관을 완공할 때까지는 물을 직접 진지까지 나르도록 시켜야 했다.

하지만 그는 유능한 로마 사령관이 해야 할 일도 간과하지 않았다. 방벽, 흉벽, 탑, 도랑을 만들어 단단히 수비하고 포를 배치하는 일이었다. 안토니우스는 브루투스나 카시우스와 달리 하나의 진지를 세워 그와 옥타비아누스의 보병이 함께 이용하도록 했다. 진지 양옆으로 작은 진지를 하나씩 더 세워 그의 기병 일부가 머물며 말들에게 염분 섞인 물을 먹이도록 했다. 그런 다음 가장 실력이 부족한 2개 군단을 바다 방향의 작은 진지에 머물게 했고 자신의 거처도 그곳에 마련했다. 반대편의 작은 진지에는 옥타비아누스의 군단들이 도착하면 머물기에 충분한 공간이 있었다. 그 군단들은 예비군 역할을 할 터였다.

안토니우스는 지형을 관찰한 후 이곳에서 벌어지는 전투는 무조건 백병전이 될 것이라고 판단했다. 그래서 자신의 기병 중 소금기 섞인 물이라도 마시겠다는 3천 명만 남겨두고 나머지는 전부 야음을 틈타 암피폴리스로 돌려보냈다. 그는 바다 쪽 작은 진지에 있는 자신의 거처와 대칭되는 위치에 옥타비아누스의 거처를 마련해놓았다. 말 근처에서 생활하면 옥타비아누스의 건강이 더 나빠질 수 있다는 생각은 미처 하지 못했다. 병사들이 그 겁쟁이의 계집애 같은 변명을 전혀 나쁘게 받아들이지 않는다는 데 화가 치솟을 뿐이었다. 그들은 옥타비아누스가 자기들을 위해 마르스에게 선처를 호소하고 있다고 믿는 듯했다!

옥타비아누스는 10월 초에 여전히 가마를 탄 채 자신의 5개 군단과 함께 도착했고, 물자 수송대는 다음날 도착했다. 그는 자신의 거처를 안토니우스가 어디에 마련해뒀는지 확인하고는 절망스러운 눈빛으로 아그리파를 쳐다봤다. 하지만 안토니우스에게 항의할 만큼 분별이 없지는 않았다.

"그는 어차피 이해 못할 거야. 그의 몸 상태는 짜증날 정도로 건강하니까. 우린 가장 뒤편의 바깥쪽 절벽에 내 막사를 세워야 할 거야. 그곳에서라면 염습지 너머로 바닷바람이 불어올 수도 있고—제발, 제발 바라건대!—그 바람이 말발굽에서 떨어지는 먼지를 날려줄지도 몰라."

"분명 도움이 될 거야." 아그리파가 동의했다. 그는 카이사르가 여기까지 왔다는 사실이 놀라울 따름이었다. 카이사르의 내면에 존재하는 의지는 한낱 인간의 그것을 넘어서는 것처럼 보였다. 카이사르는 죽기는커녕 멈추는 것조차 거부했다. 행여 그가 죽거나 여기서 멈춘다면 안토니우스가 가장 큰 수혜자가 될 터였다.

"바람 방향이 바뀌거나 먼지가 늘어나면, 카이사르," 아그리파가 덧붙였다. "저 작은 문을 통해 염습지 쪽으로 빠져나가서 좀 쉬다 오게."

양측 진영은 필리피에 각각 19개 군단을 두고 있었고 약 10만 보병을 부릴 수 있었다. 하지만 해방자군에게는 2만 명이 넘는 기병이 있었고, 안토니우스는 기병 병력을 1만 3천에서 불과 3천으로 줄여놓은 터였다.

"카이사르가 갈리아에서 싸웠던 때랑은 많이 달라졌어." 그는 옥타비아누스와 함께 저녁을 먹으며 말했다. "그는 기병 2천 명만 있으면 갈리아인 절반과 수감브리족 징집병까지 물리칠 수 있다고 생각했지. 내 생각에 그는 적병 3~4명당 아군 기병을 1명 이상 내보내지 않았던 것 같네."

"당신이 기병들을 시끄럽게 움직여 아직도 많은 기병을 가지고 있는 것처럼 행동하는 건 알고 있어요, 안토니우스. 하지만 당신에겐 이제 기병이 별로 없죠." 옥타비아누스는 입에 빵조각을 집어넣으며 말했다. "하지만 우리의 적들은 저 골짜기에 대규모 기병 진지를 마련해놓았다고 아그리파가 말해주더군요. 왜 그렇게 한 거죠? 카이사르와 무슨 상관이라도 있나요?"

"말에게 먹일 풀을 찾을 수 없네." 안토니우스는 턱을 닦으며 말했다. "그러니 지금 내게 남은 기병만으로도 충분할 거라 생각하기로 했지. 카이사르처럼 말일세. 여기에서의 싸움은 백병전이 될 거야."

"그들이 싸울 거라고 생각합니까?"

"그들이 싸움을 원치 않으리란 건 알아. 하지만 결국엔 싸우게 될 걸세. 왜냐하면 우린 그때까지 물러나지 않을 테니까."

안토니우스의 갑작스러운 도착은 브루투스와 카시우스에게 충격을 안겼다. 그들은 안토니우스가 암피폴리스에 숨어 지내다가 자신이 트라키아에서 얻을 것이 없음을 깨달으리라고 생각했던 것이다. 그러나 그는 여기 나타났고 진심으로 전투를 원하는 듯 보였다.

"그가 전투를 치를 일은 없을 걸세." 카시우스는 염습지를 향해 이맛살을 찌푸리며 말했다.

바로 다음날 카시우스는 염습지 쪽으로 노출된 측면부터 작업을 시작했다. 삼두연합군이 자신의 전선을 빙 돌아 뒤쪽에서 공격하지 못하도록 염습지 한가운데까지 방벽을 확장할 작정이었다. 동시에 에그나티우스 가도에 세워진 정문 근처를 도랑, 추가 방벽, 말뚝 울타리로 보강했다. 앞서 카시우스는 두 개의 언덕 앞쪽으로 흐르는 강가 강이 자연 방벽 역할을 하리라 예상했으나, 춥고 강우량이 부족한 해의 춥고 강우량이 부족한 가을철이라선지 강의 수위가 나날이 눈에 띄게 낮아졌다. 이제 강의 수위는 단순히 건널 수 있는 수준을 넘어 그 안에서 전투까지 치를 수 있을 정도가 되었다. 그러므로 더 많은 방벽, 더 많은 방어시설이 필요했다.

"왜 저렇게들 바쁜 건가?" 브루투스는 한 손으로 삼두연합군 진지를 가리키며 카시우스에게 물었다. 그들은 카시우스 진지의 언덕 위에 서 있었다.

"대규모 전투를 준비하고 있기 때문이지."

"아!" 브루투스는 이렇게 말하더니 침을 꿀꺽 삼켰다.

"하지만 저들은 전투를 치르지 않을 걸세." 카시우스는 확신이 담긴 목소리로 말했다.

"자네가 방벽을 염습지 쪽으로 확장하고 있기 때문인가?"

"그렇네, 브루투스."

"자넨 필리피 주민들이 우릴 내려다보면서 무슨 생각을 할지 궁금하지 않나?"

카시우스가 눈을 껌뻑거렸다. "지금 필리피 주민들 생각이 중요한가?"

"아닌 것 같네." 브루투스는 이렇게 말하더니 한숨을 내쉬었다. "그냥 궁금했을 뿐이야."

10월이 지나가고 있었지만 양쪽 식량 징발대 간의 소규모 접전 외에는 이렇다 할 사건이 없었다. 삼두연합군은 매일매일 전투를 기다렸고, 해방자군은 매일매일 삼두연합군이 전투를 기다린단 사실을 무시했다.

카시우스의 눈에 삼두연합군은 매일 무기만 휘두르고 있는 것처럼 보였지만, 실상은 그렇지 않았다. 안토니우스는 염습지에서 카시우스를 앞지르기로 마음먹은 터였고 아군 병력 3분의 1 이상을 그 작업에 투입시켰다. 비전투원과 물자 수송대 일꾼들이 날마다 갑옷을 입고 군인 흉내를 내며 무기를 휘두르는 의식에 참여하는 동안 병사들은 고된 노동을 했다. 그들에게 노동은 전투가 임박했다는 신호였고, 제 몫을 하는 병사라면 누구나 전투를 기대했다. 그들의 분위기와 태도는 자신감으로 가득했다. 그들은 자기네가 유능한 사령관들의 지휘를 받고 있으며 대부분 전투에서 살아남으리라는 것을 알았다. 그들 곁에는 위대한 마르쿠스 안토니우스뿐 아니라, 그들이 사랑하는 인물이자 그들을 위해 자신의 몸까지 희생제물로 바친 카이사르 디비 필리우스가 있었다.

안토니우스는 염습지 쪽으로 카시우스의 확장된 측면 방벽과 나란히 통로를 만들기 시작했다. 그의 작전은 적군 방벽을 빙 둘러 네아폴리스로 연결되는 길을 차단하고 카시우스의 급소를 공격하는 것이었다. 그는 열흘간 매일같이 병사들을 집합시켜 전투를 준비하는 척하면서 아군 병력 3분의 1 이상이 염습지에서 땀을 뻘뻘 흘리며 일하게 했다. 그들은 염습지의 풀과 갈대에 가려져 카시우스의 눈에 보이지 않았다. 탄탄한 도로를 만드는 것은 물론 바닥이 어딘지 알 수 없는 늪을 건널 수 있도록 말뚝을 박고 다리까지 놓았다. 이 모든 일은 완벽한 침묵 속에 진행되었다. 그들은 작업을 진행하면서 도로 주변으로 말뚝 울타리까지 세워 언제든 탑과 포가 설치된 흙벽으로 보강해서 쓸 수 있도록 정비했다.

하지만 카시우스는 아무것도 보지 못했고 아무것도 듣지 못했다.

10월 스물셋째 날 카시우스는 마흔두 살이 되었다. 브루투스는 그보다 4개월 보름 늦게 태어난 터였다. 카시우스는 원칙적으로 올해 집정관에 당선되어야 마땅했다. 그런데 그는 지금 필리피에서 단단히 마음먹은 적과 기다림의 싸움을 하고 있었다. 그는 생일이 되어서야 자신의 적이 얼마나 단단히 마음먹었는지를 확인하게 되었다. 안토니우스가 침묵을 깨고 기습부대를 모든 말뚝 울타리에 배치시킨데다 울타리를 보루로 바꿔놓은 것이다.

아연실색한 카시우스는 자신의 방벽을 바다까지 확장하여 안토니우스를 저지하려고 서둘렀다. 전군을 동원했고 병사들을 인정사정없이 몰아붙였다. 그의 머릿속에 다른 생각은 전혀 없었다. 이것이 한 군대가 다른 군대의 측면을 포위하려는 경쟁보다 더 심각한 무언가의 시작일 수 있다는 생각 따윈 떠오르지 않았다. 잠시 멈춰 생각을 정리했더라면 어떤 조짐을 눈치챘을 수도 있었겠지만, 그는 그러지 않았다. 그래서 그는 자기 병사들에게 임전 태세를 갖추라고 지시하지 않았고, 브루투스와 그의 군대에 관해서는 까맣게 잊어버렸다. 브루투스에게 공식 명령은커녕 어떤 언질도 주지 않았다. 카시우스에게서 아무런 말도 듣지 못한 브루투스는, 주변이 점차 시끄러워지고 있지만 자신은 가만히 기다려야 한다고 생각했다.

정오 무렵 안토니우스는 자신과 옥타비아누스의 군대를 거의 다 동원해 두 개 전선에서 공격을 감행했다. 옥타비아누스의 가장 미숙한 2개 군단만이 그가 머무는 작은 진지 안에 남아 있었다. 안토니우스는 동쪽의 카시우스 진지 방향으로 병사들을 정렬시킨 다음 그중 절반은 남쪽 염습지에서 정신없이 방벽 공사를 하고 있는 카시우스의 병사들을 공격하게 했다. 나머지 절반은 도로 위에 세워진 정문을 공격하도록 했는데, 카시우스의 진지가 세워진 쪽을 집중 공격했다. 정문 앞쪽의 병사들은 사다리와 갈고리를 이용해 아주 열성적으로 공격에 나섰다. 그들은 이제야 제대로 싸울 수 있게 되어 들떠 있었다.

카시우스는 안토니우스의 공격이 시작된 그때까지도 안토니우스가 실제로 전투를 원하는 것은 아니리라고 확신했다. 그와 안토니우스는 거의 동년배였지만 유년기나 청년기나 장년기를 함께 보낸 적이 없었다. 건달 같은 선동 정치가 안토니우스는 온갖 악습에 물들어 있었고, 안토니우스만큼 오래된 평민 귀족 가문 출신이자 호전적인 카시우스는 모든 일에 있어 정도를 따랐다. 그러므로 그들은 필리피에서 만났을 때 서로의 사고가 어떻게 작동하는지 몰랐다. 그리하여 카시우스는 안토니우스의 무모함을 미처 계산에 넣지 못했다. 그는 자신의 적이 꼭 자기 자신처럼 행동하리라고 짐작했다. 그러다 막상 싸움이 시작되자, 이제 전열을 가다듬거나 브루투스에게 소식을 전하기에는 너무 늦은 듯했다.

안토니우스의 병사들은 빗발치는 포탄 속에서 카시우스의 염습지 방벽 쪽으로 돌격해 카시우스의 최전선을 무너뜨렸고 적군을 방벽 바깥의 마른땅으로 몰아냈다. 적군의 최전선이 함락되자마자 삼두연합군 병사들이 카시우스의 외부 방벽으로 몰려들어 그때까지 염습지에서 고생하고 있던 적병들을 본대로부터 차단시켰다. 카시우스의 병사들은 훌륭한 군단병이었으므로 무기와 갑옷을 벗어던지지 않았다. 그들은 재빨리 전투대형을 갖추고 전투에 동참하려 했지만, 안토니우스는 몇 개 대대를 이용해 지도자가 없는 적병들을 다시 염습지 쪽으로 내몰았다. 그러다 보루를 지키고 있던 기습부대가 전투에 뛰어들었고 양을 몰듯이 적병들을 한쪽으로 몰아넣었다. 일부는 가까스로 포위를 벗어나서 카시우스의 언덕 뒤편으로 몰래 빠져나가 브루투스의 진지로 갔다.

염습지 공격의 성공이 거의 확실해지자 안토니우스는 정문과 카시우스의 진지 공격으로 관심을 돌렸다. 그의 병사들은 이미 외부 방벽 일부를 무너뜨린 뒤였고 이젠 카시우스의 내부 방벽을 무너뜨리려 애쓰고 있었다.

브루투스의 진지 안에서는 수많은 병사들이 완전무장을 하고 에그나티우스 가도를 따라 서 있었다. 그들은 나팔 소리나 보좌관의 고함소리가 들리기만 기다렸다. 하지만 그런 소리는 들리지 않았다. 그들에게 카시우스를 도우라고 명령을 내리는 사람은 아무도 없었다. 그래서 상황을 관전하던 병사들은 오후 2시 무렵 직접 행동에 나섰다. 아무 명령도 없었지만, 그들은 칼을 빼들고 브루투스의 성벽에서 뛰어내려 카시우스의 내부 방벽을 무너뜨리려는 안토니우스의 병사들에게로 돌진했다. 그들은 초반에 선전했지만 안토니우스가 이내 예비 병력을 이끌고 나타나 자기 병사들과 브루투스의 병사들 사이를 막아버렸다. 오르막에서 상대와 맞서야 했으므로 브루투스의 병사들에게 불리한 싸움이었다.

브루투스의 병사들은 한때 카이사르의 군대에서 복무했던 백발이 성성한 백전노장들이었다. 그들은 승산이 없다는 판단이 서자마자 싸움을 포기하고 다른 곳으로 눈을 돌렸다. 마침 옥타비아누스의 작은 진지가 눈에 보이자 그들은 방향을 틀어 그리로 달려들었고, 그곳을 말그대로 쑥대밭으로 만들어놓았다. 그 진지에는 예비군인 2개 군단과 대규모 물자 수송대, 소수의 기병이 머무르고 있었다. 그들은 습격자들의 상대가 되지 않았다. 브루투스의 백발성성한 카이사르 군단 출신 백전노장들은 그 작은 진지를 손에 넣고 그들에게 맞서는 적군을 죽인 뒤 본대가 머무르는 대형 진지로 이동했다. 그곳에서도 그들을 막을 자들은 없었다. 그들은 삼두연합군의 두 진지를 철저히 약탈한 다음 날이 어두워진 6시 무렵 브루투스의 언덕으로 돌아갔다.

이 전투가 시작될 무렵, 염습지 바깥의 너무도 건조한 땅에서 거대한 먼지바람이 일었다. 그리하여 첫번째 필리피 회전 내내 더없이 짙은 먼지구름이 끼여 있었다. 옥타비아누스에게는 다행스러운 일이었는데, 그 덕분에 생포를 면할 수 있었기 때문이다. 천식 증상이 심해진 그는 헬레노스의 도움을 받아 작은 문을 통해 염습지로 나가 있었다. 그곳에서는 바닷바람을 쐬면서 제대로 숨을 쉴 수 있었기 때문이다.

하지만 염습지에서의 전투가 안토니우스의 완승으로 넘어간 이때, 카시우스는 뿌연 먼지구름 탓에 다른 곳에서는 어떤 일이 벌어졌는지 확인할 길이 없었다. 그의 진지 내 언덕 꼭대기에서조차 아무것도 안 보였다. 아주 가까운 브루투스의 진지도 먼지구름에 가로막혀 전혀 보이지 않았다. 그가 확실히 아는 것은 적군이 에그나티우스 가도를 따라 자신의 방벽을 뚫고 들어왔고 자신의 진지가 괴멸을 피할 수 없으리라는 것뿐이었다. 브루투스도 이처럼 맹렬한 공격을 받았을까? 브루투스의 진지도 괴멸되었을까? 아마도 그럴 거라고 생각했지만, 육안으로 확인할 길이 없었다.

"아래가 잘 보이는 곳을 찾아가봐야겠소." 그는 곁에 있던 킴베르와 퀸틸리우스 바루스에게 말했다. "당신들은 달아나시오. 우린 패배한 것 같소. 내 생각은 그런데, 다만 확인할 길이 없소! 티티니우스, 나와 함께 가겠나? 필리피로 가면 상황을 확인할 수 있을지도 몰라."

그리하여 오후 4시 30분 무렵, 카시우스와 루키우스 티티니우스는 말을 타고 뒷문으로 빠져나갔다. 브루투스의 언덕 뒤편을 돌아 필리피가 위치한 탁상형 고지로 통하는 길을 따라갔다. 한 시간 뒤 땅거미가 질 무렵, 그들은 먼지구름보다 높은 곳까지 올라가 아래를 내려다봤다. 불빛은 모두 꺼졌고, 먼지구름이 땅 위로 평평하고 특색 없는 평원처럼 놓여 있었다.

"브루투스도 나처럼 끝장난 게 분명해." 카시우스는 티티니우스에게 침울한 목소리로 말했다. "힘들게 여기까지 왔는데, 모든 게 허사로 돌아갔어."

"아직 확실히 모르는 일입니다." 티티니우스는 달래듯 말했다.

그때 일단의 기병들이 갈색 안개를 뚫고 나타나더니 그들이 있는 언덕 위를 향해 전속력으로 달려왔다.

"삼두연합군의 기병들이군." 카시우스는 그들을 살펴보며 말했다.

"아군일 수도 있습니다. 제가 가서 확인해보겠습니다." 티티니우스가 말했다.

"아니, 내 눈에는 게르만족으로 보여. 제발 가지 말게!"

"카시우스, 우리에게도 게르만족 기병이 있습니다! 제가 가보겠습니다."

티티니우스는 말 옆구리를 발로 차며 기병들이 있는 언덕 아래로 내려갔다. 카시우스는 그들이 자신의 친구를 둘러싸고 붙드는 것을 확인했다. 고함치는 소리가 그의 귀에 들렸다.

"그가 생포됐군." 카시우스는 자신의 방패를 들고 있던 해방노예 핀다로스에게 이렇게 말하고는 말에서 내려와 판갑을 벗었다. "핀다로스, 노예가 아닌 자유인으로서 자네에겐 날 죽여줄 의무말고 다른 의무는 없네." 그는 칼집에서 단검을 꺼냈다. 카이사르의 얼굴에 찔러넣고 잔인하게 손잡이까지 돌렸던 바로 그 단검이었다. 지금 머릿속에 떠오르는 생각이 그 순간 자신이 카이사르에게 느꼈던 격렬한 증오뿐이라니, 참 이상한 일이었다. 그는 단검을 핀다로스에게 내밀었다. "정확히 찌르게." 그는 가슴 왼편의 옷을 걷어올리며 말했다.

핀다로스는 정확히 찔렀다. 카시우스는 앞으로 넘어져 도로 위에 쓰러졌고, 그의 해방노예는 눈물을 흘리며 시신을 내려다봤다. 그런 다음 말을 타고 마을이 위치한 언덕 위쪽을 향해 전속력으로 달아났다.

하지만 그 게르만족 기병들은 사실 해방자군 소속이었다. 그들은 브루투스의 병사들이 삼두연합군 진지를 급습해 승리를 거뒀다는 소식을 카시우스에게 전하려고 나타난 것이었다. 첫번째 필리피 회전은 무승부였다. 티티니우스와 함께 언덕을 올라온 기병들은 카시우스가 혼자 죽어 있는 것을 발견했다. 그의 말은 주인 얼굴에 코를 댄 채 킁킁거리고 있었다. 티티니우스는 안장에서 굴러떨어지다시피 하며 카시우스에게 달려가 그를 끌어안고 울었다.

"카시우스, 카시우스, 이건 좋은 소식이었단 말입니다! 왜 기다리지 않은 겁니까?"

카시우스가 죽었으니 이제 더 살아봐야 아무 의미가 없을 듯했다. 티티니우스는 자기 칼을 꺼내 자결했다.

브루투스는 그 끔찍한 오후 내내 자신의 언덕 꼭대기에 있었다. 그는 전장을 눈으로 확인하려 애썼지만 그럴 수 없었다. 무슨 일이 벌어지는지 도무지 알 수가 없었다. 자신의 여러 군단이 알아서 싸움을 시작해 승리를 거두었다는 것도 몰랐고, 카시우스가 자신에게 기대하는 바가 무엇인지도 알 수 없었다. 그는 카시우스가 자신이 가만히 있기를 바랄 것이라 생각했다. "그는 내가 가만히 있길 바랄 것 같소." 브루투스는 보좌관과 친구들을 비롯해 무슨 조치를 취해야 한다고, 뭐라도 해야 한다고 보채는 모든 사람들에게 이렇게 말했다!

바로 그때 머리가 산발이 되어 숨을 헐떡이는 킴베르가 나타났다. 그는 브루투스의 군단이 거둔 승리와 그들이 의기양양하게 강가 강 너머로 가져온 여러 전리품에 관해 전했다.

"하지만…… 하지만 카시우스는 그런…… 그런 명령을 내리지 않았소!" 브루투스는 믿을 수 없다는 표정으로 버벅거리며 말했다.

"어쨌든 그들은 그 일을 해냈고, 그건 그들에게 잘된 일이오! 우리에게도 잘된 일이고요, 이 우울하고 깐깐한 양반!" 인내심이 바닥난 킴베르가 쏘듯이 말했다.

"카시우스는 어디 있소? 다른 사람들은?"

"카시우스와 티티니우스는 먼지구름 아래의 상황을 파악하기 위해 말을 타고 필리피로 갔소. 퀸틸리우스 바루스는 우리가 완패했다고 판단해 자결했고요. 나머지 사람들은 모르겠소. 오, 이런 난장판을 본 적 있소?"

어둠이 내렸고 서서히, 아주 서서히 먼지구름이 걷히기 시작했다. 양측 진영은 내일 날이 밝은 후에야 오늘 전투의 결과를 확인할 수 있을 터였다. 그리하여 해방자 진영에서 살아남은 사람들은 브루투스의 목조 주택에 모여 목욕을 하고 따뜻한 튜닉으로 갈아입었다.

"오늘 누가 죽었소?" 브루투스는 식사가 준비되기 전에 물었다.

"젊은 루쿨루스가 죽었소." 암살자 퀸투스 리가리우스가 말했다.

"렌툴루스 스핀테르는 염습지에서 싸우다 죽었소." 암살자 파쿠비우스 안티스티우스 라베오가 말했다.

"퀸틸리우스 바루스도 죽었소." 암살자 킴베르가 덧붙였다.

브루투스는 흐느꼈다. 무기력하고 못난 아버지에게서 났지만 누구보다 침착하고 혁신적이었던 스핀테르의 죽음이 특히 안타까웠다.

그때 소란스러운 소리가 들렸다. 젊은 카토가 사나운 눈빛으로 방 안에 뛰어들어왔다. "마르쿠스 브루투스!" 그는 소리쳤다. "이쪽입니다! 밖으로 나오십시오!"

그의 절박한 목소리에 10여 명의 남자들 모두가 벌떡 일어서서 문밖으로 나갔다. 문밖 땅바닥의 허름한 깔개 위에 가이우스 카시우스 롱기누스와 루키우스 티티니우스의 시신이 놓여 있었다. 브루투스에게서 가느다란 비명이 터져나왔다. 그는 무릎을 꿇고 쓰러져 양손으로 얼굴을 가리고 몸을 앞뒤로 흔들기 시작했다.

"어떻게 된 건가?" 킴베르가 먼저 나서서 물었다.

"게르만족 기병들이 모셔왔습니다." 젊은 마르쿠스 카토는 똑바로 서서 군인다운 자세로 대답했다. 그의 아버지는 아들의 이런 모습을 미처 알지 못했으리라. "카시우스는 그 게르만족 기병들이 자신을 생포하러 온 적군 기병이라고 생각했습니다. 그와 티티니우스는 필리피로 이어지는 도로 위에 있었습니다. 티티니우스가 기병들에게 다가가 아군임을 확인했지만, 카시우스는 티티니우스가 자리를 비운 사이 자결했습니다. 그들이 카시우스에게로 갔을 때 카시우스는 이미 죽어 있었죠. 그러자 티티니우스도 자결했습니다."

"이 모든 일이 벌어지는 동안," 마르쿠스 안토니우스는 폐허로 변한 자신의 진지에서 소리쳤다. "자넨 대체 어디 있었나?"

옥타비아누스는 헬레노스에게 기댄 채, 자신을 향해 가늘게 뜬 안토니우스의 성난 눈을 조금도 겁먹지 않은 표정으로 응시했다. 그러나 손에 칼을 쥔 채 조용히 입을 다물고 있는 아그리파는 쳐다볼 엄두가 나지 않았다. "호흡이 곤란해서 염습지에 가 있었습니다."

"그 잡놈들이 우리 군자금을 다 털어가는 동안 말인가!"

"빼앗긴 군자금은," 옥타비아누스는 긴 금빛 속눈썹을 내리깔고 숨을 몰아쉬며 말했다. "당신이 반드시 되찾으리라고 확신합니다, 마르쿠스 안토니우스."

"그래, 내가 꼭 되찾을 걸세. 자넨 아무짝에도 쓸모없어, 한심한 멍청이 같으니! 자넨 응석받이고 훌륭한 사령관 자리엔 안 어울리는 인간이야! 다 이겼다고 생각했는데, 그동안 브루투스의 진지에서 기어나온 무뢰배들이 내 진지를 약탈하고 있었을 줄이야! 감히 내 진지를! 게다가 아군 수천 명이 죽었어! 내 진지 안에서 우리 병사를 잃었는데, 카시우스의 병사 8천 명을 죽인 것이 무슨 소용이란 말인가? 자네는 빵 던지기 싸움도 지휘하지 못할 위인이야!"

"전 한 번도 빵 던지기 싸움을 지휘할 수 있다고 주장한 적 없습니다." 옥타비아누스는 침착하게 말했다. "오늘 작전을 계획한 것은 당신이지 제가 아닙니다. 당신은 제게 공격에 나설 거라는 말조차 해주지 않았고, 작전회의에 저를 부르지도 않았습니다."

"왜 그냥 짐을 싸서 집에 가지 않는 건가, 옥타비아누스?"

"저는 당신과 마찬가지로 이 전쟁의 공동 사령관이기 때문입니다, 안토니우스. 당신이 그 사실에 관해 어떻게 생각하든 말이죠. 저는 당신과 같은 규모의 병력을 보탰고, 지금 고함치며 호통치는 당신보다 더 많은 자금을 보탰습니다. 오늘 죽은 것도 당신 병사들이 아니라 전부 제 병사들이고요! 그러므로 앞으로는 작전회의에 저를 꼭 불러주고 우리 진지를 보호하기 위해 더 힘써줄 것을 제안합니다."

안토니우스는 두 주먹을 불끈 쥐고 옥타비아누스의 발밑에 가래침을 탁 뱉더니 자리를 박차고 나갔다.

"내가 저자를 죽이겠네." 아그리파가 간청했다. "난 분명 저자를 죽일 수 있어, 카이사르! 저자는 이제 늙었고 술을 너무 많이 마셔. 내가 죽이게 해주게! 정정당당하게 결투를 신청하겠네!"

"아니, 오늘은 그래선 안 돼." 옥타비아누스는 폐허로 변한 자신의 막사로 돌아가며 말했다. 묻어줘야 할 말이 많았으므로 비전투원들은 횃불을 켜놓고 땅을 파고 있었다. 말이 죽으면 기병은 싸울 수 없었고, 브루투스의 병사들은 그것을 알고 있었다. "자넨 가장 치열하게 싸웠네, 아그리파. 타우루스에게 다 들었어. 자네에게 필요한 건 안토니우스 같은 천박한 인물과의 결투가 아니라 잠이야. 타우루스는 자네가 처음으로 카시우스의 방벽을 넘은 공을 인정받아 황금 팔레라이 아홉 개를 받게 됐다고 했어. 원래대로라면 요새관을 수여받아야 하지만, 안토니우스는 방벽이 두 겹 있었고 자네가 두 방벽 모두를 처음으로 넘은 건 아니라고 트집을 잡았다지. 오, 그 얘길 듣고 자네가 얼마나 자랑스러웠던지! 우리가 브루투스와 맞설 때가 되면 자네가 4군단을 지휘하게 될 거야."

아그리파는 이 칭찬에 아주 기뻤지만, 그 자신보다는 카이사르가 걱정됐다. 안토니우스 같은 멧돼지에게 그처럼 부당한 질책을 들었으니 카이사르의 얼굴이 곧 죽을 것처럼 까맣게 변할 줄 알았다. 하지만 그 호통은 오히려 마법의 약 같은 효과를 발휘해 카이사르의 건강 상태를 호전시켜놓은 듯했다. 카이사르는 얼마나 자기 절제력이 강한가. 그는 절대 흥분하는 법이 없었다. 그것은 그가 가진 일종의 용기였다. 게다가 안토니우스는 오늘 카이사르가 보인 비겁함을 조롱함으로써 병사들 사이에서 카이사르의 명성을 깎아내릴 수도 없을 터였다. 병사들은 카이사르가 아프다는 것을 알고 있었고, 오늘 그가 견뎌낸 아픔 덕분에 아군이 대승리를 거둘 수 있었다고 생각할 터였다. 실로 대단한 승리였다. 아군 사상자들은 가장 전투력이 떨어지는 병사들이었던 반면, 해방자군 사상자들은 카시우스의 정예병들이었다. 그렇다, 병사들은 카이사르가 겁쟁이란 말을 믿지 않을 터였다. 안토니우스의 거짓말을 믿는 것은 로마에 있는 안토니우스의 친구들과 원로원의 입만 산 장군들뿐

이리라. 하지만 그곳에서 안토니우스는 옥타비아누스의 병에 관한 언급을 깜빡할 터였다.

브루투스의 진지는 미어터질 지경이었다. 카시우스의 병사들 2만 5천 명 정도가 그곳으로 흘러들어온 듯했다. 일부는 부상자였고, 대부분은 염습지에서 일하다가 전투까지 치른 뒤라 몹시 지쳐 있었다. 브루투스는 저장고에서 평소보다 많은 식량을 꺼내 비전투원 제빵사들이 염습지에서 일했던 병사들만큼이나 열심히 빵을 굽도록 재촉했으며 신선한 빵과 베이컨이 듬뿍 든 렌틸콩 수프를 내놓았다. 날씨는 아주 추웠고 장작은 구하기 힘들었다. 언덕 뒤편에서 벌목한 나무들은 땔감으로 쓰기엔 아직 너무 잎이 무성했기 때문이다. 그래도 따뜻한 수프와 기름에 적신 빵이 어느 정도 몸을 데워줄 터였다.

병사들이 카시우스의 죽음을 접하고 어떤 반응을 보일지 생각하면 브루투스는 눈앞이 캄캄해졌다. 그는 귀족들의 시신을 한데 모아 수레에 싣고 젊은 카토에게 맡겨 네아폴리스로 보냈다. 카토는 시신을 화장하고 유골을 로마로 돌려보낸 뒤 복귀하라는 지시를 받은 터였다. 생기가 다 빠져나간 카시우스의 얼굴을 보는 것은 얼마나 끔찍하고 비현실적인 일인가! 카시우스의 얼굴은 브루투스가 이제껏 보았던 그 어떤 얼굴보다도 생기로 가득했었는데. 두 사람은 학교 때부터 친구였고 나중엔 처남매부지간이 되었다. 함께 카이사르를 죽임으로써 두 사람의 인생이 싫든 좋든 한덩어리로 묶이기 전부터 그들은 이미 떼려야 뗄 수 없는 사이였다. 카시우스의 유골은 아이를 그렇게도 원했지만 결국 갖지 못한 테르툴라에게 전해질 터였다. 율리우스 혈통의 여자에게는 흔한 운명인 듯싶었다. 그런 점에서 그녀는 카이사르와 닮아 있었다.

아이를 갖기엔 너무 늦었다. 그녀에게도 너무 늦었고, 마르쿠스 브루투스에게도 너무 늦었다. 포르키아는 죽었고 어머니는 살았다. 포르키아는 죽었고 어머니는 살았다. 포르키아는 죽었고 어머니는 살았다.

카시우스의 시신을 떠나보낸 뒤 브루투스는 이상한 힘이 솟는 것을 느꼈다. 이 전쟁은 온전히 그의 차지가 되었고, 그는 역사책에 기록될 만큼 영향력 있는 해방자들 중에 유일한 생존자였다. 그러므로 그는 가녀리고 구부정한 어깨에 장군의 망토를 걸치고 카시우스의 병사들을 달래기 위해 자신이 할 수 있는 일을 했다. 여기저기 흩어져 있는 병사 무리와 대화하고 그들을 진정시키고 기분을 달래주는 동안 그는 그들이 이번 패배를 아주 분하게 여긴다는 사실을 알아차렸다. 아닐세, 아니야, 자네들 잘못이 아니었어. 자네들의 용기나 결단력이 부족했던 게 아냐. 근본도 모르는 안토니우스가 자네들에게 슬금슬금 몰래 다가왔고 신의를 존중하는 사람답게 굴지 않았기 때문일세. 물론 병사들은 카시우스가 지금 어디 있는지, 왜 그가 자기들을 찾아오지 않는지 궁금하게 여겼다. 브루투스는 카시우스의 죽음을 알리면 사기가 완전히 꺾일 것을 우려해 거짓말을 했다. 카시우스는 부상당했네. 며칠은 지나야 자리에서 일어날 수 있을 걸세. 그 거짓말은 통하는 듯했다.

새벽이 가까워지자 그는 모든 보좌관, 군관, 선임 백인대장을 회의 장소로 소집했다.

"마르쿠스 키케로," 그는 키케로의 아들에게 말했다. "내 백인대장들과 상의해 카시우스의 병사들을 내 군단들에 흡수시키는 일을 자네에게 맡기겠네. 내 군단들의 정원이 너무 많이 늘어난다 해도 어쩔 수 없네. 하지만 카시우스의 군단 중 기존 정체성을 유지할 수 있을 만큼 생존자가 많은 군단이 있는지도 알아봐주게."

젊은 키케로는 비장하게 고개를 끄덕였다. 위대한 키케로의 아들로 살아가는 그에게 가장 고통스러운 점은, 사실 그가 퀸투스 키케로의 아들로 태어나고 젊은 퀸투스가 위대한 키케로의 아들로 태어났어야 한다는 것이었다. 마르쿠스 2세는 지적으로 뛰어나지 않고 호전적인 반면 퀸투스 2세는 똑똑하고 책을 좋아하며 이상주의자였던 것이다. 브루투스가 마르쿠스 키케로에게 맡긴 임무는 다행히 그의 재능과 부합했다.

하지만 브루투스에게 솟아났던 이상한 힘은 카시우스의 병사들을 위로해주고 나자 그의 몸을 빠져나갔고, 평소 같은 의기소침함이 그 자리를 채웠다.

"며칠은 지나야 전투를 개시할 수 있을 거요." 킴베르가 말했다.

"전투를 개시하다니?" 브루투스가 이해할 수 없단 표정으로 물었다. "안 되오, 루키우스 킴베르. 우린 전투를 먼저 시작하지 않을 거요."

"하지만 우린 전투를 시작해야 하오." 돌대가리 귀족 루키우스 비불루스가 소리쳤다.

군관과 백인대장 들은 불만스러운 얼굴로 서로 눈길을 주고받았다. 모든 이들이 교전을 원하는 것이 분명했다.

"우린 여기 가만히 있을 거요." 브루투스는 자신이 짜낼 수 있는 권위를 최대한 짜내며 말했다. "우리는 절대―다시 한번 강조하지만 절대!―전투를 개시하지 않을 거요."

하지만 새벽이 밝자 안토니우스는 병사들을 집합시켜 전투 준비를 했다. 넌더리가 난 킴베르도 똑같이 해방자군을 집결시켰다. 실제로 교전 시도가 있었지만, 안토니우스가 한발 물러서자 시시하게 끝났다. 안토니우스의 병사들은 지쳐 있었고 그의 진지는 아직 수리할 부분이 너무 많았다. 그는 단지 브루투스에게 자신이 진심임을, 이대로 순순히 물러날 생각이 없음을 보여주고자 했던 것이다.

다음날 브루투스는 모든 보병들을 집합시켜놓고 짧은 연설을 했다. 연설을 들은 병사들은 기가 찼고 뭔가 잘못된 것 같은 기분이 들었다. 브루투스는 전투를 개시할 마음이 전혀 없다고 말했기 때문이다. 그는 교전이 필요치 않다고, 그의 첫번째 목표는 아군 병사들의 귀한 목숨을 잘 지키는 것이라고 말했다. 마르쿠스 안토니우스는 그가 씹어 삼킬 수 있는 것보다 더 많이 베어 문 셈인데, 왜냐하면 이제 그가 씹을 수 있는 것은 공기뿐이기 때문이었다. 그리스, 마케도니아, 서부 트라키아에는 곡식이나 가축이 전혀 없으므로 그는 곧 굶주리게 될 터였다. 해방자군이 바다를 장악하고 있으니 안토니우스와 옥타비아누스는 어디에서도 식량을 가져오지 못하리라!

"그러니 마음 편히 먹고 기다리게. 우리의 식량은 넉넉하니 필요하다면 내년 추수 때까지도 버틸 수 있을 걸세." 그는 이렇게 결론 내렸다. "하지만 마르쿠스 안토니우스와 카이사르 옥타비아누스는 그보다 한참 전에 식량이 떨어져 굶어죽겠지."

"그 연설은 정말 최악이었소, 브루투스!" 킴베르는 이를 악물고 말했다. "병사들은 교전을 원한단 말이오! 그들은 적군이 굶어죽는 동안 편안히 배를 채우길 원하지 않소! 그들은 포룸 로마눔만 뺀질나게 드나드는 사람이 아니라 군인이란 말이오!"

이에 브루투스는 군자금을 헐어 모든 병사들에게 그들의 용기와 충성심에 감사하는 뜻으로 5천 세스테르티우스씩의 현금을 건넸다. 하지만 군대는 그것을 뇌물로 받아들였고 브루투스에게 느끼던 일말의 존경심마저 잃어버렸다. 그는 병사들에게 삼두연합군이 짚, 벌레, 씨앗이라도 주워먹으려고 뿔뿔이 흩어지고 나면 그리스와 마케도니아에서 짧고 수익 짭짤한 전쟁을 치르게 해주겠다는 달콤한 약속까지 했다. 스파르타인들의 라케다이몬과 마케도니아의 테살로니카를 약탈한다고 생각해보라! 아직까지 그 누구도 손대지 않은 부유한 두 도시를.

"우리 군대가 바라는 건 도시 약탈이 아니라 교전이오!" 퀸투스 리가리우스는 격분하여 말했다. "바로 이곳에서의 교전 말이오!"

하지만 브루투스는 누가 무슨 말을 하든 간에 교전을 거부했다.

11월 초, 삼두연합군은 심각한 문제에 직면했다. 안토니우스는 식량 징발대를 저멀리 테살리아와 테살로니카 위쪽의 악시오스 강 골짜기까지 보냈지만 그들은 빈손으로 돌아왔다. 스트리몬 강을 따라 베시족의 땅으로 쳐들어갔던 식량 징발대만이 곡물과 콩을 가져올 수 있었다. 사파이오이 고갯길의 염소길을 미처 떠올리지 못한 것을 아직도 원통하게 여기는 라스쿠스가 길을 알려준 덕분이었다. 라스쿠스의 존재는 안토니우스와 옥타비아누스의 관계 개선에 도움이 되지 않았다. 그 트라키아 왕자는 안토니우스와는 상대하지 않고 오직 카이사르하고만 대화하려고 했다. 카이사르는 안토니우스에게서는 절대 기대할 수 없는 존중 어린 태도로 그를 대했기 때문이다. 옥타비아누스의 군단들은 한 달을 더 지내기에 충분한 양의 식량을 가지고 돌아왔지만, 그 이상 버티기는 힘들었다.

"때가 됐네." 얼마 지나지 않아 안토니우스가 말했다. "이제 우리가 상의를 좀 해야겠어, 옥타비아누스."

"그렇다면 자리에 앉으세요." 옥타비아누스가 말했다. "뭘 상의해야 한단 말이죠?"

"전략 말일세. 자넨 사령관의 깜냥이 안 되지만 술책이 뛰어난 정치가인 건 분명해. 그런데 어쩌면 지금 우리에게 필요한 건 술책이 뛰어난 정치가일지도 모르지. 혹시 좋은 생각이라도 있나?"

"몇 가지 있습니다." 옥타비아누스는 계속 무표정한 얼굴로 말했다. "우선, 우리가 병사들에게 2만 세스테르티우스의 상여금을 약속해야 한다고 생각해요."

"농담이겠지!" 안토니우스는 입을 떡 벌리며 급히 자세를 바로잡았다. "아군 병력이 줄어든 것을 감안한다 해도, 그 정도면 은 8만 탈렌툼에 달할 걸세. 이집트에 가지 않는 이상 그런 돈은 없단 말일세."

"그 말씀은 분명 사실입니다. 그럼에도 불구하고, 전 그냥 그렇게 약속해야 한다고 생각해요. 내일 일은 내일 걱정하면 되죠. 우리 병사들도 바보가 아니니까 우리에게 그만한 돈이 없다는 건 알고 있어요. 하지만 우리가 브루투스의 진지를 통째로 손에 넣고 네아폴리스로 통하는 길까지 차단한다면 그곳에서 은 수천 탈렌툼을 얻을 수 있을 겁니다. 우리 병사들은 충분히 똑똑해서 그 사실도 알고 있답니다. 좀더 열심히 전투에 나설 유인책이 되는 거죠."

"자네 말뜻은 알겠어. 좋아, 나도 동의하네. 또 다른 건 없나?"

"제 정보원들에 따르면 브루투스가 엄청난 회의감을 느끼고 있다더군요."

"자네의 정보원들?"

"사람은 자신의 신체적·정신적 능력이 허용하는 일을 하기 마련이에요, 안토니우스. 당신이 계속 지적했다시피 제 체력과 정신력은 사령관의 깜냥에 미치지 못합니다. 하지만 저에게는 울릭세스 같은 면이 있어요. 그래서 그 놀랍도록 엉큼한 인물처럼 저 역시 우리의 일리움에 정보원들을 심어두었지요. 그중 한둘은 적군 사령부에서 꽤 높은 직위에 올라 있고요. 그들이 제게 정보를 제공한답니다."

안토니우스는 입을 떡 벌리고 가만히 그를 쳐다봤다. "유피테르 신이시여, 자넨 정말 교묘하군!"

"네, 제가 좀 그렇죠." 옥타비아누스는 순순히 동의했다. "제 정보원들에 따르면 브루투스는 자기 병사들 상당수가 한때 카이사르의 부하였다는 것을 꺼림칙하게 생각합니다. 그들의 충성심을 확신하지 못하는 거죠. 카시우스의 병사들도 걱정거리입니다. 그들이 자신을 신뢰하지 않는다고 생각하니까요."

"자네 정보원들의 속삭임이 브루투스의 의심을 얼마나 부채질한 건가?" 안토니우스가 약빠르게 물었다.

카이사르 특유의 미소가 떠올랐다. "분명 어느 정도는 영향을 줬겠죠. 우리의 브루투스는 약해진 상태예요. 그는 철학자와 금권정치가를 한데 뭉쳐놓은 사람이죠. 그 둘 중 어느 쪽도 전쟁의 가치를 믿지 않아요. 철학자는 전쟁이 혐오스럽고 파괴적이라서 싫어하고 금권정치가는 전쟁이 경제를 망치기 때문에 싫어하죠."

"자네가 지금 하려는 말이 대체 뭔가?"

"브루투스가 지금 약해진 상태라는 겁니다. 그에게 좀더 압박을 가하면 전투에 나설 수밖에 없을 거라고 생각해요." 옥타비아누스는 뒤로 기대앉으며 한숨을 내쉬었다. "우리가 어떻게 그의 병사들을 자극해 전투 개시를 주장하게 만들지는 당신에게 맡겨두죠."

안토니우스는 자리에서 일어서더니 얼굴을 찡그리며 금발머리를 내려다봤다. "한 가지 더."

"네?" 옥타비아누스는 반짝이는 눈으로 상대를 올려다보며 물었다.

"자넨 우리 군대에도 정보원들을 심어두었나?"

또다시 카이사르 특유의 미소가 떠올랐다. "어떻게 생각하세요?"

"내 생각엔," 안토니우스는 막사의 덮개문을 열어젖히며 사납게 말했다. "자넨 비뚤어진 인간일세, 옥타비아누스! 너무 뒤틀려서 침대에 똑바로 눕지도 못할 테지. 그 누구도 카이사르에게는 그렇게 말할 수 없었을 걸세. 그는 늘 화살처럼 곧은 사람이었으니까. 난 자네가 경멸스러워."

11월이 흐르면서 브루투스의 고민은 깊어졌다. 어디로 고개를 돌려도 불만 가득한 얼굴뿐이었다. 모든 이들의 염원은 한 가지, 단 한 가지—바로 전투뿐이었다. 설상가상으로 안토니우스는 매일 병사들을 진지 밖에 정렬시켰고, 맨 앞줄의 병사들은 배고픈 똥개처럼 울어대고 발정난 똥개처럼 울부짖고 발길질당한 똥개처럼 칭얼거렸다. 그런 다음 해방자군 병사들을 향해 너희는 싸움을 두려워하는 겁쟁이에다 줏대 없는 약골이라는 등 온갖 모욕적인 말을 쏟아냈다. 그 소음은 브루투스의 진지 구석구석에 스며들었고, 삼두연합군이 내뱉는 말을 듣는 사람들은 모두 이를 갈며 이 상황을 지긋지긋해했다. 그들이 무엇보다도 지긋지긋하게 여기는 것은 교전을 허락하지 않는 브루투스였다.

11월 열째 날, 브루투스는 흔들리기 시작했다. 동료 암살자, 보좌관, 군관 들만 그에게 보채는 것이 아니라 백인대장과 일반 병사 들까지도 그 진저리나는 주장에 가세한 까닭이었다. 브루투스는 뭘 어떻게 해야 할지 몰라 자신의 거처에 들어가서 문을 닫고 양손으로 머리를 감쌌다. 아시아 기병대는 대거 진지를 떠났고 그 사실을 굳이 숨기려 하지도 않았다. 첫번째 필리피 회전 이전부터 이미 말에게 먹일 풀이 부족했고 물은 언덕에서만 먹일 수 있어서 기병들은 하루 한 번씩 말을 데리고 언덕으로 가야 했다. 카시우스도 안토니우스처럼 이곳에서의 전투에 기병이 많이 필요치 않다는 것을 알고 있었기에 마찬가지로 기병들을 집으로 돌려보내기 시작했었다. 그리고 첫번째 필리피 회전 이후, 귀향하는 기병들의 행렬은 가느다란 물줄기에서 홍수로 바뀌었다. 이제 전투가 시작된다면 브루투스는 5천 명 정도의 기병밖에 부릴 수 없었는데, 그것조차도 너무 많다는 것을 그는 깨닫지 못했다. 그는 기병이 너무 적다고 생각했다.

그는 그저 의무감 때문에 가끔씩 숙소 밖으로 나서곤 했다. 그럴 때마다 들려오는 속닥거림과 아우성의 원인은 그의 병사들 중 너무 많은 이들이 죽은 카이사르의 옛 부하였기 때문인 것처럼 느껴졌다. 또한 카이사르의 금발 상속자가 최전선을 오가며 자기 병사들과 웃고 농담하는 모습을 그들이 매일 확인할 수 있기 때문인 것처럼 느껴졌다. 그래서 브루투스는 다시 숙소로 숨어들어 양손으로 머리를 감싸고 앉아 있었다.

이두스 다음날, 마침내 루키우스 틸리우스 킴베르가 예고도 없이 방으로 쳐들어왔다. 그는 깜짝 놀란 브루투스를 거칠게 일으켜세웠다.

"브루투스, 당신이 원하든 말든 간에 당신은 전투를 개시해야 할 거요!" 화가 나서 제정신이 아닌 킴베르가 호통쳤다.

"안 돼, 그러면 모든 게 끝장날 거요! 저들이 굶어죽게 내버려두란 말이오." 브루투스는 곧 울음을 터뜨릴 것처럼 말했다.

"내일 전투 명령을 내리시오, 브루투스. 안 그러면 내가 당신 지휘권을 빼앗아 직접 명령을 내리겠소. 이게 나 혼자 판단해서 하는 말이라고 생각지 마시오. 난 다른 모든 해방자, 보좌관, 군관, 백인대장, 병사들의 지지를 등에 업고 있소." 킴베르가 말했다. "마음을 정하시오, 브루투스. 당신은 지휘권을 계속 갖고 있고 싶소, 아니면 내게 넘기고 싶소?"

"그럼 그렇게 하시오." 브루투스는 심드렁하게 말했다. "전투 명령을 내리시오. 하지만 전투가 끝나고 우리가 패배했을 때, 나는 그러길 원하지 않았다는 걸 반드시 기억해주시오."

새벽녘에 해방자군은 브루투스의 진지에서 나와 강을 따라 정렬했다. 불안하고 조바심이 난 브루투스는 군관과 백인대장 들에게 병사들이 진지로 돌아가는 길에서 너무 멀리 벗어나지 말아야 하며 안전한 퇴로를 확보해야 한다고 강조했다. 군관과 백인대장 들은 어이없다는 표정을 지으며 그 말을 무시했다. 어떻게 전투가 시작되기도 전에 패배할 거라고 가정하는 말을 한단 말인가?

하지만 브루투스는 어쨌든 가장 낮은 직급의 병사들에게까지 가까스로 그 말을 전달했다. 안토니우스와 옥타비아누스가 그들의 병사들 사이를 거닐며 악수와 웃음과 농담을 나누고 마르스 인빅투스와 디부스 율리우스의 가호를 빌어주는 동안, 브루투스는 말에 올라 그의 병사들 주변을 돌아다니며 오늘 전투에서 패배한다면 전부 너희 탓이라고 말하고 있었다. 이 전투를 주장한 것은 너희고 자기는 애초에 싸울 마음이 없었으며, 자신의 뛰어난 판단력에도 불구하고 이 전투를 허락할 수밖에 없었다고 했다. 그의 표정은 침통했고 눈에는 눈물과 슬픔이 어렸으며 어깨는 축 늘어져 있었다. 그의 일장연설이 끝날 무렵, 대부분의 병사들은 자신이 어쩌다 이런 끔찍한 패배주의자의 군대에 입대했는지 의문스러울 지경이었다.

병사들은 이런 참담한 심정을 아주 오랫동안 서로 털어놓을 수 있었는데, 아무리 기다려도 나팔 소리가 안 들렸기 때문이다. 그들은 새벽부터 방패와 필룸창에 기댄 상태로 정렬해 있었고 그때가 구름 낀 늦가을이라는 점에 감사했다. 정오 무렵 비전투원들이 식사를 가져왔고, 양 진영은 각자 위치에서 점심을 해결하고 다시 방패와 필룸창에 몸을 기댔다. 이 얼마나 웃긴 광대극인가! 플라우투스도 이보다 더 우스운 광대극을 집필하진 못하리라.

"전투를 개시하시오, 브루투스. 안 그럴 거면 장군의 망토를 벗든가." 오후 2시경 킴베르가 말했다.

"한 시간만 더, 킴베르, 딱 한 시간만 더 기다리시오. 그러면 일몰까지 얼마 안 남은 시각이라 이 전투가 결전이 되진 않을 거요. 두 시간의 전투만으로는 아주 많은 사망자가 발생하거나 전쟁의 승패가 완전히 판가름나진 않을 거요." 브루투스가 대답했다. 그는 이 전략이 예전에 카시우스마저 놀라게 했던 유의 기발한 아이디어라고 확신했다.

킴베르는 황당한 표정으로 그를 쳐다봤다. "그렇다면 파르살로스는 뭐요? 당신도 거기 있었소, 브루투스! 거기선 한 시간도 안 돼서 다 결판났잖소."

"그건 그렇지만, 사망자는 아주 적었소. 나는 한 시간 뒤에 나팔을 울릴 거요. 그전엔 절대 울릴 수 없소." 브루투스가 완고하게 말했다.

그리하여 3시에 나팔이 울렸다. 삼두연합군은 함성을 지르며 돌격했고, 해방자군도 함성을 지르며 돌격했다. 이번에도 백병전이었다. 전장 주변의 기병들은 이리저리 뛰어다니는 것 외엔 별로 할 일이 없었다.

보병으로 이루어진 거대한 두 덩어리가 어마어마한 혈기와 기운을 품고 맹렬히 격돌했다. 필룸창이나 화살이 오가는 탐색전 같은 건 없었다. 병사들은 광분한 상태로 서로에게 달려들었고 단검을 휘두르며 서로의 몸과 허벅지를 박살냈다. 너무 오랜 기다림 끝에 격돌한 까닭에 처음부터 육탄전이었다. 엄청난 살육이 펼쳐졌고 어느 쪽도 물러서지 않았다. 앞줄의 병사들이 쓰러지면 그 뒤의 병사들이 시신과 중상자들을 밟고 올라와 방패를 휘두르고, 목이 쉬도록 전쟁 구호를 외치고, 번뜩이는 칼날로 찌르고 베기를 반복했다.

옥타비아누스의 가장 뛰어난 5개 군단은 안토니우스의 우익이었고, 아그리파와 4군단이 에그나티우스 가도와 제일 가까운 곳에 있었다. 적군의 공격에 진지를 잃은 것은 옥타비아누스의 군단이었으므로, 그 5개 군단은 그들의 맞은편이자 브루투스의 좌익에 배치된 브루투스의 노련병들에게 갚아줘야 할 빚이 있었다. 어느 쪽도 전진하거나 후퇴하지 못하는 싸움이 거의 한 시간 가까이 이어진 끝에, 옥타비아누스의 5개 군단이 아주 강하게 밀어붙이기 시작하면서 그 압력만으로 브루투스의 좌익은 뒤로 밀려났다.

"오!" 지켜보고 있던 옥타비아누스는 신이 나서 헬레노스에게 소리쳤다. "거대한 기계를 돌리는 것처럼 움직이는군! 밀어붙여, 아그리파, 밀어붙여! 공격해!"

한때 카이사르 밑에서 일했던 브루투스의 병사들은 아주 서서히 밀려났다. 그들에게 가해지는 압력이 점점 강해졌고, 그러다 버틸 수 없는 상태가 되자 대오가 흐트러졌다. 그렇다 해도 허둥지둥하거나 전장을 벗어나 달아나는 병사는 없었다. 단지 뒤쪽 병사들도 앞쪽 병사들이 밀려나고 있음을 알아채고 함께 뒷걸음질하기 시작했을 뿐이었다.

두 군대가 격돌하고 한 시간 뒤, 압력은 견디기 힘든 수준이 되었다.

브루투스의 좌익에서 서서히 뒷걸음질하던 병사들이 갑자기 우르르 도주하기 시작했다. 옥타비아누스의 군단병들은 칼을 뻗으면 닿을 만큼 가까운 곳에 있었다. 아그리파의 4군단은 방벽 위에서 쏟아지는 돌덩이와 화살을 무시하고 에그나티우스 가도의 정문과 방벽 쪽으로 돌진했다. 그들은 달아나는 브루투스의 병사들이 브루투스의 진지 안으로 들어가지 못하게 문을 막아섰다. 브루투스의 병사들은 흩어져 엄습지나 언덕 뒤편의 협곡으로 달아났다.

두번째 필리피 회전은 파르살로스 회전보다 아주 약간 오래 지속되었지만 사망률은 대단히 높았다. 해방자군 절반이 목숨을 잃었거나 지중해 세계의 그 누구에게도 소식이 전해지지 않게 되었다. 나중에 전해진 이야기에 따르면 목숨을 건진 일부는 파르티아의 왕 밑에서 일하게 되었다고 한다. 하지만 그들은 소그디아네 국경에 주둔하며 대초원의 마사게타이족을 막아내고 있는 카라이 전투의 생존자 1만 명과 같은 운명을 맞지는 않았다. 라비에누스의 아들 퀸투스 라비에누스는 오로데스 왕의 신임을 받는 신하가 되었고, 그리하여 패잔병들을 불러모아 파르티아군에게 로마식 전투 기술을 가르치도록 했던 것이다.

브루투스와 그 일행은 언덕 꼭대기에서 모든 광경을 지켜보고 있었다. 이날은 먼지구름이 시체 더미 근처에 몰려 있었으므로 시야가 좋았다. 패배가 확실해지자 그의 4개 노련병 군단에 소속된 군관들이 나타나 어떻게 해야 할지를 물었다.

"자네들 목숨이라도 구하게." 브루투스가 말했다. "네아폴리스에 있는 함대로 가든지, 아니면 타소스 섬으로 달아나게."

"마르쿠스 브루투스 사령관님을 호위해드리겠습니다."

"아니, 난 혼자 가겠네. 지금 당장 떠나게."

그의 곁에는 스타틸로스, 에페이로스의 스트라톤, 푸블리우스 볼룸 니우스가 있었다. 그가 가장 아끼는 세 해방노예인 비서 루킬리우스와 클레이토스, 방패지기 다르다노스도 함께였다. 노예를 포함해서 전부 스무 명 정도의 인원이었다.

"다 끝났어." 그는 아그리파의 4군단이 자신의 방벽을 무너뜨리는 장 면을 지켜보며 말했다. "우리도 서두르는 게 좋겠네. 짐은 다 쌌나, 루 킬리우스?"

"네, 마르쿠스 브루투스. 부탁 하나만 드려도 되겠습니까?"

"해보게."

"제게 당신의 갑옷과 심홍색 망토를 주십시오. 우리 두 사람은 체격 이나 피부색, 머리색이 비슷해서 제가 당신이라고 해도 믿을 겁니다. 제가 적진으로 가서 마르쿠스 유니우스 브루투스라고 한다면 추격을 어느 정도 늦출 수 있을 겁니다."

브루투스는 잠시 생각해보더니 고개를 끄덕였다. "좋아, 하지만 한 가지 조건이 있네. 자넨 반드시 마르쿠스 안토니우스를 찾아가 항복해 야 하네. 무슨 일이 있어도 그들이 자넬 옥타비아누스에게 데려가게 해 선 안 돼. 안토니우스는 못 배운 미련퉁이지만 적어도 명예를 아는 자 야. 자신이 속았다는 걸 안 뒤에도 자넬 해하진 않을 거야. 반면 옥타비 아누스는 자넬 그 자리에서 죽여버릴 거라고 생각하네."

그들은 옷을 바꿔 입었다. 루킬리우스는 브루투스의 공마에 올라타 고 정문 방향으로 언덕을 내려갔고, 브루투스와 그의 일행은 뒷문 방향 으로 언덕을 내려갔다. 빛이 약해지고 있었고, 아그리파의 부하들은 여 전히 진지의 방벽을 무너뜨리는 중이었다. 그러므로 그들이 진지를 떠나 가장 가까운 골짜기로 들어가는 것을 목격한 사람은 아무도 없었다. 그들은 여러 골짜기를 지나 마침내 네아폴리스 도로에서 동쪽으로 한참 떨어진 지점의 에그나티우스 가도에 도착했다. 네아폴리스 도로는 첫번째 필리피 회전이 끝난 며칠 뒤 진작 안토니우스의 손에 넘어갔다.

어둠이 내리기 시작하자 브루투스는 에그나티우스 가도를 벗어나 코르필로이 고갯길 안쪽으로 들어가기로 했다. 그리고 협곡 급경사면 아래의 숲이 우거진 비탈길을 올라갔다.

"안토니우스는 분명 기병대를 파견해 탈주자 수색에 나설 걸세." 브루투스는 설명하듯이 말했다. "절벽의 튀어나온 바위 위에서 밤을 보내고 나면 내일 아침 눈뜨자마자 가장 안전한 도주로를 찾아낼 수 있을 거야."

"누군가를 보초로 세우면 모닥불을 피울 수도 있을 걸세." 볼룸니우스가 덜덜 떨며 말했다. "오늘은 구름이 많이 껴서 횃불 없이는 앞을 볼 수 없네. 그러니 우리의 보초가 다가오는 횃불을 발견하면 그 즉시 모닥불을 꺼버리면 되겠지."

"구름이 걷히고 있어." 스타틸로스는 절망스러운 목소리로 말했다.

그들은 죽은 나무를 모아 모닥불을 활활 피우고 그 주변으로 모였으나, 막상 식사를 하려고 하니 목이 말라 아무것도 먹을 수 없었다. 아무도 물을 챙겨 올 생각을 못 했던 것이다.

"하르페소스 강이 근처에 있을 거요." 라스쿠폴리스가 자리에서 일어나며 말했다. "말 두 마리를 데려가 물을 가져오겠소. 곡식이 든 항아리들을 비우고 곡식은 자루에 보관하면 될 거요."

브루투스는 거의 아무 말도 듣지 못했다. 너무 깊은 생각에 잠긴 나머지 주변의 모든 일들이 두꺼운 안개 너머로 보이고 귀를 단단히 막은 솜뭉치 너머로 들리는 듯했다.

　이것이 내 길의 끝이구나. 이 끔찍하고 고통스러운 세상에서 내 삶의 마지막이구나. 나는 단 한 번도 훌륭한 전사가 아니었고 그런 피를 타고나지도 못했지. 군인들의 사고방식이 어떤지조차 모른다. 그걸 알았더라면 카시우스를 더 잘 이해할 수 있었을 텐데. 그는 지나치게 열성적이고 공격적이었다. 그래서 어머니는 늘 나보다 그를 좋아하셨다. 어머니는 내가 아는 가장 공격적인 사람이므로. 일리움의 탑들보다 당당하고, 헤르쿨레스보다 강하며, 아다마스보다 단단하므로. 어머니는 우리 모두보다—카토, 카이사르, 실라누스, 포르키아, 카시우스, 그리고 나보다—더 오래 살아남을 운명이다. 어머니는 우리 모두보다 더 오래 살아남을 것이다. 어쩌면 그 뱀 같은 옥타비아누스만 제외하고. 안토니우스를 압박하여 해방자들을 기소한 것은 그자였다. 옥타비아누스만 없었더라면 우린 모두 로마에서 지내며 적절한 해에 집정관을 지낼 수도 있었을 것이다. 바로 올해에!

　옥타비아누스는 자기보다 네 배쯤 나이 많은 사람만큼이나 교활하다. 카이사르의 상속자! 우리 중 아무도 미처 계산에 넣지 못했던, 포르투나 여신이 던진 주사위. 카이사르가 내 어머니를 유혹했을 때부터, 내게 망신을 주었을 때부터, 내 율리아를 늙은이에게 시집보냈을 때부터 이 모든 일은 시작되었다. 카이사르, 자기밖에 모르는 인간. 브루투스는 몸서리를 치며 에우리피데스가 쓴 〈메데이아〉의 한 구절을 떠올렸고, 그것을 크게 외쳤다.

　"'전능하신 제우스여, 이처럼 크나큰 고통의 원인이 누구인지 기억하소서!'"

　"그건 어디 나오는 말인가?" 볼룸니우스가 물었다. 그는 다음번 일기를 쓰기 전까지 모든 것을 기억해두려고 애썼다.

브루투스는 대답하지 않았다. 그 구절이 어디서 나온 것인지 알아내려고 끙끙대는 볼룸니우스에게 에페이로스의 스트라톤이 답을 알려주었다. 하지만 볼룸니우스는 브루투스가 떠올린 사람이 안토니우스라고 생각했고, 그게 카이사르일 거라고는 상상도 하지 못했다.

라스쿠폴리스가 물을 가지고 돌아왔다. 브루투스를 제외한 모든 사람들은 허겁지겁 바싹 마른 목을 축였다. 그런 다음 식사를 했다.

잠시 후 멀리서 작은 소리가 들려오자 그들은 급히 모닥불을 밟아 껐다. 그들은 뻣뻣하게 앉아 있었고, 볼룸니우스와 다르다노스가 상황을 알아보러 갔다. 돌아온 두 사람은 아무것도 아니었다고 전했다.

그때 갑자기 스타틸로스가 벌떡 일어나더니, 어떻게든 좀더 따뜻해지려고 양손으로 자기 몸을 마구 때렸다. "못 견디겠어!" 그가 소리쳤다. "난 무슨 일이 벌어지는지 보러 필리피로 돌아가겠네. 진지 안의 언덕이 버려져 있다면 커다란 신홋불을 올리겠네. 이렇게 높은 곳에서라면 불이 잘 보일 거야. 어쨌든 그건 삼두연합군이 네아폴리스로 가는 길을 장악할 경우 양쪽 고갯길의 보초들에게 그 사실을 알려주기 위해 만들어진 봉화대니까. 거기까지 거리가 7.5킬로미터쯤 됐던가? 내가 서두른다면 약 한 시간 후에 불이 켜질 걸세. 그러면 자네들은 안토니우스의 부하들이 사냥중이 아니라 수면중이란 걸 알 수 있겠지."

그는 그렇게 떠났다. 남은 사람들은 추위를 쫓아보려고 서로 바싹 붙어 앉았다. 오직 브루투스만이 생각에 잠겨 초연한 모습이었다.

이것이 내 길의 끝이다. 모든 일이 허사로 돌아갔다. 나는 카이사르만 죽으면 공화정이 회복될 것이라고 확신했었다. 하지만 그렇지 않았다. 그의 죽음은 더 끔찍한 적들을 풀어놓았을 뿐이다. 내 심장의 끈들은 공화정에 묶여 있으니, 나도 여기서 죽는 것이 온당하다.

"오늘," 그는 갑자기 물었다. "누가 죽었나?"

"헤미킬루스." 라스쿠폴리스가 어둠 속에서 말했다. "젊은 마르쿠스 포르키우스 카토는 아주 용맹하게 싸우다 죽었소. 파쿠비우스 라베오는 자결한 것 같소."

"리비우스 드루수스 네로." 볼룸니우스가 말했다.

브루투스는 눈물을 흘리며 조용히 흐느꼈다. 나머지 사람들은 미동도 없이 가만히 앉은 채 지금 이곳이 아닌 다른 곳에 있으면 좋겠다고 생각했다.

얼마나 울었을까, 브루투스로서는 알 수 없었다. 다만 눈물이 말랐을 때, 그는 마치 꿈에서 깨어나 그보다 훨씬 더 꿈같고 아름답고 매혹적인 꿈속으로 걸어들어가는 듯한 기분이었다. 자리에서 일어난 그는 탁트인 곳으로 걸어가 하늘을 올려다봤다. 구름이 걷히고 수많은 별이 빛나고 있었다. 그의 눈과 먹먹해진 가슴이 경외심을 느끼며 바라보는 이 광경을 언어로 풀어낼 수 있는 사람은 호메로스뿐이리라.

"그런 밤들이 있다." 그가 말했다. "대기에 바람이 없고 밝은 달을 둘러싼 별들이 뚜렷이 나타나는 밤. 모든 산봉우리와 곶과 골짜기가 모습을 드러내고 무한한 깊이의 하늘이 열리며 창공이 드러나는 밤."*

그것이 심경의 변화를 의미한다는 것을 알아차린 일행 모두는 몸이 뻣뻣해지며 귀를 쫑긋 세웠다. 칠흑 같은 어둠에 익숙해진 그들의 눈은 그들을 향해 되돌아오는 브루투스의 그림자를 쫓았다. 그는 소지품 무

---

* 호메로스, 『일리아스』, 제8권, 558.

더기 쪽으로 가더니 자신의 칼을 집어 칼집에서 꺼냈다. 그리고 그것을 볼룸니우스에게 건넸다.

"자네가 끝내주게, 오랜 친구여." 그가 말했다.

볼룸니우스는 흐느끼며 고개를 가로젓고 뒤로 물러났다.

브루투스는 다른 사람들에게 차례로 칼을 건넸지만, 아무도 칼을 받으려 하지 않았다. 마지막 남은 사람은 에페이로스의 스트라톤이었다.

"자네가 해주겠나?" 브루투스가 물었다.

그것은 순식간에 끝났다. 에페이로스의 스트라톤은 눈 깜짝할 새 무기를 집어들고 곧바로 한쪽 무릎을 굽혔다. 독수리 모양 손잡이만 남기고 칼날 전체가 브루투스의 왼쪽 흉곽에 깊숙이 박혔다. 칼은 완벽한 위치에 꽂혔다. 브루투스는 풀이 무성한 바닥에 무릎이 닿기도 전에 죽었다.

"나는 고향으로 돌아가겠소." 라스쿠폴리스가 말했다. "나와 함께 떠날 사람 있소?"

아무도 없는 듯했다. 트라키아인은 어깨를 으쓱하더니 말을 타고 떠났다.

상처에서 흐르던 피가 멈추자—피는 조금밖에 나지 않았다—서쪽에서 불길이 솟았다. 스타틸로스가 진지의 신호불을 올린 것이었다. 그들이 가만히 기다리는 동안, 별자리들은 그들의 머리 위로 이동했고 브루투스는 피로 얼룩진 바닥에 아주 평화롭게 누워 있었다. 눈은 감겼고 입에는 주화가 들어 있었다. 앞면에 그의 옆모습이 새겨진 데나리우스 금화였다.

마침내 방패지기 다르다노스가 나섰다. "스타틸로스는 돌아오지 않을 겁니다." 그가 말했다. "마르쿠스 브루투스를 마르쿠스 안토니우스에게 데려갑시다. 브루투스도 그러길 바라셨을 겁니다."

그들은 축 늘어진 시체를 브루투스의 말에 태웠다. 그리고 동쪽에서 희미하게 날이 밝아오는 가운데, 필리피 전투의 현장으로 다시 터덜터덜 돌아갔다.

주변을 수색중이던 기병대대가 그들을 마르쿠스 안토니우스의 막사로 안내했다. 필리피 전투의 승자는 이미 잠에서 깨어 있었는데, 너무 건강한 나머지 전날 연회의 숙취조차 없었다.

"저기 내려놓게." 안토니우스는 긴 의자를 가리키며 말했다.

두 게르만족 기병은 아주 작은 꾸러미를 긴 의자로 가져가 조심스럽게 내려놓았다. 그리고 시신의 사지를 똑바로 펴서 다시 인간의 형상처럼 보이게 만들었다.

"내 팔루다멘툼을 주게, 마르시아스." 안토니우스는 하인에게 말했다.

하인은 장군의 심홍색 망토를 가져왔다. 안토니우스는 그것을 한번 털어낸 뒤 브루투스의 얼굴을 제외한 몸 전체에 내려앉게 했다. 브루투스의 얼굴은 새하얗고 황량했으며, 수십 년간의 여드름으로 여기저기 움푹 파여 있었다. 볼품없는 검은 곱슬머리는 번지르르한 새의 깃털처럼 그의 머리통을 덮고 있었다.

"집으로 돌아갈 돈은 있소?" 그는 볼룸니우스에게 물었다.

"네, 마르쿠스 안토니우스. 하지만 저희는 스타틸로스와 루킬리우스도 데려갔으면 합니다."

"스타틸로스는 죽었소. 내 보초들이 브루투스의 진지에서 그를 발견하고 좀도둑이라 생각했지 뭐요. 그의 시신은 내가 확인했소. 그리고 가짜 브루투스, 아니 루킬리우스는 내 하인으로 쓸 생각이오. 그렇게 충성심 강한 사람은 어디 가서 찾기 힘드니 말이오." 안토니우스는 자신의 하인에게 고개를 돌렸다. "마르시아스, 브루투스 쪽 사람들 중에 네아폴리스로 가려는 이들에게 통행권을 마련해주게."

안토니우스는 이제 말없는 브루투스와 단둘이 남았다. 브루투스와 카시우스는 죽었다. 아퀼라, 트레보니우스, 데키무스 브루투스, 킴베르, 바실루스, 리가리우스, 라베오, 카스카 형제, 다른 암살자 몇 명도 죽었다. 결국 이렇게 되었구나. 모든 것이 지나가고 로마가 과거의 단정치 못한, 완벽하지 못한 방식으로 돌아갈 수도 있었건만! 하지만 만약에 그렇게 됐다면, 카이사르가 완벽한 피의 복수를 위해 난데없이 내놓은 배후 조종자이자 악몽 같은 저 옥타비아누스가 가만있지 않았으리라.

호랑이도 제 말 하면 나오듯이, 안토니우스의 눈앞에 옥타비아누스가 나타났다. 그는 열린 막사 덮개문 아래의 빛으로 가득한 삼각형 안에 서 있었고, 바로 뒤에는 무표정하고 기막히게 잘생긴 또래 친구 아그리파가 서 있었다. 옥타비아누스는 회색 망토를 걸치고 있었고 머리카락은 수북이 쌓인 금화 더미처럼 등불에 반짝였다.

"소식 들었습니다." 옥타비아누스가 말했다. 그는 긴 의자 옆으로 와서 브루투스를 내려다봤다. 손가락 하나를 뻗어, 그것이 어떤 물질로 이뤄져 있는지 확인하려는 듯 시신의 밀랍 같은 볼을 만졌다. 그러더니 곧 손가락을 뒤로 빼며 회색 망토에 꼼꼼히 닦았다. "한줌도 안 되는 인간이군요."

"죽음은 우리 모두를 작아지게 한다네, 옥타비아누스."

"카이사르는 그렇지 않았습니다. 죽음은 그를 더 커지게 했으니까요."

"안타깝게도 자네 말이 맞군."

"저건 누구의 팔루다멘툼이죠? 브루투스의 것인가요?"

"아니, 내 것이라네."

가냘픈 몸이 뻣뻣해졌다. 큰 회색 눈이 가늘어지며 그 안에 차가운 불꽃이 일었다. "저 개자식을 너무 대접해주시는군요, 안토니우스."

"그는 로마 귀족이자 로마군 최고사령관이었네. 나는 오늘 치르게 될 그의 장례식에서 그를 더 많이 대접해줄 작정이야."

"장례식이요? 저 인간은 장례식을 치를 자격이 없습니다!"

"이곳에선 내 말이 법이야, 옥타비아누스. 그는 철저한 군장의 예를 갖춰 화장될 걸세."

"당신 말은 법이 아닙니다! 이자는 카이사르의 암살범이었습니다!" 옥타비아누스는 성난 목소리로 낮게 말했다. "네오프톨레모스가 프리아모스에게 그랬던 것처럼, 이자를 개 먹이로 던져주십시오!"

"자네가 울부짖고 칭얼대고 꽥꽥대고 훌쩍이고 야옹댄다 해도 난 신경 안 써." 안토니우스는 작은 치아들을 드러내며 말했다. "브루투스는 군장의 예를 갖춰 화장될 것이고, 자네 군단들도 그 자리에 참석해야 하네!"

젊고 나긋나긋하고 아름다운 얼굴이 돌처럼 변했다. 그것은 제대로 열받은 카이사르의 얼굴과 너무 닮아 있었으므로, 안토니우스는 자기도 모르게 겁을 먹고 뒷걸음질했다.

"제 군단들은 그들이 원하는 대로 할 겁니다. 당신이 명예로운 장례식을 계속 고집한다면 마음대로 하십시오. 하지만 머리는 안 됩니다. 머리는 제 것입니다. 머리는 저한테 주십시오! 저한테요!"

안토니우스의 눈앞에서 카이사르는 자신의 모든 권위를, 절대 꺾을 수 없는 의지를 드러냈다. 안토니우스는 어느새 균형 감각을 잃고 상대를 압박할 수도, 윽박지를 수도, 괴롭힐 수도 없게 된 것을 느꼈다. "자넨 미쳤어."

"브루투스는 제 아버지를 살해했습니다. 브루투스는 제 아버지의 암살범들을 이끌었습니다. 브루투스는 당신이 아니라 제게 주어진 상입니다. 저는 그의 머리를 배에 태워 로마로 보낼 것이고, 그 머리에 창을 꽂아 포룸 로마눔의 디부스 율리우스 조각상 기단에 세워둘 겁니다." 옥타비아누스가 말했다. "머리를 제게 주십시오."

"카시우스의 머리도 원하나? 아쉽게도 너무 늦었네. 그건 여기 없거든. 하지만 어제 죽은 사람들의 머리는 줄 수 있네."

"브루투스의 머리 하나면 됩니다." 옥타비아누스는 강철처럼 단호한 목소리로 말했다.

도무지 이유는 알 수 없었지만, 안토니우스는 어느새 우위를 잃어버렸다. 그는 애원하고 사정사정하고 온갖 말을 동원해 간곡히 설득하다가 심지어 눈물까지 흘렸다. 부드러운 감정을 자극하는 방법들도 죄다 동원했다. 그가 이번 전쟁의 공동 지휘관을 맡으면서 한 가지 알게 된점이 있다면, 이 허약하고 골골대는 멍청이는 절대 겁을 먹거나 지배당하거나 압도당하지 않는다는 것이었다. 아그리파가 그림자처럼 붙어 있으니 죽여버릴 수도 없었다. 아니, 그랬다간 그의 군단들이 가만있지 않을 터였다.

"자네가 그렇게 원한다면 가져가게!" 안토니우스는 결국 이렇게 말했다.

"고맙습니다. 아그리파?"

그 일은 전광석화처럼 순식간에 끝났다. 아그리파는 칼을 꺼내들고 앞으로 걸어오더니 목과 그 밑의 쿠션까지 한번에 베어버렸다. 목이 떨어지면서 피가 쏟아졌다. 옥타비아누스의 동년배 친구는 브루투스의 검은 곱슬머리를 손으로 움켜쥐더니 허벅지 옆으로 붙여 들었다. 표정 하나 바뀌지 않았다.

"로마는커녕 아테네에 도착하기도 전에 썩고 말 걸세." 안토니우스는 메스껍고 울렁거린다는 표정으로 말했다.

"도살업자들에게 부탁해 피클 담글 때 쓰는 물을 구해놨습니다." 옥타비아누스는 막사의 덮개문 쪽으로 걸어가며 침착하게 말했다. "그의 얼굴만 알아볼 수 있는 상태라면, 그의 뇌가 녹아 흐물흐물해지든 말든 상관없습니다. 로마인들은 카이사르의 아들이 암살범 무리의 우두머리에게 복수했다는 것을 알아야 합니다."

아그리파와 잘린 머리는 사라졌고 옥타비아누스만 남았다. "누가 죽었는지는 알고 있습니다. 그런데 포로로 잡힌 사람은 누가 있나요?" 그가 물었다.

"퀸투스 호르텐시우스와 마르쿠스 파보니우스 두 명뿐이네. 나머지는 모두 자결을 선택했어. 그 이유는 쉽게 짐작할 수 있지." 안토니우스는 머리가 잘린 브루투스의 몸통을 가리키며 말했다.

"포로들을 어떻게 할 생각입니까?"

"호르텐시우스는 브루투스에게 마케도니아 총독 직을 넘겼으니 내 동생 가이우스의 무덤 위에서 죽게 될 걸세. 파보니우스는 집으로 보낼 거야. 완전히 무해한 사람이니까."

"파보니우스는 즉시 처형되어야 합니다!"

"맙소사, 옥타비아누스, 대체 왜 그래야 하나? 그가 자네에게 무슨 짓을 했다고?" 안토니우스는 머리를 쥐어뜯으며 소리쳤다.

"그는 카토의 절친한 친구였습니다. 그것만으로 이유는 충분합니다, 안토니우스. 그는 오늘 죽어야 합니다."

"아니, 그는 집으로 돌아가게 될 걸세."

"처형해야 합니다, 안토니우스. 당신에겐 제가 필요합니다. 제가 없으면 당신도 곤란하죠. 그러니 제 청을 들어주시죠."

"시킬 게 더 있나?"

"달아난 사람은 누구죠?"

"메살라 코르비누스. 내 동생을 살해한 가이우스 클로디우스. 키케로의 아들. 그리고 제독들도 당연히 모두 달아났네."

"법의 심판을 받아야 할 암살자들이 아직 몇 명 더 남았군요."

"자넨 그들이 다 죽을 때까지 멈추지 않을 생각이군, 안 그래?"

"그렇습니다." 옥타비아누스는 덮개문을 내리고 떠났다.

"마르시아스!" 안토니우스가 고함쳤다.

"네, 주인님?"

안토니우스는 심홍색 망토를 잡아당겨 피가 흐르는 소름 끼치는 목을 덮었다. "근무중인 상급 군관을 찾아서 장례용 장작더미를 준비하라고 전하게. 우리는 오늘 군장의 예를 갖춰 마르쿠스 브루투스를 화장할 걸세. 마르쿠스 브루투스의 머리가 없다는 걸 그 누구에게도 알리지 말게. 호박이라든지 다른 뭔가를 찾아보고, 지금 당장 게르만족 부하 열 명을 내게 보내게. 그들은 이 막사 안에서 브루투스의 시신을 상여에 옮기고 머리가 있어야 할 자리에 호박을 놓은 다음 망토가 안 벗겨지게 단단히 고정시키는 일을 맡아야 할 걸세. 알겠나?"

"네, 주인님." 얼굴이 잿빛으로 변한 마르시아스가 말했다.

게르만족 부하들과 몸을 덜덜 떠는 하인이 마르쿠스 브루투스의 시신을 수습하는 동안, 안토니우스는 아무 말없이 고개를 돌리고 앉아 있었다. 그는 브루투스가 막사 밖으로 옮겨진 뒤에야 움직이기 시작했고, 이유도 없이 갑자기 쏟아지는 눈물을 떨구려 눈을 깜빡였다.

고향으로 돌아갈 때까지 군대가 먹을 식량은 충분했다. 해방자군 진지 두 곳에는 식량이 아주 많았고, 네아폴리스에는 훨씬 더 많은 식량이 있었다. 제독들은 두번째 필리피 회전의 패전 소식이 들리자 모든 것을 버려두고 곧장 바다로 달아났던 것이다. 1탈렌툼짜리 은괴로 가득한 집, 곡물이 넘쳐나는 저장소, 베이컨으로 가득한 훈연실, 절인 돼지고기가 들어찬 보관통, 병아리콩과 렌틸콩이 그득한 창고. 거둬들인 전리품은 주화와 금괴, 은괴만 해도 최소 10만 탈렌툼이었으므로 병사들에게 약속한 추가 상여금을 지급하기에 충분했다. 해방자군 병사 2만 5천 명이 옥타비아누스 군단에 자원입대했다. 두 전쟁에서 승리를 이끈 사람은 안토니우스였지만, 그의 군대에 자원입대하는 사람은 아무도 없었다.

진정해, 마르쿠스 안토니우스! 저 냉혹한 코브라 옥타비아누스가 네 살에 송곳니를 박도록 둬선 안 돼. 그의 말이 옳고 그는 그걸 알고 있어. 나에겐 그가 필요해. 그가 없으면 나도 곤란해져. 내겐 이탈리아로 함께 돌아갈 군대가 있고, 그곳에서 우리 삼두연합의 세 구성원들은 모든 걸 다시 시작해야 해. 새로운 조약이 체결되고, 로마의 질서를 바로잡기 위해 새롭게 연장된 직위가 주어지겠지. 옥타비아누스에게 온갖 지저분한 일을 떠넘길 수 있다면 나로선 아주 기쁠 거야. 수많은 퇴역병에게 땅을 마련해주는 일, 섹스투스 폼페이우스가 시칠리아와 바다에서 활개치는 가운데 300만 로마 시민의 식량을 구하는 일을 그에게 떠맡기자. 일 년 전의 나라면 그가 그 일을 해낼 수 없을 거라고 생각했겠지. 하지만 지금은 잘 모르겠어. 맙소사, 정보원들이라니! 그는 새끼 뱀들을 키워 여기저기서 소곤거리게 하고 염탐질하며 자신의 대의명분을 전파하고 있다. 카이사르에 대한 숭배부터 자기 자신의 지위를 확고히 하는 일까지. 나는 그와 같은 도시에 살 수 없다. 난 텅 빈 국고, 수많은 퇴역병, 곡물 공급 문제로 씨름하는 대신 좀더 살기 좋은 곳에서 좀더 기분좋은 일을 하며 지낼 것이다.

"로마로 돌려보낼 머리는 잘 포장했나?" 옥타비아누스는 막사로 들어오는 아그리파에게 물었다.

"완벽하게 했네, 카이사르."

"코르넬리우스 갈루스에게 그걸 암피폴리스까지 가져가서 항해에 적합한 선박을 고용하도록 하게. 우리 군단들과 그것을 한 배에 태우고 싶지 않으니까."

"알겠네, 카이사르." 아그리파는 이렇게 대답하고 떠나려 했다.

"아그리파?"

"왜 그러나, 카이사르?"

"자넨 4군단 선두에서 아주 멋지게 싸워줬어." 그는 미소를 지었다. 호흡은 가볍고 편해져 있었고, 자세는 느긋했다. "내가 오디세우스라면 자넨 용감한 디오메데스라네. 언제나 늘 그렇기를 바라네."

"언제나 늘 그럴 걸세, 카이사르."

그리고 오늘은 나도 승리를 거두었어. 난 안토니우스와 맞섰고 그를 눌러버렸으니까. 일 년 안에 그는 로마의 모든 세계를 향해 날 카이사르라고 부를 수밖에 없을 거야. 난 서방을 통치하고, 안토니우스에겐 동방을 줄 것이다. 그는 그곳에서 자멸하고 말겠지. 레피두스는 아프리카와 최고신관 관저를 맡게 될 것이다. 그는 나와 안토니우스 둘 중 누구에게도 위협이 되지 않는다. 그래, 내게는 내 추종자들로 구성된 작고 충직한 무리가 있다. 아그리파, 스타틸리우스 타우루스, 마이케나스, 살비디에누스, 루키우스 코르니피키우스, 티티우스, 코르넬리우스 갈루스, 코케이우스 형제, 소시우스……. 새롭게 확장될 귀족 무리의 핵. 그것이 바로 내 아버지의 큰 실수였다. 아버지는 오래된 귀족들을 유지하고자 하셨고, 자신의 파벌을 오래된 귀족 가문 출신들의 이름으로 장식하고자 하셨다. 그의 독재는 표면상 민주적인 틀 안에서 제대로 확립될 수 없었다. 하지만 나는 그런 실수를 범하지 않을 것이다. 내 건강 상태와 취향은 화려함과 어울리지 않고, 나는 내 아버지의 웅장함을 절대 따라가지 못할 것이다. 아버지는 최고신관의 의복을 입고, 용기의 상징인 시민관을 머리에 쓰고, 천하무적 같은 분위기를 풍기며 포룸 로마눔을 거닐고 다니셨다. 그를 쳐다보는 여자들은 황홀해했다. 그를 쳐다보는 남자들은 자신의 부족함을 떠올리며 괴로워했고, 자신의 무능함을 떠올리며 괜스레 그를 증오했다.

하지만 나는 그들의 가장이 될 것이다. 그들의 친절하고 한결같고 따뜻하며 늘 웃어주는 아버지가 될 것이다. 그들이 스스로를 직접 다스린다고, 스스로 자신의 말과 행동을 단속한다고 믿게끔 할 것이다. 로마의 벽돌을 대리석으로 바꾸자. 로마 신전을 위대한 예술품으로 가득 채우고, 도로를 다시 깔고, 광장을 꾸미고, 나무를 심고, 공중목욕탕을 건설하고, 최하층민을 배불리 먹이고, 그들이 상상할 수 있는 모든 종류의 유흥을 제공하자. 꼭 필요할 때만 전쟁을 치르되 우리 세계의 변방에 주둔군을 배치하자. 이집트의 금으로 로마의 경제를 되살리자. 나는 아주 젊으니 이 모든 일을 해낼 시간이 충분하다.

하지만 우선 마르쿠스 안토니우스를 제거할 방법부터 찾아내자. 그를 살해하거나 그와 전쟁을 치르지 않고서. 그건 충분히 가능한 일이다. 해답은 시간 속에 숨어 있으니, 그 해답이 스스로 모습을 드러낼 때까지 기다리기만 하면 된다.

3 암피폴리스의 그 어떤 선장도 두둑한 수고비를 받고서 겨울 바다를 건너 로마로 화물을 운송해주려 들지 않자, 코르넬리우스는 액체가 가득 담긴 큰 항아리를 도로 필리피의 진지로 가져왔다. 병사들은 아직도 한창 뒷정리중이었다.

"그렇다면," 옥타비아누스는 한숨을 쉬며 말했다. "그걸 디라키온까지 가져가서 거기서 배를 찾아보게. 지금 당장 떠나게, 갈루스. 나는 그것이 내 군대와 함께 움직이길 바라지 않네. 병사들은 미신을 아주 잘 믿으니 말이야."

코르넬리우스 갈루스와 그의 게르만족 기병대대는 그 중대한 한 해의 막바지 무렵 디라키온에 도착했다. 그곳에서 그는 마침내 배를 찾아냈고, 배 주인은 아드리아 해를 건너 앙코나까지 화물을 운반해주기로 했다. 브룬디시움은 이제 봉쇄 상태가 아니었지만, 그 주변에는 수많은 함대가 어슬렁거리고 있었다. 함대를 이끄는 해방자군 제독들은 나아가야 할 방향을 잃고 앞으로의 계획을 논의중이었다. 그들 대부분은 섹스투스 폼페이우스에게 합류하게 될 터였다.

갈루스는 항아리를 끝까지 책임지고 운반하라는 명령을 받지는 않았다. 그래서 그는 항아리를 선장에게 건네고 말을 타고 옥타비아누스에게 돌아갔다. 하지만 그의 일행 중 한 명이 떠나기 직전 그 화물의 정체에 관해 속닥거렸다. 그 화물이 너무 많은 궁금증을 유발했기 때문이다. 배 한 척을 엄청난 금액에 빌려 이탈리아까지 보내는데 고작 커다란 도자기 항아리 하나만 운반한다? 모두들 말이 안 된다고 생각할 무렵, 그 속삭임이 들려왔다. 그건 바로 디부스 율리우스의 살해범 마르쿠스 유니우스 브루투스의 잘린 머리였다! 오, 라레스 페르마리니께서 우리를 이 사악한 화물로부터 보호해주시기를!

상선은 바다 한가운데에서 선원들이 이제껏 경험했던 것과는 비교가 안 되게 끔찍한 폭풍우를 만났다. 그 머리! 이건 그 머리 때문이다! 튼튼한 선체에 난 구멍으로 바닷물이 밀려들어오자, 선원들은 그 머리가 자신들까지 죽일 작정이라고 확신했다. 그래서 노잡이와 뱃사람 들은 선장이 보관하고 있던 항아리를 빼앗아 배 밖으로 던졌다. 항아리가 사라지자 폭풍우는 순식간에 잠잠해졌다.

그리하여 마르쿠스 유니우스 브루투스의 머리가 담긴 항아리는 무거운 돌처럼 바닷속으로 깊이, 깊이, 더 깊이 내려갔다. 그것은 디라키온과 앙코나 사이의 아드리아 해 바다 어딘가에 영원히 놓이게 되었다.

〈『시월의 말』 끝, 7부『안토니우스와 클레오파트라』로 이어짐〉

공화정 최후의 거물 가이우스 율리우스 카이사르의 죽음을 그린 이 책 『시월의 말』과 함께 로마 공화정 이야기를 다룬 내 소설 시리즈도 끝을 맺게 되었다.

옥타비우스(또는 옥타비아누스, 또는 아우구스투스)는 엄밀히 말해 공화정보다는 제정 로마 시대에 속하므로 그의 어린 시절과 그가 세상이라는 무대에 등장하는 이야기까지 다룬 지금이 시리즈를 마무리짓기에 적당한 때인 것 같다. 내 지식의 한계로 인해 불가피한 경우를 제외하고는 되도록 왜곡 없이 역사에 숨결을 불어넣었던 그간의 작업은 창작자로서 더없이 즐거운 경험이었다.

작가가 역사적 사실에 충실하고 현대를 사는 자신의 사고방식, 윤리, 도덕, 이상을 옛 시대와 등장인물들에게 투영하고픈 유혹을 이길 수만 있다면, 소설은 다른 시대를 탐구하기에 아주 좋은 방법이다. 소설이라는 형식을 통하면 작가는 등장인물들의 머릿속으로 들어가 미로 같은 그들의 생각과 감정의 세계를 마음껏 배회할 수 있다. 전문 역사학자들에게는 허락되지 않는 사치이지만, 이 방법을 쓰면 일견 설명하기 힘들거나 앞뒤가 맞지 않는 사건들을 이해하기 쉽게 풀어낼 수 있다. 6부까지 이 시리즈를 집필하는 과정에서 나는 대단히 유명한 몇몇 인물들에게 일어난 외부 사건들을 취해, 상식적으로 볼 때 그들이 지녔음직한 온갖 복합적인 면모가 어우러진 그럴듯한 인간형을 만들어내고자 했다.

로마 공화정 시대에 끌린 이유는 세 가지였다. 첫째, 다른 작가들에 의해 지겹도록 많이 다뤄지진 않았다. 둘째, 우리 사회의 사법 · 정치 · 상업 체계가 대부분 로마 공화정에 뿌리를 두고 있을 정도로 현대 서구문명과 연관이 깊다. 마지막으로, 역사의 무대에서 그토록 비범한 재능을 지닌 여러 인물이 비슷한 시기에 맞물려 서로 알고 지낸 사례는 극히 드물다. 카이사르는 마리우스와 술라, 폼페이우스를 모두 알았고, 이들 모두 어떤 식으로든 카이사르의 인생행로에 영향을 끼쳤다. 그 밖에 카토 우티켄시스나 키케로 같은 다른 유명한 역사적 인물들도 마찬가지였다. 하지만 『시월의 말』 끝자락에 이르면 카이사르를 포함해 그들 모두 세상을 떠난다. 남는 것은 그후로도 계속되는 후대에 그들이 남긴 유산이며, 그 주인공은 카이사르의 생질손으로 훗날 카이사르 임페라토르, 최종적으로 아우구스투스가 되는 가이우스 옥타비우스이다. 지금 멈추지 않으면 나는 절대 멈추지 못할 것이다!

이제 세부내용에 관한 이야기.

브루투스, 카시우스, 마르쿠스 안토니우스, 카이사르의 암살에 관해 우리가 먼저 떠올리는 이미지는 언제나 윌리엄 셰익스피어의 그늘을 벗어나지 못한다. 셰익스피어에겐 매우 미안하지만, 나는 카이사르가 죽기 직전 아무 말도 하지 않았으며 마르쿠스 안토니우스는 군중이 밀려오기 전에 장엄한 추도 연설을 할 기회가 없었다고 서술된 고대 사료를 따르기로 했다.

'암살자'는 이 책의 배경보다 후대에 생겨난 단어이지만 지금의 독자들에게 명확한 의미를 주기 때문에 사용하는 쪽을 택했다. 라틴어 사용자가 자유롭게 썼으리라 짐작되는 단어보다는 우리에게 익숙한 현대어가 더 만족스러울 때가 있지만, 그런 경우는 최소한으로 줄이려고 애를 썼다. 일부 단어는 영어로 옮길 수가 없어서 책에서 라틴어로 등장한다. 포메리움(pomerium), 모스 마이오룸(mos maiorum), 콘티오(contio) 같은 단어들이다.

전반적으로 유명한 이 시기에서 상대적으로 덜 알려진 사건들에 흥미를 가진 독자들이 있을지도 모르겠다. 예를 들어 카토가 아프리카 속주까지 육로로 행군한 일이나, 브루투스의 머리가 어떤 운명에 처해졌나 하는 것 말이다. 필리피 전투 등 몇 가지 사건은 상당히 불명확해서 가닥을 잡기가 쉽지 않다. 고대 사료 중 가장 많이 읽힌 플루타르코스와 수에토니우스 외에도 아피아노스, 카시우스 디오, 키케로의 서신·연설문·소론 등 수십 가지 다른 사료를 참고해야 한다. 관심 있는 사람은 누구라도 '호주 노퍽 섬 사서함 333'으로 편지를 보내면 참고문헌 목록을 제공할 수 있다.

딱 하나 내가 사료를 임의로 바꿔 쓴 부분은 필리피 전투중에 옥타비아누스가 비겁한 모습을 보였다는 내용과 관련이 있다. 옥타비아누스의 청년기를 조사하면 할수록 그가 비겁자였다는 말에 의심이 들었다. 이 무렵 그의 활동중 다른 수많은 측면을 보면 절대 용기 없는 사람이 아니었음을 알 수 있다. 그는 일을 끝까지 밀어붙이는 놀라운 추진력이 있었으며, 십대 시절 두 차례 로마 진군 같은 큰일을 치를 때도 술라나 카이사르 못지않은 침착함을 보였다. 덧붙이자면 청년 옥타비아누스가 카이사르의 군자금을 훔쳤다고 쓴 부분에 대해서는, 로널드 사임 경도 그렇게 생각했으므로 걱정이 없다.

소위 비겁자에 관한 이야기로 돌아가서, 옥타비아누스가 그런 행동을 하게 된 신체상의 이유가 있을 수도 있지 않을까 하는 생각이 들었다. 호기심을 돋운 부분은 1차 필리피 전투중에 옥타비아누스가 '늪지에 숨었다'는 서술이었는데, 알려져 있다시피 이 전투에서는 카시우스가 자기쪽 진지에서 브루투스의 진지조차 볼 수 없을 정도로 먼지가 자욱하게 일었다. 바로 이 행동에 수수께끼의 해답이 있다는 생각이 들었다. 옥타비아누스가 천식을 앓았다고 가정한다면? 천식은 생명을 앗아갈 수도 있는 질병으로, 나이가 들면서 호전되기도(혹은 심해지기도) 하며 먼지, 꽃가루, 수증기 등 공기 중의 이물질과 정신적 스트레스에 영향을 받는다. 이러한 특징은 청년기 카이사르 아우구스투스에 대해 우리가 아는 사실과 아주 잘 맞아떨어진다. 아마도 그가 권력을 굳힌 뒤에 사생활이 안정되고 이집트의 황금으로 제국을 재건함에 따라 천식 발작이 줄거나 아예 없어졌을 수 있다. 옥타비아누스도 여행을 다니기는 했지만 카이사르처럼 자주 다니지도 않았고 기력 좋은 카이사르와 함께 여행한 적도 없었던 것으로 보인다. 옥타비아누스가 천식이 있었다면 마케도니아에서 벌어진 전투에서 그에게 일어난 모든 일이 논리적으로 타당해진다. 건조한 땅이 숨막히게 짙은 먼지로 뒤덮인 사이, 그가 바닷바람과 맑은 공기가 있는 소금 늪지로 몸을 피한 일도 포함해서 말이다. 내가 천식이라는 카드에 기대는 것은 옥타비아누스를 긍정적으로 그리기 위한 핑계가 아니라, 타당하고 가능성 있는 방식으로 그의 행동을 설명하기 위한 노력일 뿐이다.

 카이사르의 '간질'에 관해서는, 개인적으로 도움이 되는 전문경력이 있다. 항경련제가 없던 시절에 카이사르가 말년까지도 정신이 예리했다는 사실은 장기적인 전신성 간질의 가능성과 배치된다. 물론 고대 사료에 묘사된 것은 전신성 발작뿐이기는 하지만. 정기발작이 없는 사람이라도 다양한 생리적 상태 변동으로 인해 어쩌다 발작을 일으킬 수 있다. 간질은 질환이 아니라 증상이기 때문이다. 정신적 외상, 뇌 점거성 병변, 대뇌 염증, 중증 전해질 불균형, 급성 저혈당 등이 발작을 일으킬 수 있는 대표적인 원인이다. 고대 사료에 카이사르가 음식에 무관심했다는 점이 종종 언급되므로, 나는 그가 발작을 일으킨 원인으로 일단은 췌장과 관련된 전신 질환에 따른 저혈당 발작을 선택했다.
 카이사르가 생애 마지막 두 달 동안 알바롱가의 왕들이 신었던 목이 긴 붉은 장화를 신은 사실을 중요하게 다룬 글이 워낙 많은 것을 보고 장난기가 발동하여 그에게 정맥류를 선사했다. 로마 장화는 목이 짧아서 정맥류가 있는 종아리를 받쳐줄 수 없지만 목이 길고 끈으로 졸라맨 장화라면 그럴 수 있다. 이 설정이 맞거나 틀릴 확률은 반반이다!
 건강과 질병 관련 문제는 역사학자들이 잘못 해석하는 경우가 종종 있는데, 그들의 학문적 성향은 의학과 거리가 멀기에 결코 이상한 일이 아니다. 다만 내가 보기에는, 특히 질병에 관한 지식과 처치가 지금보다 뒤처졌던 시대의 유명한 역사적 인물들은 대부분 당뇨, 천식, 정맥류, 심부전이나 나폴레옹의 그 유명한 치질 같은 흔한 질환을 앓았을 가능성이 매우 높다. 암이 흔히 발생했고 폐렴은 종종 치명적이었으며, 로마의 일곱 언덕에서는 여름마다 급성 회백수염이 만연했다. 이집트에서 발생한 전염병은 그에 관한 묘사를 보면 흑사병이거나 그와 유사한 병이 아니었을까 싶다.

클레오파트라와 카이사르의 관계나, 이후 그녀와 마르쿠스 안토니우스의 관계는 면밀히 다뤄야 함에도 몇 가지 간과된 부분이 있다.

클레오파트라에 관해 알려진 사실은 항상 의심해보는 편이 낫다. 성인이 된 옥타비아누스(아우구스투스)는 클레오파트라를 비방하는 것을 현명한 태도로 여겼는데, 안토니우스와 내전을 벌일 엄두를 내지 못했기에 그녀를 외적으로 간주한 것이다. 클레오파트라가 성적으로 문란했다는 평판을 얻게 된 데는 선동의 달인이었던 옥타비아누스의 책임이 크다. 그는 카이사리온이 클레오파트라와 카이사르 사이에서 난 아들이라는 사실까지 부정했다. 사실 여왕이라는 신분 때문에 처녀여야 했기도 하겠지만, 프톨레마이오스 왕가의 일원으로서 그녀는 절대 체면을 구겨가며 평범한 인간과 만나지도 않았을 것이다. 나일 강의 범람이 죽음 수위에 들고 프톨레마이오스 왕족 남편이 없었던 것 등의 상황으로 인해 카이사르가 적당한 남편감이 되었다. 이집트 알렉산드리아에 도착했을 당시 카이사르는 지중해 동단 전역에서 신으로 여겨지기도 했으니까.

그러나 새로운 신의 혈통을 받아들인 클레오파트라는 이 율리우스 혈통을 강화해야 하는 문제에 직면했다. 그녀가 희망한 첫번째 방법은 카이사리온을 그의 친누이와 결혼시키는 것이었지만, 일이 그렇게 풀리지 않자 율리우스 혈통을 물려받은 또다른 인물을 찾아야 했다. 마르쿠스 안토니우스는 어머니가 율리우스 가문 출신이었으므로 이 자격 기준에 부합했다. 카이사리온이 일찍 죽지 않았다면 안토니우스에게서 난 이부누이 클레오파트라 셀레네와 결혼했으리라는 데는 의심의 여지가 없다. 클레오파트라가 처한 딜레마에서 카이사리온을 율리우스 혈통의 신부와 결혼시키는 것 외의 해결책은 자신의 이복자매 아르시노에와 결혼시키는 방법뿐이었다. 하지만 그렇게 되면 종국에 자신이 살해당할 터였으므로 이는 용납할 수 없는 방법이었다.

이처럼 클레오파트라가 마르쿠스 안토니우스를 남편으로 맞아 여러 자식을 낳은 이면에는 왕조와 관련된 훌륭한 이유가 있었다. 프톨레마이오스 카이사르 가계를 지키기 위한 전략이었던 것이다. 그러나 옥타비아누스는 카이사리온의 어린 이부동생이 결혼할 수 있을 만큼 자라기도 전에 카이사리온을 죽임으로써 클레오파트라의 모든 희망을 뭉개버렸다. 어린 클레오파트라 셀레네는 옥타비아가 거둬 키웠고 이후 누미디아의 유바 2세와 결혼했다. 그녀와 쌍둥이인 프톨레마이오스 헬리오스와 더 어린 남동생 프톨레마이오스 필라델포스 역시 옥타비아 밑에서 자랐다.

다음은 그림 이야기.

카메라가 발명되기 이전 시대에 로마인들처럼 '있는 모습 그대로' 생생한 인물묘사의 유산을 풍부하게 남긴 민족도 찾아보기 힘들다. 흉상의 인물을 확인할 때는 대개 주화에 새겨진 옆얼굴을 참고하는데, 흉상에는 이름을 넣지 않는 경우가 태반이었기 때문이다. 이 초상들은 밀랍인형 스타일로 그려졌기 때문에 오늘날 우리가 보는 모습은 옛날 그들의 모습과 다르다. 바로 이런 이유에서 나는 흉상을 그림으로 옮겨서 생생히 되살리고자 했다. 나는 화가가 아니므로 부디 그림에 보이는 흠은 눈감아주기를 부탁한다. 대부분의 흉상은 목이 떨어져나가고 없어서 그림의 목 부분이 상당히 어설프다. 머리카락을 정해진 모양에 맞춰 그린 건 로마 이발사들의 뛰어난 솜씨를 강조하기 위해서다. 그들은 자기 주인의 말 안 듣는 머리카락도 그에 맞춰 기막히게 잘 손질했던 것으로 보인다.

먼저, 진본으로 인정된 흉상.

카이사르의 진본 흉상들은 몇 가지 뚜렷한 유사점을 보인다. 미간 주름, 눈 바깥쪽 주름, 귀, 멋진 광대뼈, 살짝 말려올라간 입술 등이 그렇다.

카시우스는 '몬트리올 흉상'을 보고 그린 것인데, 그가 야위고 굶주려 보이지 않았다는 내용이 담긴 키케로의 유명한 '난파' 관련 서신에서 얻은 인상과 딱 맞아떨어진다!

카이사르 아우구스투스는 노년기를 제외하고 모든 연령대의 흉상이 많이 남아 있다. 분명 알렉산드로스 대왕이 어렴풋이 떠오르는 얼굴이기는 하지만, 자세히 보면 돌출된 귀와 정통 로마인답지 않은 코가 예외 없이 눈에 띈다.

카토는 그가 사랑받았던 북아프리카 지역에서 발견된 흉상에 이름이 붙어 있는 덕에 우리가 알고 있는 모습 그대로다.

어린 시절의 클레오파트라 초상은 베를린의 대리석 두상을 그린 것이지만, 현존하는 그녀의 초상 중 어느 것도 주화의 옆얼굴에 담긴 커다란 매부리코를 제대로 보여주지는 못한다. 주화 속의 코는 정말로 엄청나게 컸다.

레피두스, 키케로, 아그리파는 진본임이 확인됐다.

브루투스는 마드리드 프라도 박물관에 소장된 흉상이다. 오른쪽 뺨의 근육 위축이 특히 눈에 띈다.

마르쿠스 안토니우스는 외모를 가늠하기 어려운 인물이다. 유명한 로마인 중 그처럼 초상이 많이 남아 있는 사람도 드물 테지만, 모든 초상이 서로 다르고 주화의 옆얼굴과도 다르다. 주화에서는 두툼한 입술을 사이에 두고 커다란 코와 턱이 서로 만나려는 듯한 모습이다. 책 속의 초상화는 그의 흉상 중에서 주화의 옆얼굴과 가장 많이 닮은 것을 골라 그렸다.

이제, 그 자체로 진본은 아니지만 진본으로 인정된 몇몇 인물과 닮은 세 사람의 초상에 대해 이야기할 차례다. 루키우스 카이사르의 흉상은 율리우스 카이사르의 흉상이라고 전해지는 것이지만 사실이 아니다. 미간 주름과 눈 바깥쪽 주름이 보이지 않고 두개골과 얼굴 윤곽도 다르다. 게다가 카이사르와 달리 얼굴이 전반적으로 비대칭이다. 이것이 루키우스 카이사르의 초상인지는 확실히 알 수 없으나 율리우스 가문의 외모인 것만은 분명하다.

칼푸르니아의 흉상은 진본으로 확인된 아버지 루키우스 칼푸르니우스 피소의 흉상과 닮아 보였다. 포르키아의 경우도 마찬가지였다.

이 밖의 그림들은 해당 시대의 것은 맞지만 익명인 흉상을 그린 것이다. 이들 그림을 굳이 넣은 이유는 얼굴과 이름을 연결시키는 게 재미나서다. 그리고 나는 내 캐스팅이 할리우드보다 낫다고 우겨본다.

콜린 매컬로의 〈마스터스 오브 로마〉 시리즈 제6부 『시월의 말』은 기원전 48년부터 기원전 42년까지 로마 공화정의 혼란스러운 마지막 시기를 다루며, 그 중심에 카이사르 암살이 있다. 작가는 제목이기도 한 '시월의 말' 이야기로 이번 부를 시작하는데, 로마의 영광을 위한 희생제물이자 최고의 군마인 시월의 말은 권력의 정점에 있던 카이사르의 죽음에 대한 비유이자 그에게 바치는 작가의 헌사 같기도 하다.

6부에는 카이사르 암살 외에도 카이사르와 클레오파트라 이야기, 카이사르 암살 음모의 전개 과정, 카이사르의 상속자인 옥타비우스가 권력을 잡고 암살자들을 추적해 복수하는 과정 등 극적인 요소가 많은데, 고대의 사료와 오늘날의 연구 성과를 두루 섭렵한 작가는 언제나처럼 역사적 고증에 충실하고 구체적인 재현으로 로마사 팬들의 갈증을 해소해준다. 예를 들어, 카이사르 암살에 가담한 자들을 모두 명시하고 암살 준비의 전 과정을 상세하게 보여주고 있다. 이야기꾼으로서의 재능도 출중한 작가이니만큼 독자를 사로잡는 박진감 넘치는 서사도 여전하다.

그러나 해외 평단과 독자들이 꼽는 이 책의 가장 큰 강점은 고대 역사서에 나오는 특징들을 잘 살리면서도 탁월한 상상력과 설득력 있는 심리 분석을 통해 되살려낸, 결이 풍부한 인물들이다. 주인공 격인 카이사르에만 국한되지 않고 그의 정적들과 클레오파트라까지 입체적으로 현실감 있게 그려져 있다. 패배 소식을 들은 카토와 라비에누스의 내적 독백부터, 시점 변화나 내면 묘사를 통해 키케로, 브루투스, 카시우스 등 주변인물의 심정을 당사자 입장에서 들어볼 수 있다. 카이사르 암살자들의 심리 묘사도 흥미로우며, 카이사르가 살해당한 후 레피두스, 트레보니우스, 폼페이우스 형제 등의 인물들도 생생하게 그려져 있다.

카이사르 사후 중심인물로 떠오르는 옥타비우스의 이야기도 빼놓을 수 없는데, 작가는 똑똑하고 신중한 소년에서 카이사르 암살 후 가차없이 양아버지의 암살자들을 추적해 처단하는 냉정하고 무자비한 남자로 바뀌는(혹은 숨겨뒀던 본색을 드러내는) 옥타비우스를 솜씨 좋게 그려냈다. 작가의 말을 보면 알 수 있듯 원래 6부작이었던 이 시리즈는 독자들의 요청으로 7부까지 출간되었다고 한다. 작가가 되살려낸 매력적인 옥타비우스가 권력자로 부상하는 초기에서 끝나는 6부가 아쉬워서, 그가 아우구스투스로 등극하기까지의 활약상을 보고 싶어하는 독자들의 바람이 크지 않았을까 싶다.

시월의 말 3

초판 인쇄 2017년 12월 5일
초판 발행 2017년 12월 15일

지은이 콜린 매컬로 | 옮긴이 강선재 신봉아 이은주 홍정인 | 펴낸이 염현숙
편집인 신정민

편집 신정민 신소희 | 디자인 고은이 이주영
마케팅 방미연 최향모 오혜림 | 홍보 김희숙 김상만 이천희
저작권 한문숙 김지영 | 모니터링 서승일 이희연 전혜진
제작 강신은 김동욱 임현식 | 제작처 한영문화사

펴낸곳 (주)문학동네
출판등록 1993년 10월 22일 제406-2003-000045호
임프린트 교유서가

주소 10881 경기도 파주시 회동길 210
문의전화 031) 955-1935(마케팅), 031) 955-3583(편집)
팩스 031) 955-8855
전자우편 gyoyuseoga@naver.com

ISBN 978-89-546-4939-1 04840
      978-89-546-4936-0 (세트)

www.munhak.com